KB041166

재와 환상의 그림갈

글=주몬지 아오 | 일러스트=시라이 에이리 | level. 14⁺⁺—만약 너와 또 만날 수 있다면

Illustration by Eiri shirai

데드 스팟 토벌로 얻은 30골드의 사용처는…
"케헷헷헷!
왔구나,
마침내 와버렸다.
나 님의 시대가…!"
"보나마나
쓸데없는 데에
탕진할 게 뻔해…"

OZUCO

ex 4

정의와 정의

Grimgar of
Fantasy and Ash

Level. Fourteen Plus Plus
Presented by Ao jyumonji / Illustration by Eiri shirai

"모구조! 너 말이야."

"응…?"

모구조는 수프로 짐작되는 것을 작은 접시에 떠서 맛을 보고 있는 참이었다.

도중에 손놀림을 멈추고 취사장 입구에 있는 란타 쪽을 보았다.

"뭐, 왜? 란타 군…."

"너, 좀 잘난 척하는 거 아니야?"

"자, 잘난 척…? 그, 그렇지, 않… 다고 생각하는데."

"아… 니야. 잘난 척하고 있어. 너는 잘난 척해. 내가 하는 말이니까 틀림없어! 이 란타 님의 말이니까!"

"…어, 어떤 점이, 그렇게 보이… 는 걸까? 말해주면 고칠게."

"그거야."

란타는 모구조의 손을 가리켰다.

"그거! 바로 그게 잘난 척하는 거라고!"

"어, 어느 것…?"

"그 손길! 그야말로 나는 요리 잘합니다…라는 듯한, 요리맨인 척한달까, 호감도 급상승이랄까, 그런 점이 잘난 척한다고 말하는 거야! 나는!"

"…어어. 그, 그런가…? 나는 그저, 밥을 차리려는 것뿐인데…."

"아무렇지 않게 뚝딱 해치워버린다, 그런 식? Me는 너희와 다릅니다, 라는 듯한? 그런 뉘앙스를 마구 풍겨서, 딱 잘라 말해서 아니꼽다고!"

"미, 미안. 조심할게."

"핫! 말로는 얼마든지 할 수 있지."

"…정말로, 나, 조심할게. 저기, 요리, 계속해도 될까? 아직 다 안 됐는데."

"계속하면 되잖아? 중단하라고는 나는 한 마디도 안 했는데?"

"으, 응. 그럼…."

모구조는 다시금 수프를 떠서 맛을 보더니 응 하고 끄덕였다.

란타는 쳇…이라고 내뱉었다.

"의기양양한 면상 하고 자빠졌어."

"아, 안 그랬는데?"

"그랬어. 자기 얼굴이니까 안 보이잖아. 그래서 깨닫지 못하는 것뿐이라고."

"…비, 비교적 맛있었으니까, 그래서, 그랬나?"

"진짜로 그것뿐이야?"

"아, 아마도…."

모구조는 통, 통, 통, 이파리 같은 것을 식칼로 다져 수프에 파라 락 넣었다. 김을 쐰 얼굴에 웃음이 떠올랐다. 란타는 혀를 찼다.

"…또… 그런다!"

"뭐, 뭐가…?"

"해냈다는 듯한, 그 면상!"

"어, 아니, 마음먹었던 대로 되었으니까, 단지 그것뿐인데…."

"너, 착각하는 것 아니야?"

"차, 착각…?"

"말해두는데, 모구조. 네가 지금 하는 일 정도는 나도 할 수 있다고! 단지 안 하는 것뿐이지. 네가 종종 당번 교대하자고 해서 바꿔 준 것뿐이지!"

"…요, 요리는, 좋아하니까. 나한테는 그리 힘들지 않아서…."

"그게 아니지! 네 의도는, 그게 아니야! 그게 다가 아니야! 명백하게, 요리를 잘하는 멋진 자신을 어필하는 태세로 접어들었어! 자기 존재 가치를 높이려고 하고, 그러다 잘되면, 거기에 더해서 여자들한테서 호감까지 얻으려는 속셈이야!"

"그, 그럼, 이제 당번 바꾸지 않을게."

"멍청앗!"

"엇…."

"모구조! 너 말고 당번을 대신해줄 놈이 있겠냐?! 마나토는, 부탁하면 교대해줄지도 모르지만 군이 저자세로 부탁하고 싶지 않아! 당번은 계속 대신 해줘도 돼! 내가 말하고 싶은 건, 그게 아니라고!"

"…그럼 뭔데?"

"요리야!"

란타는 주먹을 쥐어 자기 팔의 알통을 퉁, 퉁, 두드렸다.

"나도 요리 실력은 너 못지않으니까, 그 점을 분명히 알아두라는 거지! 하면 할 수 있다고, 나는! 안 할 뿐이지!"

"으, 응… 알았어. 기억해둘게."

"그래. 똑똑히 기억해둬."

란타는 킁킁 냄새를 맡았다.

배에서 꼬르륵 소리가 났다.

"…맛있겠다."

"그, 글쎄, 어떨지. 그럼… 란타 군도 맛 좀 볼래?"

"그렇게까지 말한다면, 맛을 봐줄 수도 있지만."

란타는 어깨를 건들거리며 모구조 옆으로 갔다. 모구조가 내민 작은 접시에 입을 대고 수프를 마셨다.

눈을 크게 뜬다.

"…이…이것은…이, 고소한 향기… 감칠맛과 개운한 뒷맛의 절묘한 밸런스, 짜지도 않고, 싱겁지도 않은, 딱 알맞은 소금간…, 모구조!"

"왜, 왜…?"

"모구조, 너…!"

란타는 모구조의 어깨를 와락 껴안았다.

"역시 요리 잘하네! 최고일지도! 젠장, 더 먹고 싶다! 지금 당장 마구마구 먹고 싶어! 다른 놈들한테는 먹이고 싶지 않아! 건더기도 전부 내가 먹어버리고 싶다!"

"아, 하하… 그건, 좀."

"…아니, 그게 아니랏!"

"뭐, 뭐?"

"지금, 콧구멍, 벌렁거렸지?"

"아니, 무슨…."

모구조는 당황하며 손으로 자기 코를 가렸다.

란타는 히죽 웃었다.

"그랬겠다, 모구조. 나는 봤다! 똑똑히 봤다고, 놓치지 않았다고! 재수 없는 네 의기양양한 얼굴…!"

"…지, 진짜 나는, 그런 의도는…."

"됐어. 됐다고."

"응…?"

"모구조. 너는 요리를 잘해. 잘하는 걸 자랑하는 게 무슨 잘못이겠어? 나는 말이지, 그럴 때 쓸데없이 겸손 떨고 겸허한 척하는 네 태도가 얄밉다는 말을 하는 거야. 괜찮다고. 잘하는 요리로 멋진 너를 제대로 어필해! 마구 어필해! 존재 가치를 쑥쑥 높여! 여자들한테서도 호감을 얻어! 하렘을 목표로 해! 그게 네 속마음이지? 그렇다면 숨길 필요 없어! 솔직해지라고. 어?"

"…아니, 야."

"응?"

"아니야. 나, 그런 생각, 안 해…. 단지, 모두에게, 조금이라도 맛있는 것을 먹게 해주고 싶을 뿐이지. 모두가 기뻐하는 얼굴을, 보고 싶어서…."

"헐."

"……?"

"화아아아아아아아아아아아아아안."

란타는 홱 물러서더니 몸을 뒤로 젖힌 다음, 점프했다.

"자아아아아아아아아아아아아아아아아앙…!"

"…어? 엇? 왜, 왜 그래? 란타… 군?"

"노발! 천!"

"아니, 왜 그러는지 통 모르겠어…."

"어이, 모구조. 내 여기, 만져봐. 여기야."

란타는 등줄기를 펴고 목을 내밀었다.

모구조는 주저하면서 란타의 목을 손가락으로 눌렀다.

"…여기?"

"거기야! 거기에 있는 것이, 역린이라는 거다…!"

란타는 다시금 물러나더니 모구조에게 삿대질을 했다.

"너는 내 역린을 건드렸다! 건드리고 말았다…!"

"어어어어… 이, 있는 거야? 란타 군은, 역린이…?"

"당연하지! 너는 지금 그걸 맨손으로 만졌으니까! 다이렉트하게 느꼈을 거다, 내 역린감!"

"역린…감?"

"못 느꼈다고는 말 못 할걸! 내 역린을 마구 주물럭거려놓고서는!"

"그, 그렇게 많이 만지지는…."

"핑계냐! 변명이냐! 변론이냐! 네가 변호사냐…! 재판이냐…!"

"무, 무슨 말을 하는 건지 전혀 모르겠어…."

"걱정할 것 없어! 나도 방금 그건 의미 불명이니까…! 내가 말해놓고서 좀 그렇지만! 인생이란 그런 일도 있는 거다! 그렇지…?!"

"…나, 나한테 동의를 구해봤자…."

"그렇지?!"

"그… 그래…."

"그런 연유로, 아무튼! 이렇게 되면 이제 일은 평온하게는 끝나지 않아! 너는 말 그대로 내 역린을 건드렸으니까! 확실하게 흑백을 가리자고! 나랑 승부다, 모구조…!"

"승…부라니, 무, 무슨…?"

"그야 두말하면 입 아프지."

란타는 두 팔을 벌리고 외쳤다.

"요리로 진검승부다! 알레 퀴진(요리 시작)…!"

『…거기 덩치 큰 놈. 너면 됐어.』

의용병단 사무소에서 깃털 장식이 달린 모자를 쓴 쿠즈오카라는 사람에게서 그런 말을 들었을 때, 분명히 거절했어야 했다고 아직도 후회하고 있다.

쿠즈오카는 보기에도 사람이 좋아…보이지는 않았다. 그 반대였다. 심술궂어 보이는 얼굴에 입도 험했다. 여러 가지 가르쳐주겠다거나 돈도 빌려준다느니 했지만 분명 말뿐일 것이라고, 정말로 생각했다. 그래도 거절하지 못했다.

사실을 말하자면, 거절한다는 선택지가 머리에 떠오르지 않았다. 별로 좋은 방향으로 진행되지 않을 거라고 처음부터 머리 한구석으로 생각하고 있었다.

쿠즈오카를 따라가는 것은 분명 잘못이라고. 그런데도 모구조는 어찌할 도리도 없이 흐름에 몸을 맡기는 것밖에는 할 수 없었다.

쿠즈오카가 말하는 대로 전사 길드에 들어가서 8실버를 지불하고 초심자 합숙에 참가했다. 거기서는, 가죽 비키니를 입고 상반신에는 가죽 띠 같은 것만 맨, 명백하게 변태스러운 튜터(교관 역할)인 코모라는 전사에게 호되게 시달렸다. 모구조가 튜터라고 부르면, 『코모 씨다! 나를 코모 씨라고 불러!』라며 야단쳤다. 그것은 지금도 영문을 모르겠다. 코모 씨는 지나치게 열혈한이고 무척 강한 괴짜다.

7일간의 초심자 합숙 동안, 나한테는 안 맞는구나… 하고 몇 번이나 한숨을 쉬었는지 모른다. 무엇보다도, 무거운 검을 휘두르는 것은 둘째치고, 그걸로 뭔가를 치고, 상처 입히고, 부수고, 벤다는 것이 아무래도 납득하기 힘들었다. 전사 길드에는 망석중이라고 해서 나무로 만든 실물 크기의 인형이 있는데, 그것을 목검으로 치는 연습을 많이 했다. 그러나 상대가 살아 있는 존재가 아니라 해도 좋은 기분은 들지 않았다. 도대체 왜 이런 일을 해야만 하는 건가? 라는 생각이 들었다. 좀 더 다른 할 일이 있는 것 아닐까? 단적으로 말하자면, 파괴를 위해 쓸 힘이 있다면, 그 힘으로 뭔가를 만드는 것이 좋다. 그편이 건설적이다. 그런 생각이 뇌리를 스치자 의욕이 사그라진다.

코모 씨한테서는 꽤 많이 혼났다.

『모구조! 네 이놈! 우물쭈물하는 동안에 동료가 쓰러지면 어떻게 해! 네놈의 망설임이 동료를 죽이는 거다! 당하기 전에 죽여! 그것이 전장의 철칙이다!』

애초에 죽인다거나, 죽임을 당한다거나, 그런 일이 일어나지 않는 장소에 있으면 되는 것 아닌가?

『…모구조! 네 이놈, 지금 싸우는 이유를 의심했지?! 바보 녀석! 이유는 먼저 생기는 게 아니야! 싸움이 있고 그 뒤에 거기에서 이유가 생겨나는 거다…!』

납득할 수 없었다. 이유도 없는데 싸우다니, 도저히 무리다. 가능하면 싸우고 싶지 않아. 검 같은 걸 들고 싶지 않은 정도가 아니라, 쳐다보기도 싫을 정도다.

싫어서, 싫어서, 너무너무 싫어서 견딜 수 없는데도, 하라고 명령받으면 몸이 움직여버린다. 시키는 대로 목검을 휘두르고, 그런 일은 하고 싶지 않은데도, 망석중이를 마구 때린다.

약하다고 혼나면 강하게 친다. 기진맥진해져 주저앉으면 엉덩이를 걷어차여 일어난다.

『그래서는 죽는다, 모구조! 혹은 동료를 죽게 만든다! 그래도 좋냐? 모구조…!』

엄격한 말을 들으면, 좋지 않습니다 하고 외친다.

나에게는 의사라는 것이 없다.

그때에도 결국 그랬었다.

초심자 합숙을 마치고 드디어 전사로서 쿠즈오카 파티에 들어갔다. 테스트라고 해서 북문을 나가서 곧바로, 파티의 암흑기사인지 성기사인지 하는 사람과 합을 맞춰보기로 했다. 목검이 아니다. 합을 맞춰본다고는 해도 진짜 검으로 하는 것이다. 절대로 못 해…라고 생각했다. 하지만 하라는 명령을 들으면 거부할 수 없었다. 눈 깜짝할 사이에 나가떨어지자 쿠즈오카가 침을 뱉었다.

『전혀 쓸모가 없잖아, 너. 괜히 기다렸다. 완전 손해 봤어. 그러니 돈 내놔. 돈 말이야, 돈. 가진 돈 전부 내놔. 그걸로 퉁쳐줄 테니까. 자, 빨리 꺼내라고.』

순순히 갖고 있던 돈을 전부 내주고 말다니, 정말 제정신인가 싶다. 하지만 저항할 수가 없었다. 돈이 없어지면 곤란하고, 당연히 싫지만, 거역할 기력이 몸 어디에서도 일지 않았다.

그 뒤에 마나토 일행이 지나가지 않았다면 지금쯤 어떻게 되었을까? 어떻게 되긴 뭘. 모구조 본인은 어떻게 할 생각이었나?

상상도 안 된다. 아무것도 생각하지 않았다. 어쩌면 아무 생각도 떠오르지 않는 채로 북문을 나가서 바로 길가에 주저앉아 있었는지도 모른다.

모구조는 마나토와 하루히로, 유메, 시호루, 란타에게서 구원받은 것이다. 다섯 명에게는 은혜가 있다. 이런 나라도 할 수 있는 일이 있다면 하고 싶다. 해야 한다. 이래 봬도 일단 전사니까, 모두를 위해서 열심히 싸운다.

그리고 요리.

모두를 위해서 식사를 만든다.

실은 이것에 관해서는 아주 약간 자신이 없는 것도 아니다.

고블린이 앞에 있으면 싸우자, 싸워야 해… 라고 생각은 해도, 어떻게 해야 좋다거나, 이렇게 해야 한다거나, 그런 게 순간적으로는 머리에 떠오르지 않고 몸이 움직여주지 않는다. 좋았어, 하자, 어떻게? 그렇다, 이렇게 하는 거야… 라고 생각하면서 싸운달까, 일일이 생각한 후가 아니면 싸울 수 없는 것이다. 그 때문에 아무래도 한 템포 늦어지고 만다.

요리는 다르다.

이런 것을 만들자, 저것을 만들고 싶다고 술술 나온다. 노점에서 뭔가를 먹어보면 대개의 식재료나 맛을 내는 방법을 안다. 재료만 입수하면, 다소 시행착오를 겪으면 웬만한 요리는 그런대로 재현할 수 있겠지.

"…우쭐대는 건가? 나."

의용병단 숙사 중정에서 모구조는 혼자 몸을 웅크리고서 머리를 감싸 안고 있었다.

"그것을, 란타 군이 간파했다… 그런, 건가?"

"모구조?"

"엇…."

얼굴을 들어보니 마나토가 바로 옆에서 고개를 갸웃거리고 있었다.

"아… 마, 마나토 군."

"왜 그래? 무슨 일 있었어?"

"아니, 저기, 그게… 벼, 별로, 아무 일도… 없…지는….'

"뭐야? 그게.'

마나토는 킥킥 웃으면서 모구조 옆에 앉았다.

"무슨 일이 있었던 모양이네. 나한테라도 괜찮다면 말해볼래? 입밖으로 꺼내는 것만으로도 다소는 마음이 편해질지도 몰라."

"그…그러, 네. 응….'

모구조는 한숨을 내쉬고 가슴을 문질렀다. 그런다고 해서 말이 쉽사리 나오는 것은 아니다.

"괜찮아."

마나토는 가벼운 말투로 말했다.

"말할 수 없으면 말하지 않아도. 무리할 필요는 없으니까."

"라, 란타 군, 이."

갑자기 입에서 뭔가가 튀어나왔다 싶었는데 자기 목소리였다. 그런 느낌이었다.

"……란타 군, 이, 그게… 뭐랄까, 갑자기 스, 승부, 하자고, 말해서. 그래서….'

"흐음. 승부라니, 무슨?"

"요, 요리…인데."

"그럼 모구조가 이기겠네. 하기 전부터 결정 난 거나 마찬가지야."

"어, 어어? 아니, 그, 그건 해보지 않으면, 어떻게 될지…."

"하지만 란타는 정상적인 요리를 해본 적 자체가 없잖아. 껍질을 까거나 뭘 썰거나 하는 것도 그리 잘하는 것도 아니고."

"대, 대충대충 하지, 란타 군은. 뭐랄까, 꼼꼼하게 안 하고…."

"엉성해, 란타는. 대충 해도 되는 부분은 극한까지 대충 하니까."

"그렇지… 그래서, 그래도, 요리는 그런 게 아니니까. 하나하나, 쓸데없는 과정은 없달까. 그리고, 이렇게, 마음을 담아서 하는 것과 그렇지 않은 건 완성도에서 역력한 차이가 난달까."

"란타는 자기 마음 내키는 대로, 효율적으로 하는 타입이지."

"아, 안 돼, 그래서는. 안 된다고 하면 좀 그렇지만, 다른 건 몰라도 요리의 경우는, 굳이 손이 많이 가야 완전히 바뀐달까, 그런 게 있으니까. 오히려 그 과정을 차곡차곡 쌓는 것 같은…."

"해치워주면 되지 않아?"

"…응?"

"다들 보는 앞에서 승부해서 란타를 녹다운시켜버리면 돼."

상큼하게 웃는 얼굴로 그런 말을 태연하게 하는 마나토를 모구조는 한순간 이해할 수 없었다.

"괜찮아. 결과가 어떻게 나와도 사이가 어색해지거나 하지는 않을 테니까. 그 점은 내가 어떻게든 해볼 테니까. 하지만 좀 해보고 싶지? 모구조도."

모구조는 눈을 크게 떴다. 마나토의 말을 듣고서야 비로소 그 말이 바르다고 깨달았기 때문이다.

"…으, 응."

시장을 어슬렁거리고 있다가 유메와 시호루를 발견했다.

란타는 말을 걸려고 하다가 그만뒀다.

"…쳇. 뭔지 모르지만, 비교적 즐거운 것 같잖아. 절벽이랑 숨은 거유 녀석."

방향을 틀고, 한숨을 쉬면서 머리를 긁적였다.

"가슴 크기가 저렇게 다른데도 친해질 수 있나? 여자란 건 모르겠어. 남자였다면, 내추럴하게 크기 차이 때문에 거시기해진다거나 하는데. 표면상으로야 어떻든 속으로는, 근데 너 작네, 풋… 이런 식. 하긴, 우리는 거시기에 극단적인 차이는 없으니까 괜찮지만…."

구시렁구시렁 중얼거리면서 노점이며 포장마차에 진열된 여러 가지 식재들을 힐끔힐끔 쳐다본다.

종합해서 생각해보니, 금방 썩는 것은 비싸고 오래가는 것은 비교적 저렴한 것 같다.

"어떻게 할까…? 음… 요리라…요리…그보다, 왜 내가 모구조 녀석이랑 요리 승부 같은 걸 하게 되었더라…?"

걸음을 멈추고 팔짱을 끼고 생각에 잠긴다.

"흐름에 휩쓸려서…인가…?"

그야 흐름은 중요하다. 암흑기사가 된 때에도 그랬었다.

『그럼, 란타는 전사가 되는 걸로. 괜찮지?』

각자가 길드에 가입하기 전에 마나토가 그렇게 못을 박았을 때에는 란타도 완전히 그럴 생각이었다. 특히 전사는 파티의 핵심이라는 점이 마음에 들었다. 역시. 내가 없으면 아무것도 못 한다는 뜻이지. 그럼, 그럼, 그렇지? 요컨대 란타 님 만세라는 거야. 그럼, 그럼…그런 식으로 생각했고 그런대로 제법 만족했었다.

그런데 어째서 전사 길드에 들어가지 않은 건가?

그때 란타는 오르타나 남구의 장인 거리 근처에 있는 전사 길드로 가려고 했었다. 비교적 콧노래를 흥얼거릴 정도의 기분이었다. 전사라… 내가…전사 …전사. 멋지지, 전사. 그야 전사니까. 이거, 여자들한테 인기 끄는 거 아니야? 인기 절정기가 온 거 아닐까? 오지 않을 리가 없잖아. 그런 생각을 하면서, 룰루 콧노래를 부르면서 걸어가고 있노라니 갑자기 마나토의 말이 머릿속에 떠올랐다.

『전사 말고도 암흑기사, 성기사라는, 좀 비슷한 역할의 직업이 있는 모양이지만, 내가 들은 바로는 역시….』

암흑기사? 성기사?

어라? 어라라라라? 오잉? 어라어라어라라? 혹시나…?

전사보다 그쪽이 폼나지 않아…?

일단 그런 생각이 들기 시작하자 전사가 된다는 선택지는 흔적도 없이 날아가버렸다.

암흑기사인가, 성기사인가. 어느 쪽이 좋아? 그렇게 양자택일이 되었다.

암흑인가?

아니면 성인가?

그렇다면 당연히 암흑…이지?

그렇지.

입 밖에 내서 중얼거려본 것을 란타는 기억하고 있다.

『암흑기사 란타. 란타 암흑기사. 더 암흑기사 란타. 암흑기사 중의 암흑기사 란타. 란타야말로 암흑기사. 진정한 암흑기사는 란타. 암흑기사 란타….」

딱이라고 느껴졌다. 혹시나 암흑기사가 되기 위해서 태어난 그런 부류? 그렇다. 그렇게밖에는 생각할 수 없다.

그리고, 암흑기사 란타 폭탄(爆誕, 폭발적인 탄생).

암흑기사 길드에서 받은 7일에 걸친 암흑 훈련은 엄격하고 힘들었지만, 극복할 수 있었다…고나 할까, 극복하지 못하면 죽는, 그런 무시무시한 거시기였고, 지금 와서 생각하면 내용도 잘 기억나지 않을 정도지만, 아무튼 화려하게, 치열하게 클리어했다 이거고, 후회는 일절 하지 않는다.

"흐름, 중요하지."

란타는 좋았어 하고 주먹을 꽉 쥐었다.

"어차피 인생은 직감과 흐름이니까. 그렇다는 건, 이 승부도 생길만해서 생겼다, 뭐 그런 뜻. 필연적인 이벤츠다 이거지. 응. 이벤츠? 이벤투? 어느 쪽이든 좋아. 좋다고. 어느 쪽이든 내가 정답이라는 거니까. 하지만…."

두리번두리번 주위를 둘러본다.

"뭘, 만들면 되나…? 모구조 놈, 요리 잘하니까. 요리만큼은 말이지. 놈에게 요리로 이기려면 약간은 애를 먹겠어. 그 점은 다른 사람도 아닌 나니까 못 이길 건 없지만. 방식을 잘 선택하지 않으면. 음… 끙…."

생각하면서 걸어가다 보니 시장을 벗어나 남구 장인 거리까지 와버렸다.

장인 거리 근처에는 주로 장인들로 북적이는 노점촌이 있다. 의용병단 숙사도 바로 옆에 있고 음식점부터 입식 술집까지 모여 있어서 란타 일행도 가끔 여기서 밥을 먹는다. 뭐, 잘 아는 장소라는 뜻이다.

"딩동!"

이거다… 생각하고 란타는 뛰었다. 서둘러 노점촌으로 간다. 맛있는 냄새가 풍겼다.

"여기에! 힌트가 반드시 있어! 틀림없이 있을 거야! 당연히 있겠지…!"

노점촌을 달려 지나치며 이쪽을 본다. 저쪽을 본다. 이것도 저것도 본다. 코를 킁킁거리며 냄새를 맡는다. 그러다가 결국 란타는 한 노점 앞에서 갑자기 멈춰 섰다.

"…여기다…! 틀림없어! 승리의 열쇠는 여기에 파묻혀 있다! 내 직감이 그렇게 말하고 있어…! 소! 르! 조…!"

"뭐, 뭐야…?"

노점 안에서 냄비를 휘젓고 있던 소르조 가게 주인이… 겁을 먹고 난리야.

란타는 웃었다.

"큭큭큭큭큭…크핫핫핫핫…! 그리 두려워 마라! 이 암흑기사 란타 님을 두려워하는 건 어쩔 수 없는 일이지만?! 잡아먹지는 않을 테니까…!"

"…괜찮냐? 너."

소르조 가게 주인은 반백의 머리에 아마 50대일 것이다. 딱 보기에도 소르조를 좋아할 것 같은, 배가 나온, 그야말로 소르조 가게 주인장스러운 분위기의 사내다. 참고로 지금은 식사 시간대가 아니기 때문에 손님은 없다. 주인은 밑준비에 여념이 없는 모양이다.

란타는 에헴 하고 가슴을 폈다.

"물론, 괜찮지!"

"그, 그런가. 그렇다면 됐지만…너, 몇 번 왔었지? 우리 가게에."

"맞아! 나는 의용병이니까! 수습생이지만!"

"수습생치고는 잘난 척하네…."

"훗… 그렇게 생각해? 아저씨? 그건 말이야… 아마도, 내가 실제로 잘났으니까! 저절로 배어 나오는 거야! 그런 건! 아우라 같은 거시기로!"

"…잘 모르겠지만, 네가 잘났건 못났건 관심 없으니까 다른 데로 가주지 않겠어? 나는 바빠."

"조건이 있다."

"조, 조건을 거는 건가? 다른 데로 가주는 데에…?"

"걱정하지 마. 당연히 조건을 받아들일지 말지는 당신 자유다."

"그럴 자유도 없다면 그냥 협박이잖아…? 아니, 자유가 있어도 협박 같긴 하지만…."

"별것 아니야."

"너, 보아하니 전혀 남의 말을 안 듣는 타입이구나…?"

"빙고!"

"그 말은 들은 거야?!"

"뭐…그야… 그래서, 조건이다. 소르조를 가르쳐줘. 그러면 꺼져주지 못할 것도 없지. 간단하지?"

시장에서 식재료들을 보며 걸어가고 있노라니 뭔가가 등에 부딪쳤다.

"우냐아…!"

"우왓…."

넘어지지는 않았지만, 깜짝 놀라 돌아보니 유메였다. 유메가 태클을 건 것이다.

"…유, 유메, 씨? 앗…시호루, 씨도."

"웅냐! 유메야!"

힘차게 두 팔을 올리고 폴짝 점프하는 유메 뒤에서 시호루가 조심스럽게 손을 흔들었다.

"…아, 안녕."

"어, 저기…."

모구조는 가슴을 감쌌다. 상당히 놀랐기 때문에 심장이 두근두근한다.

"무, 무슨 일이야? 두 사람… 뭐, 뭐 사러? 아니면…?"

"음…있잖아, 유메랑 시호루는 있지, 보면서 걸어 다녔어. 그렇지? 시호루."

"…그, 그러, 네. 이것저것 구경하면서…."

"모구조는? 뭐 하는 거야?"

"아, 나, 나는… 저, 나, 나도 마찬가지, 인가? 보면서, 걸어 다니고."

"먹을 것?"

"그, 그래."

"모구조는 먹을 거니까."

"응…?"

"그게 아니다! 먹을 걸 아주 좋아하니까. 요리도 잘하고. 있잖아, 유메도 먹을 건 아주 좋아해. 하지만, 만드는 건, 음, 그러니까, 먹는 게 좋을까?"

"으, 응. 뭐, 그렇지…."

가끔씩 유메가 무슨 말을 하는 건지, 뭘 말하려고 하는 건지 금방은 이해할 수 없다. 그럴 때에는 한 박자 쉬고 말을 음미할 필요가 있다.

"…나, 나는, 양쪽, 이랄까? 뭐, 뭐랄까? 내가 생각한 대로 맛이 날 때에는 무척 기쁘다고나 할까."

"아아…."

시호루가 약간 눈을 크게 뜨고 그렇구나… 하며 납득한 표정을 짓는다.

"오잉?"

유메는 한쪽 볼이 튀어나오더니 그 턱을 검지로 콕 찌른다.

"그건가? 눈 감고 말이야, 똑바로 걸어가려고 하면 말이지, 눈을 떠보면 비뚤어져 있네 하는, 그런 거, 그럴 때의 기분인가?"

"으, 음… 그, 글쎄? 좀, 다를… 지도?"

"다른가?"

"응. 미안해. 왠지."

"유메야말로, 미안."

"아니, 나야말로…."

둘이서 연신 고개를 숙이고 있노라니 시호루가 키득 웃었다. 그것을 보고 유메도 헤벌쭉 웃고, 모구조도 우스워져서 웃어버렸다. 셋이서 웃고 있다가 갑자기 유메가 시호루를 향해 점프했다.

"쾅."

"꺅!"

"우냐아. 쿵."

"잠깐, 유메, 하지 마…."

"알았어. 유메, 안 할게."

둘이서 뭘 하는 건지, 어떤 종류의 커뮤니케이션인지 모구조는 이해할 수 없지만, 시호루도 진짜로 싫어하는 것은 아닌 것 같고 즐거워 보인다.

사람들이 사이좋게 지내는 모습을 보고 있으면 기분이 좋다. 생각할수록 자기는 전사 같은 건 맞지 않는다고 모구조는 느꼈다. 그렇긴 해도, 파티에 넣어준 동료들을 위해서 전사로서 노력해야만 한다. 노력할 생각이지만, 언젠가 나이를 먹고 싸울 수 없게 된다거나 하면 동료들과 함께 음식점을 내는 것도 좋을지도 모른다.

"아, 저기, 나 말이야."

"응, 응. 모구조. 왜애?"

"…실은, 어쩌다 보니 란타 군과 요리 승부를 하게 되었는데."

"또, 란타 군이 무슨 이상한 짓을…."

시호루가 짜증스럽다는 얼굴을 해서 모구조도 쓴웃음을 짓고 말았다.

"그건 뭐… 하, 하지만, 계기가 뭐든 뭔가 맛있는 것을 만들어서 모두가 먹어주면 좋을 것 같아서."

"오오오… 그렇구나!"

"가능하면 이런 기회가 아니면 만들지 못하는 것을, 만들어본다거나…."

"…기대돼."

시호루가 손으로 입을 가리고 눈을 반짝반짝 빛냈다. 모구조가 생각하건대, 어쩌면 유메보다도 시호루가 더 식탐이 있는지도 모른다. 유메가 까치발을 하고 얼굴을 가까이 들이댔다.

"그래서, 그래서?"

"…으, 응. 그래서, 있잖아, 뭔가 떠오르지 않을까… 해서, 식재료를 보고 다니는 거야."

"고양이도 걷다 보면 몽둥이랑 걷는다는, 그 속담처럼!"

"응…?"

모구조는 시호루와 눈빛을 교환했다. 과연 시호루도 유메가 하고픈 말이 뭔지 모르는 모양이다. 그런 얼굴을 하고 있다. 그렇다면 이럴 때에는 그냥 넘어가는 수밖에 없다.

"그, 그렇…지?"

"글쿠나. 맞지? 시호루."

"…어. 으, 응…그럴걸?"

"앗! 그럼, 유메 생각하는데, 유메랑 시호루랑 모구조랑 셋이서 보면 좋지 않을까?"

"괜찮겠어? 나는 기쁘지만."

"당연히 괜찮지. 시호루도."

"…그건, 물론. 모구조 군이 괜찮다면."

그렇게 되어 셋이서 시장을 돌아보기로 한 건데, 모처럼의 기회니까 유메와 시호루에게 물어보기로 했다.

"저기, 둘은 어떤 게 좋아?"

"음…? 좋아하는 거라. 그러네. 유메는 있지, 늑대개!"

"…유메, 그게 아니라 음식."

"우오? 글쿠나. 음식이라. 음…끙…끄응….'

"미, 미안해, 유메 씨. 괜히 고민하게 만들었네….'

"오잉?!"

"엇…?!"

"모구찡, 유메를, 유메 씨라고 불렀지? 방금!"

"…모, 모구찡?"

"모구조?"

"뭐, 뭐든, 어느 쪽이든 좋지만, 어, 그게…… 그러네. 왜지? 역시
이름만 부르는 건 좀 그런가 해서….'

"그런가 해?"

"너무 허물없나, 해서.'

"허물어져?"

"허, 허물어졌는지 아닌지는 모르지만.'

"유메는 유메여도 괜찮은데? 유메링이라고 해도 되고. 유메뽀이
라거나?"

"…유메. 유메뽀이는 이상해….'

"우음, 그런가? 시호루도 시호루니까. 유메면 되려나? 모구조도
모구조면 되는 건지도. 모구조는 귀엽네.'

"…귀, 귀여워?"

모구조는 얼굴이 뜨거워졌다. 더운 것도 아닌데 땀이 날 것 같다.

"응, 응. 유메는 귀엽다고 생각하는데. 시호루도 귀엽고."

"…그, 그렇지는, 않은 것 같은….."

"귀여운데? 모구조도 그렇게 생각하지 않아?"

"어, 아, 그러…네. 응. 귀, 귀여워….."

모구조는 두 손으로 얼굴을 가렸다. 끝내주게 부끄럽지만, 분명히 끝까지 제대로 말하지 않으면, 귀엽지 않다고 생각하는 거라고 받아들일지도 모른다. 그건 바라는 바가 아니다.

"…귀엽다고, 생각해…. 진짜로."

"아….."

시호루는 어째서인지 고개를 깊이 숙여 절을 한다.

"…감사…합…니다….."

"아, 아니. 저야…말로?"

"엥? 둘이 뭐하는 거야?"

이 상황에 다다른 원인을 제공한 유메가 할 말은 아니다.

…이렇게, 만약 란타였다면 지적했을지도 모르지만, 모구조는 물론 그럴 수 없다.

"앗, 좋아하는 음식 말이지?"

…이렇게, 마치 아무 일도 없었던 것처럼 원래의 화제로 돌아왔다는 지적도 역시 할 수 없다.

"유메는 있지, 맛있으면 뭐든 좋을걸?"

…게다가 뭐든지 좋다고요? 라는 항의는 당연히 할 수 있을 리가 없다.

"나, 나는….."

…이렇게, 곧바로 지원 사격을 해주려는 시호루는 얼마나 착한

사람인지.

"…나, 는…저기, 많이 먹어도, 살이 안 찌는 게, 개인적으로는…
…."

다이어트 푸드인가!

그쪽인가.

그쪽인 건가.

여자아이니까 그런 것인가?

이것은 상상을 초월했기 때문에 참고가 되지 않는다. 모구조가
어금니를 악물고 그런 생각을 하고 있다 보니, 전해져버린 건가?
시호루는 목을 움츠렸다.

"…미, 미안해. 참고가, 되지 않겠…네. 나, 살이 쪘으니까…."

상관없다고 생각해. 그보다 별로 살이 찌지는 않았다고 생각해…
말할 수 있다면 말하고 싶다.

도저히 말할 수 없다.

모구조는 하늘을 우러러보았다.

깨달음을 얻고 싶다.

그렇게 바라자마자 배에서 꼬르륵 소리가 났다. 모구조는 당황해
서 유메와 시호루를 보았다. 보아하니 두 사람에게는 들리지 않은
모양이다. 마음이 놓여서 가슴을 쓸어내렸다. 그때였다.

"핫…."

지금, 시야 한구석에 뭔가를 포착했다.

"모구조? 왜 그래?"

"으, 응…."

유메의 물음에 대답도 대충 하고 모구조는 그것을 찾았다. 있다.

이 노점이다. 가게 앞에 나무통이 줄지어 놓여 있고 밖에서 내용물이 보이게 되어 있다. 모구조는 그것을 가리키며 노점 주인에게 물었다.

"호, 혹시 이거… 쌀인가요?"

노점 주인은 수상쩍다는 듯이, 응 하며 끄덕였다.

"본토산 쌀인데. 그게 왜?"

여기 한 남자가 있다고 생각해봐. 그야 남자쯤은 얼마든지 있겠지… 라고 말하지 말도록. 이건 어디까지나 전제 같은 거야. 아니, 전제보다 더 전의 전전제 비슷한.

아무튼, 한 남자가 있었습니다. 남자는 의용병이었습니다. 뭐, 흔한 이야기지만, 남자는 의용병으로서 동료들과 함께 싸우고, 싸우고, 싸우고, 날이면 날마다 싸우고, 가끔씩 쉬기도 했지만, 기본적으로는 오로지 싸워서 돈을 벌었습니다. 엄청 싸웠습니다. 꽤나 싸운 결과, 끝은 갑자기 찾아왔습니다.

『어이, 타카카게…! 타카카게…?! 타카카게…?! 정신 차려…!』

『…우, 우스라다니…트, 틀렸어, 나는 이미….』

『틀렸다는 말은 하지 마, 타카카게! 포기하지 마! 그런 말 있잖아. 포기하면 거기서 시합은 끝이라고…! 그러니까 포기하지 마, 바보야…!』

『…바, 바보라고 하지 마…바보라고 말하는 놈이 바보인 거…다….』

『그게 화낼 부분?! 응?! 이 판국에 그 부분에서 화를 내는 거야?! 그게 아니라, 명백하게 화낼 때가 아니지 않아?!』

『…화…화 안 냈…어….』

『분명히 화냈어! 나는 알아! 완전히 화났었다고!』

『…화…안 냈어….』

『타카카게?! 타카카겟?! 타카카게에에에에에에에에엣?!』

『…르…조….』

『뭐?! 뭐라고?! 뭐야?! 뭔가 하고 싶은 말이 있다면…』

『…소…르…조….』

『소르, 조…?』

『어이! 우스라다니!』

숨이 끊일 듯 끊일 듯한 타카카게가 아니라 다른 동료가 우스라다니의 팔을 움켜쥐고 잡아당겼다.

『간다! 이대로 있다가는 우리까지…!』

『타카카게를 두고 갈 순 없어…!』

『그럼 너는 남아! 우리는 간다!』

『웃기지 마?! 그럼 나도 간다! 당연히 가야지! 그렇게 되었으니, 간다, 타카카게! 이별 인사는 하지 않겠다! 작별이다…!』

※덧붙이자면, 전문의 정보를 해석 재구성했기 때문에 사실과는 약간 다를 수가 있습니다. 양해 바랍니다.

…이렇게 해서 타카카게를 잃은 우스라다니는 의용병 생활에 한계를 느끼고 발을 빼기로 했다.

그러나 의용병을 그만둬도 인간을 그만둘 수는 없다. 아니, 인간을 그만두면 기본적으로는 죽어버리고, 죽고 싶지 않으니까 의용병을 그만둔 것이고. 살아라, 살아가야 한다. 그러기 위해서는 뭔가 해서 생계를 꾸려나가야 한다고, 생각 끝에 내놓은 결론이 요식업이었다.

『나는 먹는 걸 좋아하니까. 이왕 먹을 거면 맛있는 것을 먹고 싶은 스타일이고. 오히려 맛없는 것을 먹으면 짜증이 나는 스타일이고. 당연한 말이지만, 평생 동안 할 수 있는 식사 횟수는 제한된 거잖아? 맛없는 것을 먹으면, 그 제한된 횟수 중에서 귀중한 한 번을 낭비해버렸다는, 그런 비슷한 느낌이 들어서 열받는다고. 비교적, 남자든 여자든 맛있는 것을 먹고 싶다는 녀석은 적지 않다는 인상이니, 잘되지 않을까? 요식업. 지금도 뭐 아예 없는 것은 아니고, 할까? 해볼까? 좋았어! 한다…!』

   ※사실과는 약간 다를 수가 있습니다. 양해 바랍니다.

   우스라다니는 여섯 명이 함께 파티를 짰었다. 타카카게를 잃고 다섯 명이 되었다. 그리고 우스라다니가 빠지면 네 명. 네 명인가. 네 명으로는 무리…. 그렇게 되어 남은 네 명 중 두 명이 우스라다니의 이야기에 뜻을 같이해서 공동 경영자라는 형태로 음식점을 시작하기로 했다.

   『우스라다니, 츠모즈카, 얀쿠, 세 명의 이름에서 적당히 따서 가게 이름은 우스츠모양이라고 하는 걸로. 어때?!』

   『잠깐만, 우스라다니. 왜 네 이름이 제일 앞에 오는 거야?』

   『옳소, 옳소. 얀쿠츠우로 하면 되잖아.』

   『어이, 잠깐. 얀쿠. 그럼 나랑 츠모즈카는 한 글자씩밖에 안 들어가잖아. 그건 이상하지.』

   『닥쳐, 우스라다니. 네 처음 제안은 나만 한 글자였잖아. 얀밖에 안 들어갔으니까.』

   『시끄러워, 얀쿠 주제에. 무엇보다도 얀쿠라니, 무슨 이름이 그 따위냐고 오래전부터 생각했는데 말이지. 도대체 뭐야? 얀쿠가.』

   『너… 우스라다니, 그렇게 생각했던 건가…?』

   『미안, 얀쿠. 나도 그건 생각했어.』

   『츠모즈카 너까지?! 이제 됐어! 너희랑은 못 해먹겠어! 끝이다!』

   『아, 그래? 그럼 잘 가.』

『잡으라고, 이럴 때에는! 붙잡으라고! 한 번쯤은!』

『아니, 됐어. 귀찮으니까.』

『젠장! 두고 보자, 우스라다니…! 츠모즈카, 너도 마찬가지야! 반드시 후회하게 만들어줄 테니…!』

사실과는 약간 다를지도 모르지만, 뭐 대충 이런 경위로 양쿠와는 싸우고 헤어졌다.

우스라다니와 츠모즈카는 일단 상호는 보류하기로 하고, 어떤 형태의 음식점을 할 것인지 밤을 새워가며 둘이서 의논했...... 술을 마시면서.

『…역시 여자가 있는 게 좋겠지.』

『엉? 너 무슨 말을 하는 거야? 츠모즈카… 밥이라고, 밥. 밥집이라고….』

『야, 야, 야, 우스라다니? 식욕에 필적하는 욕망이라고 하면 뭐겠어…? 그야 물론 성욕이지…!』

『그러니까 어쨌다고? 장난하는 거야? 너! 날려버린다!』

『어디 해봐, 새치머리…!』

『내, 내 콤플렉스를…! 츠모즈카, 너, 이제 용서 안 해…!』

『용서 안 하면 어쩔 건데?』

『죽인다!』

『죽인다고 했냐? 지금?! 죽인다고! 아…아…말했지?! 말해버렸지! 해선 안 될 그 한 마디를 해버렸지?!』

『시끄러워, 닥쳐!』

『…때렸겠다?! 아빠한테서는 맞아본 적 없는데…?!』

『아빠한테서는이라니, 여기저기서 동네북이었고, 맞는 데 익숙한 느낌이잖아!』

『그게 잘못이냐! 내 취미에 간섭하지 마!』

『맞는 게 네 취미냐? 그런대로 오래 알고 지냈는데도 전혀 몰랐다…눈치 못 챘어…우와…! 소름! 무섭…!』

『새치머리가 할 말은 아니지!』

『새치머리라고 하지 마!』

『새~치~머~리~이~이~.』

『노래했지?! 하필이면 노래를 불러댔지?! 바이브레이션까지 넣었지?! 독특한 꺾기까지 넣었지?! 묘하게 잘 부르지?! 이제 됐어! 너랑은 못 해먹겠다, 굿바이다…!』

『그래, 나야말로 사양하겠다! 잘 가라, 새치머리! …가 아니지. 우스라다니, 안녕이다…!』

『우스라다니와 새치머리는 비슷도 안 하고! 글자 수도 안 맞는데 헷갈린 척을…!』

사실과는 약간 다르다고 해도, 대충 이런 경위로 츠모즈카와도 결별하고 우스라다니는 혼자서 음식점을 경영하기로 했다.

우스라다니는 생각에 생각을 거듭하고, 시행착오를 겪으며, 밀가루를 이용한 면류를 제공하는 노점으로 하는 것까지 정했다. 이미 오르타나에서는 밀가루에 소금과 물을 조금 넣고 반죽해서 만든 면이 널리 퍼져 있었다. 우스라다니도 처음에는 그것으로 승부할 생각이었으나, 생각하면 할수록 승산이 없는 것 같았다. 다른 가게와 똑같아서는 세일즈 포인트가 없다.

우스라다니는 면류를 제공하는 가게를 돌아다니며 이것저것 먹어봤다. 세일즈 포인트가 될 만한 차별화를 꾀하기 위해서 고생했다.

그 결과, 한 줄기 광명을 발견했다.

면류인 만큼 신경 써야 할 것은 역시 면.

우스라다니는 어떤 아이디어를 활용해서 다른 가게에는 없는, 독
자적인, 그러나 어째서인지 너무나 향수를 자극하는, 이거야, 바로
이거… 라고 느끼게 만드는 면을 만들어내는 데 성공했다.

그리고 우스라다니는 비용 문제 등 여러 가지 조건을 고려한 끝
에 자기 가게에서 선보일 요리를 한 가지로 좁혔다. 이 면류 하나로
승부를 건다. 모 아니면 도. 실패하면 그때에는 그때 가서 생각한
다. 건곤일척의 면류 시제품 국물을, 그리고 노르스름한 면을 후루
룩. 한 번 고개를 끄덕이고 나서 우스라다니는 중얼거렸다.

『너는 소르조다. 내가 이 길을 걷는 계기가 된, 타카카게 녀석이
마지막으로 남긴 수수께끼의 한 마디…소르조. 네 이름은 소르조다
…!』

사실과는 다소 차이가 있지만, 이상이 소르조 탄생에 얽힌 비화
였다.

란타는 소르조 노점 주인인 반백의 우스라다니 앞에서 호쾌하게
무릎을 꿇었다.

"…부탁이올시다…! 아무쪼록 나한테 소르조 만드는 법을 전수해
주십샤?! 주십샤가 뭐야…?! 아니, 잘은 모르지만, 내 마음속에서
는 진짜로 소르조 만세…라는 느낌이오니, 제발제발 아무쪼록…!"

우스라다니는 팔짱을 끼고서 눈을 감고 있다.

갑자기, 번쩍… 눈을 뜨더니 희번덕거리며 란타를 노려본다.

"안 돼."

"털썩…!"

란타는 무릎을 꿇은 자세 그대로 벌렁 자빠졌다.

"털썩…! 벌러덩! 띠로리…! 지, 진짜?! 방금 전에 오케이 할 것 같은 느낌으로 흘러갔었잖아…?! 아니면 내 착각…?!"

"네 착각이다. 무엇보다도 아무 인연도, 의리도 없는 젊은 놈한테 왜 기업 비밀을 밝혀야 하냐고?"

"그, 그러니까! 나, 요리 승부를 하게 되어서! 이기기 위해서, 이거다 싶은 요리를 만들어내야 한다고! 그건 역시 소르조밖에 없지! 영광이잖아?! 그렇지요?! 수많은 오르타나 요리 중에서 소르조가 선택된 거라고?! 그렇다고요?!"

"네 승부 따위는 내 알 바 아니야. 그게 나랑 무슨 상관이야?"

"상관은 없을지도 모르지만! 무릎까지 꿇고 부탁하는데?! 이봐요, 이렇게 부탁한다고요. 봐요, 자, 자!"

란타는 또 빙글 회전하더니 고속으로 몇 번이나 무릎을 꿇고 머리를 조아렸다.

"이렇게 부탁하는데 가르쳐줘도 되잖아, 얌체…."

"얌체라고오오오?!"

"우왓, 미안합니다, 나도 모르게 속마음이! 아니, 아니, 말이 잘못 나온 것뿐!"

이대로 있다가는 식칼이나 그런 게 날아올 것 같은 분위기다. 란타는 어쩔 수 없이 일어서서 무릎을 툭툭 털었다.

"알았…다고. 알았습니닷. 더는 부탁 안 해."

"부탁해도 안 가르쳐줄 거니까. 그게 정답이다."

"그 대신…."

"너, 왜 일일이 그렇게 거만하냐…?"

"보고 배우겠다! 당신은 그냥 나한테 일하는 모습을 보여주기만 하면 돼! 그 정도는 괜찮지? 불만 없지?!"

"…진짜 남의 말을 안 듣는 녀석이로군."

우스라다니는 한숨을 쉬고 나서 내뱉는 것처럼 말했다.

"뭐, 좋아. 좋을 대로 해. 단, 방해하면 즉각 쫓아낼 거니까."

"오케이! 후회하지 않을걸!"

"이미 약간 후회 안 하는 것도 아닌데…."

"핫핫핫핫! 기분 탓, 기분 탓! 그건 기분 탓이라고…!"

6. 소행

"…저기."

모구조는 고개를 숙였다.

"뭐, 뭔가, 정말, 미안해, 하루히로 군. 이상한 걸, 시켜서…."

"아…."

하루히로는 졸린 듯한 눈을 하고 뒤통수를 긁적였다.

"뭐, 괜찮은데. 그보다 모구조 탓이 아니잖아. 모구조가 사과할 건 아니라고 생각하는데. 요컨대, 원인은 란타지?"

"어이, 어이, 어이, 어이, 어이, 어…이!"

란타가 허리에 왼손을 대고 오른손 검지로 하루히로에게 삿대질을 했다.

"너, 태연히 나를 디스하지 말라고, 파루피로! 뭐든지 내 탓으로 만들고 있어!"

"그야 무슨 일이 생기면 대개 네 탓이니까."

"그게 편견이라는 거야! 모구조가 받아들이지 않았으면 성립되지 않았을 승부니까! 그래서, 승부에는 입회인이 필요! 덧붙여 이 승부의 경우에는 심판도 없으면 곤란해! 심판은 홀수가 바람직해! 짝수면 무승부가 될 수도 있으니까!"

의용병단 숙사 중정에 임시로 설치된 승부 장소에는 실제로 대결하는 모구조와 란타 말고도 입회인 역할인 하루히로, 그리고 심판인 마나토, 유메, 시호루, 합계 여섯 명이 모여 있었다.

모구조와 란타는 마주 보고 있고 그 중간에 하루히로가 서 있다.

마나토, 유메, 시호루는 좀 떨어진 곳에 나란히 앉아 있다.

"그렇게 된 거니까!"

란타는 가슴을 펴고 에헴, 헛기침을 했다.

"승부의 룰은 간단! 단순 명쾌! 이제부터 나와 모구조가 요리를 하나씩 만들고 심판 세 명이 맛본다! 그래서 어느 쪽이 맛있는지 판단! 심판은 반드시 한쪽을 선택할 것! 그러면 3대0이나 2대1이 되어 필연적으로 차이가 생기니까 승패가 확실해진다는 계획이다!"

"질문."

손을 든 마나토에게 란타가 척… 삿대질을 했다.

"뭐야? 마나토?! 질문은 간결하게!"

"이거, 그냥 이기고 지는 게 정해지는 것뿐이야? 이기면 뭐 좋은 일이 있다거나?"

"물론! 그야 당연히 있겠지?! 패자는 승자의 말을 뭐든지 들어주는 거야…! 그게 정석이잖아!"

"그럼 있잖아."

"어이, 유메! 발언할 때에는 제대로 손을 들어!"

"시끄럽네. 안 들어도 되잖아."

"되지 않아!"

"그럼 유메는 말 안 할래."

"말해! 무슨 말을 하려고 했던 건지 궁금하잖아?! 궁금해서 잠도 못 자면 어떻게 해줄 거야! 하려던 말은 책임감을 갖고 끝까지 하라고!"

"알 게 뭐야…. 잠이 안 오면 안 자면 되잖아."

"안 자면 수면 부족이 되잖아! 나한테는 쾌면, 쾌변, 쾌걸, 이 삼쾌가 건강의 기본이라고!"

"…쾌걸…."

어이없다는 얼굴로 중얼거린 시호루를 란타는 이마에 핏대를 세워가며 노려본다.

"어어엉…?! 뭐 불만이라도 있습니까아…?! 있으면 말해주시죠…! 분명히 말해주시죠오…! 그런 건 열받으니까!"

"란타는 말이야."

마나토가 웃으면서 말했다.

"전부터 생각했는데, 천재적이야. 엄청나게 센스가 있어."

"…어? 그, 그런가? 그, 그야 뭐? 확실히 나는 수재 타입이라기보다는 천재 타입이지만."

"사람 신경을 건드리는 센스가 뛰어나."

"우어어어이…! 마나토오오! 그런 센스 필요 없다고오오!"

"어쩔 수 없잖아…."

하루히로는 한숨을 쉬었다.

"너는 어쩌다 보니 사람 신경을 건드리는 천재로 태어나버린 거니까. 천재의 고뇌랄까?"

"응…? 천재의 고뇌, 라. 그 말의 어감은 나쁘지 않네. 멋있는데…?"

란타는 자기 턱을 한참 매만지더니 약간이랄까, 꽤나 만족스러워 보였다. 행복한 사람이네…라고 모구조는 생각했지만, 입 밖에 내지는 않았다. 란타처럼 되고 싶지는 않지만, 아주 약간은 부럽다.

"일단, 룰은 대충 알겠는데…."

하루히로는 역시 졸린 건 아니겠지만 졸려 보인다.

"그, 뭐더라? 입회인? 이던가? 나는. 심판이 아닌 거지? 나만. 그렇다는 건, 나는 요리를 먹을 수 없는 거야?"

"빙고…!"

"뭐야? 그거. 모구조 요리는 확실히 맛있을 테고 나도 먹고 싶은데. 란타 요리는 안 먹어도 상관없지만."

"내 요리는 상관없다니, 무슨 뜻이야…! 기대하라고! 기대해둬!"

"설령 기대해봤자 나는 먹을 수 없는 거잖아."

"벌이다, 벌! 내 울트라 스페셜한 요리를 상관없다는 둥 지껄인 놈한테는 천벌이 내리는 거다…!"

"하, 하루히로 군. 나는 하루히로 군 몫도 만들 테니까…."

"모구조, 얀마! 은근슬쩍 입회인을 매수하려 들지 마!"

"나는 우열을 가리는 역할이 아니니까 매수는 의미 없는데."

"그런 게 아니라고! 그 인간으로서의 친절함이 마음에 들지 않아!"

"성격이 얼마나 비뚤어진 거야? 너…."

"시끄러워! 닥쳐! 이제 됐어! 졸린 눈이나 하고 자빠져서! 잠이나 자, 하루히로, 너는! 계속, 영원히 자! 그럼! 한다. 모구조! 승부, 시작한다!"

"아, 으, 응…."

"…마음대로 해라, 이제."

하루히로는 삐진 것 같다. 왠지 엉망진창이 되어가고 있다.

"그럼."

분위기를 알아차린 건지 마나토가 일어섰다.

"개시 신호는 내가 할게…Allez cuisine(요리 시작)…!"

씩씩하고 청량한 목소리가 모구조의 등을 밀어주었다.

"모구조, 힘내라!"

"…모구조 군, 힘내!"

재료를 고르러 함께 가줬던 유메와 시호루의 성원도 모구조를 분투시켰다.

"조, 좋았어…!"

모구조는 양쪽 손으로 두 뺨을 찰싹 때렸다. 너무 세게 때려서 꽤 아팠지만, 덕분에 기합이 들어갔다.

"홋….."

란타가 손가락질한다.

"각오해둬, 모구조. 나는 너를 철저히 때려눕힌다! 용서하지 않을 테니까!"

"이, 이왕 하는 거, 좋은 승부를 하자…!"

"부아…보 녀석! 승부라는 건 말이다! 좋은 것도 나쁜 것도 없어! 이긴 자가 항상 옳고 패한 자는 비참할 뿐인 거야! 그러니까 나는 이 승부, 반드시 이긴다…!"

어지간히 레시피를 열심히 준비한 건지, 그래서 자신이 있는 건가? 아니면 근거 없는 자신감으로 가득 찬 건가? 란타는 콧김을 거칠게 내뿜으며 취사장으로 갔다.

어느 쪽이든, 모구조는 최선을 다할 뿐이다. 란타와 달리 취사장으로는 가지 않는다. 모구조의 조리장은 여기다. 의용병단 숙사에는 취사장 말고 중정에도 소박한 시골의 정취가 물씬 풍기는 화덕이 있다.

모구조가 선택한 요리를 만들려면 밥을 짓고 삶기만 할 수 있으면 되니까 중정에서도 문제없다. 식재료도 확실하게 준비해뒀다.

그렇다, 화덕 옆에….

"어디, 먼저 이거랑, 그리고… 아앗?!"

"왜 그래? 모구조."

하루히로가 다가왔다.

화덕 옆에는 식재료가 들어간 바구니와 채반이 가지런히 놓여 있다. 모두 모구조가 미리 준비해둔 것이다.

채반 하나가 어째서인지 비어 있다.

"…없어! 없어졌어! 이 채반에는 가나로 고깃덩어리를 넣어뒀는데! 아까 확인했을 때에는 있었는데, 어째서…?!"

"설마 저 녀석이…?!"

하루히로는 취사장 쪽을 보았다.

"…아무러면 그렇게까지 할 거라고는 생각하고 싶지 않지만. 란타니까…… 내가 녀석한테 가서 추궁하고 올게. 일단은 입회인이니까. 저 녀석이 부정을 저질렀달까, 반칙을 했다면 그에 따라…."

"아니야."

모구조는 고개를 가로젓는다.

"괜찮아… 분명히 내 확인 실수니까."

"하지만 고깃덩어리잖아. 조미료나 그런 거라면 그나마 이해하지만. 작은 게 아닌데, 실수라니."

"괜찮아! 어떻게든 해볼게…… 어떻게든 될 거야. 나는 모두에게 맛있는 것을 먹이고 싶은 거야."

모구조는 쌀이 담긴 채반을 집었다. 시장에서 산 것은 탈곡만 되어 있는 생쌀인데, 정미하는 데는 너무 시간이 걸리기 때문에 어젯밤에 미리 해놓았다.

"…란타 군에게도 먹여주고 싶어. 승부든 아니든 나에게 요리는 그런 거니까."

"모구조…."

하루히로는 눈살을 찌푸렸다.

"…하지만, 도대체 어디까지 쓰레기인 거야? 저 녀석."

"너무 원망하지 마라, 모구조."

란타는 조리대 위에 놓인 가나로 고기를 내려다보며 니힐하게 웃었다.

"아무래도 요리를 잘하는 네가 상대라서 이 나여도 너무 불리하다는 거지. 나는 리얼리스트니까. 요리로 모구조와 정면으로 싸워봤자 승산이 희박하다는 것쯤 안다고. 계책을 마련하지 않으면 안되거든. 그리고, 내가 저지른 짓이라는 걸 눈치챘다고 해도, 모구조의 성격을 생각하면 아무 말도 안 할걸. 그 녀석은 그런 녀석이야. 너무 착하거든, 인간으로서. 장점과 단점은 표리일체. 그 녀석은 너무 착하기 때문에 자기 무덤을 파는 거지. 그 녀석도 학습할 필요가 있다고. 때로는 비정해지지 않으면 안 된다는 엄격한 현실을…!"

한바탕 소리 높여 웃고 나서 란타는 고개를 틀었다.

"그보다, 쌀과 가나로 고기? 저 녀석, 뭘 만들려고 했던 거지…? 뭐, 뭐든 모구조 녀석은 이제 고기를 쓸 수 없어. 비교적 비싸 보이고, 이 고기. 고기고기를 다시 사 오는 건 무리겠지. 그래서, 대신에 내가 이 고기, 기고, 고기고기, 기고기고, 고오오기를, 쓴다…! 놀랍게도 내가 써버린다! 이 흉악함…! 그야말로 암흑기사의 귀감이다…!"

식칼을 들고 고깃덩어리를… 썬다!

그 직전에 란타의 손이 멈췄다.

"…괜찮은가? 괜찮은 거지? 좀 지나쳤나? 아무리 그래도, 좀 거시기한가? 뭐랄까, 빈축을 사게 될까…? 아니야, 아니야. 그런 걸

겁내다니, 나답지 않아. 그, 그렇다. 이기기 위해서야! 포 더 빅토리. 수단을 가리지 않는다. 그것이 내 저스티스, 예아! 이 승부, 지면 비난! 이겨야 비약! 어차피 나는 손을 더럽힌 것이다! 강탈해온 고깃덩어리! 이제 와서 돌려주러 갈 수 있겠냐! 그렇다. 무슨 낯짝으로…! 이제 이 고기는 쓸 수밖에 없는 거다! 증거 인멸을 위해서라도…! 버리면 아까우니까! 먹는 수밖에! 핫하항! 요리해버리면 고기의 출처는 알 수 없다고! 좋아, 해라! 하는 거다, 암흑기사 란타! 썰어라! 확 썰어버려…! 어, 어라…? 그런데, 챠슈(주1)를 먼저 써는 거던가…? 나중에 써나? 먼저? 어느 쪽이었지…? 이크, 우스라다니가 만드는 걸 보고 똑똑히 기억해뒀는데, 잊어버렸어…?! 나도 참, 잊어버리다니…?! 말도 안 돼…! 새, 새새새새, 생각해내라…! 챠슈, 챠슈 만드는 법…챠 슈…? 그런가, 챠슈란 돼지고기로 만드는 거잖아…? 가나로는, 그거잖아, 소 비슷한 동물……? 괜찮은 건가? 이거. 어떨까? 안 되지 않아…? 아니아니아니아니아니아니아니아니…."

란타는 천장을 우러러보았다. 피유…하고 숨을 내뱉는다.

"…응. 중단하자. 우선 챠슈는 일시 중지! 중단! 완전히 아는 부분부터 가자! 그거지, 면이지! 면! 역시! 어디, 밀가루, 밀가루…좋아, 좋아. 있다, 있어. 이거야, 이거. 이 밀가루를, 이렇게 해서, 도마 위에 듬뿍…우옷?!"

너무 많이 쏟아졌다. 듬뿍도 정도가 있다. 삼베 주머니에서 도마를 향해서 쏟은 밀가루가 바닥까지 흘러버렸다.

"젠장! 조절이라는 걸 모르냐고? 밀가루! 밀가루 놈…! 여기서는 멈추라고, 멈춰두라고! 바닥에 거시기하면 주울 수도 없고, 곤란한

주1) 챠슈: 돼지고기를 양념에 절여 굽거나 삶은 것.

건 너 자신이잖아! 생각 좀 해라, 밀가루…! 이제 됐어! 흘린 건 그 냥 버린다! 도마 위의 밀가루만 상대해주지! 어디, 먼저 물! 쾈쾈! 그리고, 소르조의 면은 노르스름, 그 수수께끼를 풀 비밀! 우스라 다니 놈은 결국 가르쳐주지 않았지만, 나는 알아버렸다고…! 이거 다…! 달걀!"

란타는 달걀을 깨서 밀가루에 넣었는데, 껍질까지 들어가버렸다.

"…웃, 젠장…! 일 났네, 껍질! 껍질! 꺼내야 해! 이게 다인가? 아 니, 아직 더 있나? 아아아! 이제 됐어! 약간 정도는 문제없어! 오히 려 건강에 좋을 것 같아! 식감, 식감도! 그리고, 이걸…젓는다!"

젓는다.

젓는다. 젓는다.

오로지 휘젓는다.

"…칫! 손에 달라붙고 자빠졌네…! 반죽하는 단계까지 좀처럼 도 달할 수 없잖아! 어떻게 되어가는 거야…?! 우스라다니는 좀 더, 이 렇게…!"

저어라. 저어라. 우스라다니처럼 젓고, 또 젓고, 마구 휘저어라.

"좋아! 좋아! 좋아…! 뭔가 반죽스럽게 되어가잖아! 앗?! 그러고 보니 소금 같은 거 넣지 않았던가…?! 지금은 아닌가! 휘리릭 하고 …! 좀 더인가? 넣으려면 호쾌하게…! 뭐, 뭐야…?! 소금이 이제 없 어?! 여기에서, 이 단계에서 설마 소금이 떨어지다니…?! 국물은 어 떻게 하냐고…?! 아니야, 아니지! 면에 소금간이 되어 있으면 괜찮 은가! 후후훗! 그야 그렇지! 우선은 반죽! 최강의 면을 완성시킨다 …! 지고의 면을…! 으랴앗…!"

동그래진 밀가루 덩어리를 반죽한다.

"으랴아아아…!"

도마에 패대기치고 다시 반죽한다.

"웃쌰아아아아아…!"

반죽한다. 이리저리 돌리면서. 주물주물주물주물주물주물주물주물주물주물주물, 마구 주물러댄다.

"파이야아아아아아아아아아아아아아아아아아아아아아아아아…!"

주무르는 것만으로는 성에 안 차, 때린다. 몇 번이나 들어 올렸다가는 도마에 격돌시킨다. 때린다. 주먹으로 때린다. 때려눕힌다. 퍽퍽퍽퍽퍽, 퉁퉁탕탕 하다 보니…이것은.

"딱딱해……?! 완전 딱딱하잖여?! 딱딱 소리가 나겠다냥?! 아니, 왜 나는 유메 같은 말투를…?! 뭐, 그건 그렇다 치고, 이거… 잘라지나?! 가늘게 썰 수 있는 경도인가…?! 무리 같지 않아…?! 위험할 것 같으니 나중에 해도 될까? 되겠지. 응. 국물, 국물. 다음은 국물 가자! 어디, 냄비에 물, 물. 좋아. 괜찮지. 그리고, 육수인가. 그거지. 이거, 이거. 뼈! 무슨 뼈인지는 모르지만, 저렴했으니까. 실은 공짜였지만! 덕분에 대량으로 있다고! 이 뼈를 퐁당퐁당 냄비에 넣고, 끓인다! 점화, 점화! 화덕에 점화! 이게 말이지. 귀찮다고. 그래도 할 거지만. 어쩔 수 없잖아."

부싯돌에서 점화구로 불을 옮긴다. 화덕에 불을 넣는다. 란타는 일련의 작업을 재빨리 마쳤다.

"…내가 생각해도 솜씨가 너무 좋았어. 방금 그 장면. 지나치게 대단하잖아, 나? 관중이 없는 게 아쉽군. 뭐, 완성된 내 수제 소르조를 먹어보면 그 녀석들도 내 실력을 인정할 수밖에 없겠지, 크크크……하앗, 핫, 핫, 핫, 하앗! 크헉, 콜록, 우웁, 쿨럭! 여, 여, 연기가?! 이크, 이거, 어이, 연기가 난리 났는데?! 어, 어, 어, 어떻게 하면 되는 거야…?!"

8. 자신을 믿어라

문제는 불 조절이다.

그것만이 과제였다.

"…지금이다…!"

모구조는 냄비 손잡이에 끼운 막대기를 들어 올렸다. 약불에서
중불, 강불, 그리고 뭉근한 불로. 그렇게 해서 불의 세기에 변화를
주면 맛있게 지어진다. 그림갈에 오기 전의 기억인지 뭔지, 아무튼
그건 알고 있었지만, 화덕으로 불 조절을 하기란 힘들다. 특히 화덕
의 불 자체를 어떻게 하려고 하면 거기로만 신경이 가서 냄비 상태
를 점검하는 걸 잊어버리게 되어 실패해버릴 수도 있다. 그래서 모
구조는 화덕의 불길은 일정하게 유지한 채로 냄비와 불과의 거리를
조절하기로 한 것이다. 간단한 일인데도 좀처럼 생각이 나지 않았
었다.

"나는 아직 한참 미숙해…!"

땀이 줄줄 흘러내린다. 냄비 손잡이는 양쪽에 있어서 그 양쪽에
튼튼하고 곧은 막대기 하나를 끼웠는데, 이것을 수평으로 유지하지
않으면 뚜껑이 열려 내용물이 쏟아지기 때문에 상당히 힘이 드는
일이다.

"끄, 끄, 으, 응…! 끄, 으, 으, 으, 응…!"

"모구조! 힘내는겨…!"

"…지, 지지 마, 모구조 군…!"

유메와 시호루가 변함없이 응원해주고 있다.

"저…모구조…."

하루히로가 다가왔다.

"내가 거들어줄까? 그 막대기, 그렇게 혼자 한쪽을 드는 게 아니라 둘이서 양쪽을 한쪽씩 잡으면 수수하게 편할 것 같은데….."

"괘, 괜찮아, 하루히로 군…! 이건! 내…나랑 란타 군과의, 1대1 승부니까…!"

"그야, 그렇긴 하지만. 뭔가, 힘들어 보이니까. 보고 있기만 해도 꽤 힘들어. 란타는 취사장에 있으니 말 안 하면 모를 테고….."

"안 돼, 하루히로."

유메와 시호루와 나란히 앉아 있던 마나토가 쓱 일어나더니 평소답지 않게 엄격한 목소리로 말했다.

"그래서는 모구조가 이긴 게 아니야. 란타가 아무리 규칙을 위반해도, 말도 안 되는 짓을 해도 모구조는 정정당당히 싸운다, 그리고 란타에게 이긴다, 그게 중요한 거야!"

"…어, 그, 그런 건가?"

"응. 모구조는 잘 알고 있어. 그러니까 힘들어도 끝까지 혼자 싸우려는 거야."

"그 말이 맞아, 하루히로 군…!"

모구조는 땀이 들어가 눈을 가늘게 뜨면서도 완전히 감지는 않았고, 냄비 높이만은 무슨 일이 있어도 바꾸지 않으려고 떨리는 두 팔에 힘을 계속 주고 있다.

"나는…! 나는…! 내가 말하는 건 좀 그렇지만, 소심하고, 분명치 못한 성격이고, 나한테 자신이 없어…! 자랑할 만한 게, 거의 없어…! 하지만, 이것만큼은…! 요리로는! 질 수는 없는 거야…!"

"…모구조…그렇게까지 요리를…아니, 왜 요리에 그렇게까지…

…?"

"이것이…!"

모구조는 하루히로에게 땀투성이가 된 얼굴을 향하고 빙긋 웃어 보였다.

"이게 내, 자존심이니까…!"

"…알겠는데, 모구조, 요리사가 아니라 전사 아니었어…?"

"하루 군…!"

유메가 절레절레 고개를 젓는다.

"그걸 말하면 끝이잖여!"

"…끝인, 거야?"

시호루는 상당히 의아한 모양이다.

"끝이야!"

곧바로 마나토가 단언하자 시호루는 힘주어 끄덕였다.

"…그, 그러네! 끝, 이네…!"

"끝, 이구나…."

하루히로도 납득해준 모양이다.

긴장을 풀면 냄비가 내려가버릴 것 같다.

"끙차…!"

모구조는 스스로에게 기합을 넣고 있다.

"끄아…! 하얏…! 호우아아아아…! 끄으으아아아아아아…!"

모든 것은, 뭉근한 불.

뭉근한 불 상태를 유지하기 위해서.

"…후우왓?! 모구조, 모락모락인데…!"

유메가 소리쳤다. 이것은… 김.

모구조의 온몸에서 심상치 않은 양의 김이 피어오르고 있다.

"모구조 군, 아무리 그래도, 이제 하, 한계 아니야…?!"

"아직이야, 시호룻!"

"…마나토 군?!"

"모구조의 한계는 겨우 이 정도가 아니야! 설령 한계라고 해도, 모구조라면 분명 돌파할 수 있어! 모구조의 포텐셜(잠재력)을 믿는 거야…!"

"포텐셜…."

하루히로는 압도당한 것 같다.

"…뭐 그리 거창하게, 거기에서 포텐셜까지 발휘할 건…."

조금만 더. 이 순간을 견뎌내면.

"참으로오오오오오오오오오오오오오오오오오오…!"

모구조가 포효하자 마나토가 V자를 그려 보인다.

"나왔다…! 필살기, 참으로 베기…!"

"…아니, 베기는 아니잖아?"

"하루 군! 우리 마음이 싹둑 베였잖아."

"그, 그런 건가…?"

"하루히로!"

마나토가 복잡한 방식으로 손을 흔들어 뭔가 사인을 보내자 하루히로는 턱을 당기는 것처럼 끄덕였다.

"…아, 알았어. 자, 잘은 모르겠지만, 뭐, 괜찮은가…."

"…응!"

시호루는 이미 눈물을 글썽이고 있다.

제대로 전해지는 거다. 동료들에게는.

"내, 소울(영혼)이…! 지금…!"

모구조는 마침내 막대기를 움직여 냄비를 바닥에 놓았다.

"…이제부터 뜸을 들인다…! 아직 뚜껑을 열면, 안 돼…!"

"좋은 냄새가 나네."

유메가 킁킁 냄새를 맡으며 눈을 빛냈다.

시호루는 황홀한 것 같다.

"…정말."

"하지만, 문제는…."

방금 전까지 다소 흥분해 있던 마나토였지만, 이미 냉정함을 되찾았다.

"메인이어야 될 고기가 없어. 어떻게 할 거야? 모구조."

"괜찮아."

모구조는 온몸의 땀을 닦으면서 심호흡했다.

"생각은 정리되었어. 승기는 있어. 마나토 군이 믿어준 내 포텐셜을 믿을게. 나는 지지 않아…! 모두에게 맛있는 요리를 먹여주고, 웃게 해줄 거야. 그것이 바로 내 저스티스니까…!"

…둥….

어딘가에서 북을 치고 있다.

둥….

둥….

북소리가 울려 퍼진다.

……그런 것 같은 느낌이 들었지만, 사실은 전혀 들리지 않는데, 뭐, 그 부분은 분위기라고나 할까, 요컨대 흥이다.

땅거미 내려앉은 의용병단 숙사 중정에서 란타는 팔짱을 끼고 가슴을 펴고 모구조와 마주 서 있었다.

한 줄기 바람이 분다.

"헷…."

란타는 코웃음을 쳤다.

"폭풍우가 닥칠 것 같군."

"아니, 평범하게 맑은데."

"시끄러워, 파루피로! 기분이 그렇다고! 찬물 끼얹지 마!"

"그러네."

모구조가 쓱…커다란 몸을 한 걸음, 앞으로 내밀었다.

"당장이라도 폭풍우가 휘몰아칠 것 같은… 나도 그런 기분이야, 란타 군."

"제법인데."

란타는 입술을 날름 핥았다. 모구조를 응시한다. 솔직히 의외다.

"너, 그런 얼굴도 할 수 있구나. 싸우는 남자라는 느낌의 얼굴을 하고 말이야. 좋아, 나도 타오른다 이거야. 내 상대로서 부족함이 없다…! 나와 너의 요리 승부, 선수 필승! 당연히 선제 공격은 나… 라고 생각했는데? 쯧쯧쯧! 이런 건 말이지, 대개 후공이 이기는 게 정석이라고! 그런 연유로, 모구조! 선공은 너다! 불만 없지…?"

"우냐아아아아…."

"뭐야? 유메?! 왜 당사자도 아닌 네가 싫다는 얼굴 하는 거야?!"

"하지만 있지, 모구조 건 당근 맛있을 거잖아. 그걸 먹은 뒤에 란 타 걸 먹는 건, 유메, 왠지 엄청 싫은데."

"…확실히."

시호루는 유메 옆에서 유메보다 더 싫다는 얼굴을 하고 있다.

"나쁜 쪽이 기억에 남아버릴 것 같아서, 최악이랄까…."

"너어희이드을! 내 요리가 맛없다는 전제로 이야기를 진행시키고 있잖아! 주무른다, 에잇!"

"모구조는?"

하루히로는 여느 때와 마찬가지로 졸린 눈으로 입회인답게 모구 조에게 물었다.

"모구조도 나중이 좋다면, 가위바위보를 하거나 해서 정할 건데."

"아니. 나는 선공 괜찮아."

모구조는 분명히 단언했다. 자신만만한 건가? 모구조답지 않다 …그런 건 아니고, 이것이 모구조의 진짜 모습인 거라고, 적어도 지 금은 생각해야겠지.

하루히로는 마나토와 마주 보며 같이 고개를 끄덕이고 나서, 휴 하고 숨을 한 번 내쉬었다.

"그럼, 선공은 모구조, 후공은 란타가 하는 걸로. 우선 모구조부터, 부탁해."

"응…!"

모구조는 어디에서 꺼냈는지 하얀 천을 삼각건으로 접어 머리에 두르더니 냄비를 들어 테이블 위에 놓았다.

테이블을 둘러싼 자리에는 이미 유메, 시호루, 그리고 마나토까지, 세 명의 심판이 앉아 있다. 하루히로는 혼자서 좀 떨어진 곳에 우두커니 서 있기 때문에 마치 따돌림을 당하는 것 같은 느낌이 상당했다.

"그게 네 요리인가? 모구조."

란타가 턱으로 냄비를 가리키자 모구조는 냄비 뚜껑에 손을 댔다.

"…아니. 아직이야, 란타 군. 내 요리는, 이제부터다…!"

"엉? 완성 못 했다는 건가? 푸흡! 이건 웃겼어. 준비가 안 끝난 거라면, 내 부전승…."

"잠자코 보고 있어! 참으로ㅇㅇㅇㅇㅇㅇㅇㅇㅇㅇㅇㅇㅇㅇㅇ…!"

모구조가 뚜껑을 열자, 냄비 안에서 김과 함께 갓 지은 흰쌀밥 냄새가 물씬… 분출하고, 그 고소한 맹풍이 란타를 비틀거리게 했다.

"큭…?! 참으로 베기가 아니라, 참으로 열기, 라고…?!"

"그리고, 또…!"

모구조는 어디에서인지 목제 밥그릇을 출현시켜, 그 내용물을 냄비에 쏟아부었다.

그리고 주걱으로 재빨리, 섞는다. 섞는다. 섞는다.

"참으로ㅇㅇㅇㅇㅇㅇㅇㅇㅇㅇㅇㅇㅇㅇㅇㅇㅇㅇㅇㅇㅇ…!"

"…모, 모구조 놈! 참으로 열기에 이어서 초월급 스킬인 참으로

섞기까지 구사할 줄이야…!"

"그런 스킬, 들어본 적 없는데…."

하루히로가 뭔가 흥을 깨는 말을 하고 있지만, 누구의 동의도 얻지 못하고 뻘쭘한 것 같다. 뭐, 어차피 하루히로니까 당연하지. 뭐랄까, 하루히로가 문제가 아니야.

"뭘 만들 셈이야? 모구조 놈…! 쓸데없는 발악을…!"

"꿍차…!"

모구조는 주걱을 놓더니 나무통에 두 손을 쑤셔 넣었다. 란타는 눈을 크게 떴다. 저 나무통 안에는….

"물, 이라고오오오…?! 모구조, 너…?!"

"참으로오오오! 참으로오오오오오! 참으로오오오오오오오오…!"

젖은 두 손으로, 모구조는 쌀밥, 아니… 쌀밥에 뭔가 갈아 넣은 것을 뜨더니, 쥔다. 쥔다. 주무른다. 마나토가 끄덕였다.

"…꽉 쥐어서 딱딱하게 만드는 게 아니라, 쓱…쓱… 소프트하게 주물럭거린다. 과연 모구조야. 절묘한 힘 조절이야. 저것이 전설의 참으로 쥐기…!"

"전설, 이구나…?"

굴하지 않고 어중간한 딴죽을 거는 하루히로의 존재감은 이미 공기나 마찬가지다.

란타는 이를 악물었다. 미간에 세로로 주름이 너무 깊이 잡혀 두개골이 깨질 것 같다.

"…이 프레셔(압박감). 모구조 놈, 이 정도일 줄은…."

"참으로오오오오오오! 참으로오오오오오오! 참으로오오오오

오오오! 참으로오오오오오오오! 참으로오오오오오오오오오
오오오오…!"

"와오! 완성된 거여…?!"

"…이것은…!"

유메와 시호루는 의자에서 엉덩이를 띄웠다. 마나토도 테이블에
놓인 접시에 담긴 것을 바라보며 약간 입을 벌리고 있다.

"자…!"

모구조는 당당한 웃음을 띠고 두 손으로 짝짝 손뼉을 쳤다.

"내 요리! 특제 모듬 주먹밥이야! 드시죠…!"

"…주먹밥."

란타는 이를 갈았다.

"그렇다는 건, 모구조, 너…… 원래는 고기말이 주먹밥을 만들 생
각이었구나…?! 이 무슨 무시무시한 메뉴를…!"

"아아….'

하루히로가 고개를 숙이며 배를 문질렀다.

"고기말이 주먹밥이라니, 그거, 상당히 맛있을 것 같아. 먹고 싶
었는데. 뭐랄까, 방금 그 말로 란타 너, 자기가 고기를 훔쳤다고 자
백한 거나 마찬가지인데…?"

"시끄러워! 지나간 일을 걸고넘어지지 마!"

"아니, 지금 한창 승부 중이니까 전혀 지나간 일이 아닌데."

"그런 쪼잔한 것만 따지니까 너는 안 되는 거야! 한심 한심이라
고! 제대로 확실하게 반성해, 바보!"

"있잖아, 이 녀석, 평범하게 반칙패 선언해도 돼? 이제 얼굴을 보
는 것도 한계인데."

"그보다 있지, 하루 군. 유메는 있지, 주먹밥 빨리 먹고 싶은데."

"…나, 나도."

"그러게. 나도."

심판 세 명이 나란히 손을 들자 하루히로는 한숨을 내쉬고 오른손으로 접시를 가리켰다.

"그럼, 드시죠."

"잘…먹겠습니다요." "…자, 잘 먹겠습니다…." "잘 먹겠습니다!"

세 사람은 일제히 주먹밥을 맨손으로 움켜쥐고 와구, 베어 물었다.

"…흥냐아아아아…?!" "…웃…앗…?!" "우, 왓…!"

이게 무슨 일인지. 세 사람 다 순식간에 얼굴이 발그레해졌다. 눈가가 촉촉하다. 유메의 경우에는 아예, 우걱우걱 먹으면서 진짜로 울고 있는 게 아닙니까.

"우뇨오오오오. 이거, 맛있어…마시썽. 너무 맛있어. 어쩌지?"

"…머, 멈출 수 없엇…이런 건, 몇 개든…계속 먹고 싶어…."

"장난 아니네, 이거! 모구조, 너무 맛있다니까!"

마나토만은 어떻게든 이성을 유지하고 있는 것 같았지만, 그래도 명백하게 고양되어 있다.

란타는 마른침을 꿀꺽 삼켰다.

"자."

…이렇게, 모구조가 란타 코끝에 특제 모둠 주먹밥이 담긴 접시를 내밀었다.

남자와 남자의 눈이 마주쳤다.

"란타 군도. 괜찮으면, 먹어봐."

"…바, 바라는 바다."

란타는 주먹밥을 움켜쥐었다. 작은 새처럼 야금야금 집적대지 않는다. 한입이다. 입을 크게 벌리고 한 개를 통째로 쑤셔 넣는다.

폭발했다.

이 색은…무지개색…?!

무지개색 맛…이라고?!

아니야, 압도당할 때가 아니야. 분석이다. 해석해라. 이 복잡한 맛…우선은 큰 이파리스러운? 시소 잎 같은? 소금 맛은 물론, 난다. 이 풍부한 부드러움과 감칠맛은, 혹시나…치즈? 치즈인가? 게다가 밥이 갓 지은 것이라서 뜨끈뜨끈해서, 녹아들었다! 걸쭉하잖아! 그리고 이 향긋함은, 깨나 그런 건가? 그리고 산미도 느껴진다. 뭔가 알맞게 신 것이. 덧붙여 아삭아삭한 식감까지 있다. 이것은 혹시나, 들풀…? 그렇다. 가끔씩 사냥을 갔다 돌아오는 길에 따오는 들풀 중에서 조리하면 이런 식감이 나는 것이 있었다. 아련한 단맛이 나 좋은 악센트가 되었다. 모든 것이 혼연일체가 되어 연주하는, 이 중층의 깊이…!

"…무지개색, 맛…! 모구조…! 위기를 기회로 바꿔서, 이 경지까지 도달한 건가…! 젠자아아아아아아아아아아아앙…!"

란타가 테이블 위의 접시에 한 개 남아 있던 주먹밥을 확 움켜쥐더니 그것도 먹어버렸다. 그럼요, 먹어치우고말고요.

"…엇…스톱, 란타, 그거, 내 거!"

"너는 닥쳐, 하루히로! 이건 나와 모구조의 승부다…!"

"그런 문제가 아니잖아…내, 주먹밥…."

"배가 고프다면 말이다! 내 요리를 먹게 해줄 테니까…! 좋았어,

다음은 내 차례다. 쫄지 마라, 너희들…!"

란타는 화덕에 올려둔 냄비를 들고 와서 테이블 위에 퉁…올려놓았다.

뚜껑을 연다. 물론, 갑자기 활짝.

"…참으로ㅇㅇㅇㅇㅇㅇㅇㅇㅇㅇㅇㅇ아아아아아아아…!"

"모구조의 참으로 열기, 카피했잖아…그보다….."

"우와….."

"…아아….."

"음….."

하루히로도, 유메도, 시호루도, 마나토도, 노골적으로 쫄았다.

쫄았다. 쫄았다. 완전 쫄았다.

"후하하하하하앗…!"

란타는 폭소하면서 모구조에게 몸을 돌렸다.

"어떠냐? 모구조! 네 주먹밥은 분명히 맛있었다! 무지개색 맛에 도달한 것은 칭찬해줄 수도 있어! 하지만…! 그 정도로 나한테 이길 수 있다고 생각하면 큰 착각이다…! 승부는 결국 후공이 이긴다…! 대역전! 오히려, 압승! 오랜 옛날부터 그런 것이니까…!"

"…그, 그건, 그러니까, 상관없는데….."

모구조는 험악한 표정으로 냄비 안을 보고 있다. 란타의 요리를 보고 자신감을 상실한 건지 안색이 좋지 않다.

"이거, 뭐야…?"

"엉? 뭐긴, 인마. 소르조잖아?"

"엇…소르조? 이게…?"

"어디서부터 봐도 소르조잖아! 봐! 면!"

"…그, 유충 같은 게?"

"반죽이 딱딱해서 잘 안 썰려서. 힘으로 억지로 썰었더니 이렇게 되었다고. 뭐 어때? 새로운 면의 지평을 열었다는 느낌. 그보다, 유충이라니, 실례의 말씀!"

"미, 미안. 어, 그, 그게, 그 새로운 지평? 면? 은…벌써 삶은 건가…? 이미 들어 있다는 건….."

"삶아…?"

란타는 오른손 검지로 코밑을 문질렀다.

"깜빡했다. 그렇구나. 삶는 거구나. 그랬지, 그랬어. 뭐, 국물에 넣어버리면 마찬가지잖아. 냄비를 불 위에 올려놨으니까. 다 삶아졌겠지. 그런대로."

"…거, 건더기는, 저기, 고기뿐?"

"그래! 성가시니까 말해버리는데, 너한테서 탈취한 고기다! 맛있어 보이는 고기였으니까! 이것만 갖고 하는 게 정답이라고 생각해서! 일단, 썰고 구워서 때려 넣어봤다!"

"…국물은? 육수, 라거나…?"

"육수지. 육수. 뼈로 우려냈다. 무슨 뼈인지는 모르지만."

"가, 간은…?"

"그게, 면에 소금을 너무 많이 뿌려서 취사장에 있던 소금이 동나 버렸다. 하지만, 면이 짤 테니까 딱 맞겠지."

"…맞겠지? 어? 맛 안 봤어…?"

"저기 말이야, 모구조."

란타는 모구조의 코앞에 검지를 들이댔다.

"예를 들면 말이다? 검을 사려고 한다. 그래서, 이 검 좋은데 하고 생각했다고 해서, 고블린을 베어보고 나서 산다거나 그런 일을 하냐고? 안 하잖아? 그럴 때에는 자기 필링을 믿고 사서 갑자기 실전에서 쓰게 되는 거잖아? 요컨대 그거나 마찬가지잖아? 나는 이걸로 잘될 거라고 믿는다 이거지. 미리 맛을 보는 건 치킨(겁쟁이)들이나 하는 짓이야. 난 필요 없다고."

"…그, 그래도 이거랑 그거는…검이라도, 고블린을 베지는 않아도 다른 것을 시험 삼아 벤다거나, 하려고 마음만 먹으면, 못 할 것도…."

"나한테는 필요 없다고! 왜냐하면, 나니까! 나 님이니까!"

"맛은 모르겠지만…."

유메는 눈썹 끝이 처지더니 입술이 비뚤어졌다.

"모양부터가…."

"…더러워."

시호루가 툭 던지듯이 중얼거렸다. 열받았다.

"야! 시호루! 지금 뭐라고 했어?! 더럽다고 하지 않았어?! 더럽다고!"

"뭐, 맛은 그렇게 지독하지 않을지도 몰라."

마나토가 웃는 얼굴로 그렇게 말해서 란타는 바로 그거라는 듯이 끄덕였다.

"그렇다니까? 겉모습으로 판단하지 말라고. 그런 게 편견의 싹이 되거나 하는 거니까. 맛은 그렇게 지독하지…라니, 그거, 살짝 디스한 거 아니야?!"

"그럴 의도는 없었는데…."

마나토는 젓가락을 들고 고개를 숙였다.

"…머어어 히는 권기? 이기."

"마, 마나토 군, 무리, 하지 마! 내, 내가…! 먹고 싶지는, 않지만 …일단, 심판, 이니까…먹고 싶지, 않지만…."

"유메도 지이이인짜로 먹고 싶지 않아. 끙. 모구조의 주먹밥이 너무너무 그리워어어어…."

"젠장. 너희들! 심판 주제에 뭘 서로 떠넘기는 듯한 모양새가 된 거야? 이제 됐어! 하루히로! 네가 먹어! 이 나의 스페셜한 소르조를 맛볼 영예를 흠뻑 누리게 해주지! 공복이니까 더욱 맛있을걸! 자, 먹어…!"

란타는 그릇에 소르조를 떠서 하루히로에게 건네줬다. 젓가락도 준다.

"…으음."

하루히로는 졸려 보이는 정도가 아니라 거의 잠들기 직전 같은 눈으로 피어오르는 김의 냄새를 살짝 맡아보았다.

"…으아아. 이거…뭔가…뭐지…? 야성적인 냄새랄까…분명히 말해서, 짐승 누린내…."

"와일드하잖아?! 한입에 들이켜!"

"…진짜야?"

"진짜다! 먹어! 먹으면 분명히 맛있으니까! 진짜, 진짜로 포로가 될 테니까! 틀림없으니까, 내가 보장하니까!"

"네가 보장해봤자…."

"됐으니까, 빨리해, 얼간아! 빨리! 빨리! 빠…알…리! 짧은 인생이니 먹어라, 파루피로! 먹으면 감격의 눈물에 사레들려가며 나한테 감사하게 될 테니까…!"

"알았어…진짜 내키지 않지만. 먹으면 되지, 먹으면. 우선, 국물부터…."

하루히로는 주저주저하는 느낌으로 그릇에 입을 댔다.

눈을 감고, 국물을 후루룩 맛본다.

"우와아아…."

입을 벌리자 줄줄 흘러나왔다.

"우옷?!"

란타는 펄쩍 뛰었다.

"더럽네…! 너, 뭐하는 거야? 하루히로 인마, 얼간이, 멍청이…!"

"러랴말로 뭐한러랴…?"

"무슨 말을 하는지 모르겠다! 인간의 언어로 말해, 얼간앗!"

"마럽러…마럽러어…."

"엉?! 맛없다고?! 그럴 리가 없잖아! 아니, 너, 그렇게 울먹일 정도로 맛이 없는 거냐? 말이 안 되잖아. 상식적으로 생각해서!"

"그럼, 러, 머러봐…."

하루히로가 왼손으로 입가를 닦으면서 란타에게 그릇과 젓가락을 내밀었다.

란타는 그릇과 젓가락을 받아 들고 마나토, 유메, 시호루와 모구조를 차례대로 보았다.

"…뭐야? 이 프레셔(압박감)? 설마 못 먹는 건 아니겠지, 스러운…? 큭. 하나같이 이 나를 말없이 협박하다니 배짱 좋은데! 하지만 말이다! 나는 그런 것에 지지 않아! 이 분위기적인 것으로 나를 굴복시킬 수 있다고 생각 마라! 너희가 먹으라면! 나는…! 반대로 안 먹는다…!"

"됐으니까, 먹어."

마나토가 유난히 상큼한, 장소에 어울리지 않을 정도로 지나치게 상큼한 웃는 얼굴로 말했다.

"먹어, 란타."

"머…먹으면 되잖아! 먹으면! 먹어주마. 젠장할! 마, 맛있으니까! 분명히 맛있을 거니까, 전혀 무섭거나 하지 않다고! 머, 먹는다, 먹어준다고, 다 먹어치울 거야! 우오오오오오…!"

란타는 그릇에 젓가락을 쑤셔 넣었다. 국물부터라거나, 그런 쪼잔한 짓은 하지 않는다. 단숨이다. 벌컥 들이붓는다. 먹어준다. 망설임을, 주저를, 머뭇거림을 떨쳐버려라…가라.

"파바바바바바바바바바바아아아아아아오오오우워어어어아우우웨에꾸에에엑…?!"

란타는 토해냈다.

한번 입속에 들어갔던 것을 전부 한꺼번에, 주저 없이, 호쾌하게 뿜어냈다.

펄쩍 뛰더니 머리를 쥐어뜯는다.

"대체 누구야? 이런 더럽게 맛없는 걸 만든 건…! 엄청나게 냄새만 나잖아! 음식이 아니잖아! 이런 걸 먹게 하다니, 날 죽일 셈이냐! 나를 죽일 의도가 가득한 놈인가…! 그렇다면, 해주지, 반대로 내가 죽여주지! 반격해주마, 인마…!"

"그럼 네가 스스로를 죽여…."

"시끄러워, 하루히로! 나는, 나는 말이다! 나는…."

"…우와아…울잖여. 소름."

"유메엣! 소름이라고 말하지 마, 이 절벽!"

"절벽이라고 하지 마!"

"절벽 절벽 절벽 절벽 절벽 절벽 절벽 절벽 왕큰 절벽."

"…왕큰 절벽이라니, 그건 절벽이 아니잖아…."

"냉정하게 딴죽 걸지 마, 숨은 왕큰 거유! 이 개맛없는 소르조를 억지로 먹여줄까…!"

"하, 하지 마! 진짜…! 그것만은…!"

"아무튼, 심사할 필요는 없을 것 같네."

마나토가 역시 웃음을 띠며 가볍게 어깻짓을 해 보이자 하루히로가 모구조의 오른팔을 들어 올려주었다.

"모구조의 승리. 상대가 상대니까 그리 기쁠 것도 없겠지만…아, 그렇지. 승자는 패자에게 뭐든 시킬 수 있는 거던가? 모구조, 뭘 시킬 거야?"

"으, 응. 그것 말인데…."

모구조는 미안한 듯이 소르조 냄비를 들여다보았다.

"사용한 재료가 아까우니까 란타 군이 전부 먹는 걸로 할까 하는데…."

"잘못해러료…!"

란타는 눈물 콧물을 흩뿌리면서 초고속 점핑 엎드려 조아리기를 작렬시켰다.

"그것만은 봐주레료…! 부탁이니까, 그것만은…! 진짜, 맛없다고! 장난 아닌 레벨이라고! 죽는다고 진짜로! 다른 건 뭐든지 할 테니까 그것만은 용서해줘! 부탁이야, 모구조! 사랑하니까! 진짜로 부탁이야…."

이렇게 해서 오늘도 의용병단 숙사의 하루가 저문다….

어제까지의 나

Grimgar of
Fantasy and Ash

Level. Fourteen Plus Plus

…나, 뭘 하고 있었더라?

그런가. 울고 있었다.

눈물은 아무리 흘려도 동나지 않는다는 것을 알았다.

별로 알고 싶었던 건 아니지만, 깨달았다.

눈물은 동나지 않는다.

그래도, 울면 울수록 내 몸에서 확실하게 뭔가가 빠져나간다. 더이상 잃을 것이 과연 있는 걸까? 없는 것 같다. 하지만 그렇지 않은 모양이다. 나는 매일매일 더욱더 상실한다.

매시간, 매분, 매초마다 나는 잃어버린다.

"메리…메리."

나를 부르는 목소리가 들린다. 누가 나를 부르는 건가? 알고 있다. 나는 침대에서 몸을 일으킨다. 방문 앞에 서 있는 하야시를 멍하니 본다. 대답을 하려고 하지만, 말이 나오지 않는다. 한동안 입을 다물고 있던 하야시가 입을 열었다.

"있잖아, 메리. 언제까지고 이대로 있을 수는 없잖아."

대답하지 않고 있으면 하야시가 불쌍하다. 단지 그 이유만으로 나는 고개를 끄덕여 보인다.

하야시는 아주 약간 안도한 것처럼 숨을 내쉬고 나서, "실은…"이라고 말을 꺼냈다.

"오리온이라는 클랜이 있는데. 시노하라 씨라는 사람이 리더인데. 사정을 다 알고도 우리를 불러주는 거야. 오리온에 들어오지 않겠냐고."

"…나도?"

"당연하지. 물론 메리도 같이."

이럴 때 나는 어떻게 하면 되는 걸까? 예전의 나였다면 어떻게 했을까?

미치키. 오그. 무츠미. 세 명이 살아 있던 무렵의 나였다면. 신관인 내가 역할을 다하지 못해 세 명을 죽게 만들기 전이었다면. 내가 세 명을 죽인 거나 마찬가지다.

세 명은 소중한 동료였다. 동료의 목숨은 무슨 일이 있어도 신관인 내가 지킨다. 그럴 생각이었다. 생각만으로는 안 된다. 반드시 지켜내지 않으면. 할 수 있을 줄 알았다. 우쭐했던 건지도 모른다. 그런지도 모른다가 아니야. 우쭐했었다.

실제로, 지키지 못했다.

나는 착각하고 있었다. 결과가 말해준다. 인정하는 수밖에 없다. 인정해야만 한다. 동료를 죽게 만들었다. 동료의 목숨을 지키지 못하는 신관. 그런 건 신관이 아니다. 쓰레기다. 존재 가치가 없다. 그런데도 뻔뻔하게 살아 있다. 살아남아버렸다.

죽고 싶었다. 최소한 나도 죽어야 했다.

저기, 하야시. 나, 아무것도 하고 싶지 않아. 아무것도 할 수 없다고 생각하고. 하지만, 당신 얼굴을 보면 말이야, 딱 한 가지, 이것만은 물어보고 싶어서 견딜 수 없게 돼.

어째서?

왜 그때 나를 끌고 도망친 거야?

도망치고 싶었으면 당신 혼자서 도망치면 좋았잖아. 나는 도망치고 싶지 않았어. 동료를 두고 도망칠 마음은 전혀 없었어. 그것은 내 방식이 아니야. 나는 그런 짓을 하지 않아. 오그가 처음에 당했어. 그리고 무츠미도. 그 단계에서 나는 무리라고 생각했어. 승산은 없다. 아마 아무도 살아남지 못할 거다. 여기서 죽는다.

모두와 함께, 나도 죽는다.

도망치려고는 조금도 생각하지 않았어.

…가, 도망쳐.

미치키가 우리한테 그렇게 말했어. 그것은 사실 분명히 그랬고, 미치키는 우리만이라도 구하고 싶었던 건지도 몰라.

하지만, 내 기분은? 살아남고 싶다고 내가 한 마디라도 말했어? 그런 일, 내가 바란다고 생각해?

저기 말이야, 하야시. 도대체 어째서?

왜 나를 그들과 함께 죽게 해주지 않았던 거야?

"오리온…."

나는 고개를 숙이고 "알았어"라고만 대답했다.

하야시 탓이 아니다. 하야시는 잘못 없어. 내가 하야시라도 분명 똑같이 했겠지. 그러니까 나는 그런 걸 물어보거나 하지 않아. 그 일에 관해서 말하고 싶지 않아. 상처를 건드리고 싶지 않아…상처? 아니야. 상처라고 부를 만한, 그런 미지근한 게 아니야. 나는 두 팔과 다리가 떨어져 나가고 온몸의 가죽이 벗겨졌어. 이 아픔은 가라앉지 않아. 이 상처가 치유되는 일은 없어.

세 사람이 살아 있던 무렵과는 모든 것이 달라져버렸다.

이제 돌아갈 수 없어. 돌아가는 일은 없어.

하야시는 좀처럼 문가에서 떨어지려고 하지 않는다. 나한테 뭔가 말을 걸려는 건지도 모른다. 나를 위로하려는 건지도 모른다. 격려

하려는 건지도 모른다. 뭘 해도 소용없다고, 나는 하야시에게 전해야 했는지도 모른다. 하지만, 그러면 하야시는 상처 입겠지. 하야시도 동료를 잃었다. 괴로워서 견딜 수 없을 것이다. 더는 괴롭히고 싶지 않아. 사실은 내가 하야시에게 기운이 나게 해줘야겠지. 가능하면 그러고 싶다. 하지만 나는 그럴 수 없다. 아무것도 할 수 없다. 뭔가를 할 자격이 나에게 있다고는 생각할 수 없다. 그저 오로지 입을 다물고 있는 것밖에 나는 할 수가 없다.

아무튼, 내가 어떻다든가, 뭘 생각하고 있다거나, 아무것도 생각할 수 없다거나, 그런 것과는 상관없이 일을 하게 되었다면, 해야 할 일은 제대로 해내야 한다. 마음을 전환하지 않으면. 나는 내가 아니어도 되니까, 아무튼 역할에 충실하자. 차라리 나에게서 나를 분리해버리자. 이 나한테서 신관으로서의 나만을 떼어내자. 나는 메리가 아니다. 그저 신관.

오리온이라는 클랜은 유명하다. 리더인 시노하라는 좋은 사람이라고밖에 말할 수 없는 남자고, 다른 멤버들도 우수한 의용병으로 인성도 나쁘지 않다.

건네받은 하얀 망토에는 오리온의 심벌인 일곱 개의 문장이 붙어 있었다. 이 망토를 걸치면 다른 사람이 될 수 있을 것 같았다. 하야시도 그 망토를 걸치면 다른 사람처럼 보였다.

오리온 사람들은 하야시와 나를 배려해주었다. 우리 두 사람은 타나모리라는 여성이 이끄는 파티에 들어가 다무로 구시가에서 고블린을 상대하게 되었다. 타나모리를 비롯해 딱 보기에도 상급자 같은 의용병들이 다무로에 가는 건 이상하다. 우리 실력을 시험한다기보다는 워밍업. 더 사실대로 말하자면, 우리의 재활 훈련이 목적인 것은 명백했다.

타나모리는 온화한 얼굴을 하고 있지만 키는 나보다도 크다. 전사 같은 풍모인데도 무기는 쇼트 스태프였다. 그녀는 전사였던 경험이 있는 신관이고 그 외에도 전사인 마츠야기, 마법사 신겐, 그리고 전 도적인 전사 요코이, 그리고 전사 하야시와 나. 마츠야기와 하야시, 요코이도 앞으로 나가고 타나모리와 내가 신겐을 지킨다. 요코이는 경장이라 몸이 가벼우니까 여차하면 같이 뒤로 물러나서 후위를 커버할 수 있겠지.

실제로 키가 185센티미터도 넘고 온몸을 판금 갑옷으로 무장한 마츠야기가 바스타드 소드를 호쾌하게 휘두르면, 고블린은 도망치려고 한다. 우왕좌왕하는 고블린들에게 하야시, 요코이가 덤벼들고, 기회를 봐서 신겐이 마법을 때려 넣는다. 그것만으로 대세는 정해지고 만다. 고블린들이 견디지 못하고 무너지면, 그 뒤는 어떻게 해서 놓치지 않고 해치울까만 남는다. 이렇게 되면 거의 일방적인 살육이다.

나는 아무것도 할 일이 없었다. 고블린 무리가 전위의 마츠야기 등에게 나가떨어지는 모습을 마치 남의 일처럼 바라보고 있을 뿐. 하야시는 예전만큼은 아니어도 생기가 있었다. 그 모습도 나에게는 저 멀리서 보이는 풍경으로밖에는 보이지 않았다.

오리온 사람들은 우리를 배려해주고 있다. 충격을 받고 좌절한 우리에게 갑자기 힘든 전투는 무리다. 우선은 여유를 갖고 싸울 수 있는 상대와 싸우면서 자신감을 되찾게 한다. 동시에 실전의 감을 되살리게 하려는 것이겠지.

분명 오리온 사람들은 옳다. 내가 그들 입장이어도 똑같이 했을 것이다.

실제로 하야시에게는 효과가 있는 것 같았다.

마츠야기에게서 "좋은 돌격이다"라고 칭찬받고 하야시는 웃음까지 흘렸다. 물론 조심스러운 웃는 얼굴이었고, 하야시는 그 뒤에 내쪽을 힐끔 보고 쓸쓸한 얼굴을 했다. 하지만 원래 투쟁심이 왕성한 전사인 하야시에게는, 적과 대치하고 힘을 다해 검을 휘두르는 일이야말로 회복으로 가는 바른 과정이겠지. 아마도 하야시는 그것으로 극복할 수 있다. 기뻐할 일이라고, 나는 진심으로 생각했다.

나를 데리고 그 장소에서 도망쳤던 하야시를 원망하는 것은 결코 아니다. 미워하지도 않는다.

하야시는 소중한 내 동료다. 동료는 이제 하야시밖에 없다. 하야시가 빨리 기운을 되찾기를 바라고, 그러기 위해서 뭔가 할 수 있는 일이 있다면 하고 싶다.

나 같은 게 할 수 있는 일이 있을 거라고는 생각하지 않지만.

고블린 무리 셋을 괴멸시킬 무렵에는 지금까지 눈치채지 못했던 사실을 나는 깨달았다. 가능하면 깨닫고 싶지 않았다. 알고 싶지 않았다.

나 자신의, 어쩔 수 없이 추한 부분. 타나모리라는, 나보다 훨씬 위에 있는 신관이 옆에 있음으로써, 예전의 내가 얼마나 우쭐대고 착각에 빠져 있었는지를 뼈저리게 깨달았다. 그 돌이킬 수 없는 실패는 내가 초래한 것이나 마찬가지였다.

마츠야기도, 요코이도, 신겐도 타나모리를 깊이 신뢰하고 있다. 무슨 일이 있으면 타나모리가 치료해준다. 타나모리는 뒤에서 든든하게 버티고 있고 때때로 짧고 적확한 지시를 내린다. 아무도 타나모리를 의심하지 않는다.

크고, 터프하고, 앞으로 나가기는 해도 조심성 없이 지나치게 나서는 법이 없는 마츠야기를 요코이도, 신겐도, 그리고 타나모리가 제일 의지하고 있다.

요코이의 기지를 모두가 믿고 있다. 신겐이 이때다 싶은 때에 효과적인 마법을 쓴다는 것을 그의 동료들은 알고 있다.

하야시는 아직 전원의 특징을 파악한 것은 아니지만, 타고난 성실함과 노력으로 따라가려고 한다. 동료들은 하야시의 노력을 바람직하게 느끼고 있다. 하야시도 함께 어우러져서 서포트하려고 한다.

내가 있을 장소는 없다. 나는 없어도 된다. 나는 불필요하다.

만약에 좀 더 강한 적과 싸운다면 나도 뭔가 해야 한다. 나도 뭔가 할 수 있다. 그것은 그럴지도 모른다. 하지만 그런 문제가 아니라, 불필요한 입장에 처함으로써 나는 깨닫지 않을 수가 없었다.

예전의 나.

그런대로, 나름대로… 아니야, 사실은 비교적, 꽤, 상당히 잘해내고 있다고, 나는 느끼고 있었다.

나는 내가 할 수 있는 일은 뭐든지 하려고 했다. 하지 않으면 직성이 풀리지 않았다. 하면 할수록, 나는 충족되었다. 모두에게서 좋게 평가받았다. 필요로 여겨졌다. 기뻤다. 나는 들떠서 구름 위에 있는 기분이었다. 이것도 저것도 다 모두를 위해. 동료를 위해. 파티를 위해. 멤버 전원을 위해. 나는 그렇게 생각했었다. 하지만 그게 아니었다.

그게 아니야.

나는 충족되고 싶었던 것이다. 평가받고 싶었다. 필요로 여겨지고 싶었다. 기쁨을 맛보고 싶었다. 더욱더 원했다. 끊임없이 원하고, 질리지도 않고 원하고 또 원했다.

미치키, 오그, 무츠미, 하야시. 나를 봐. 어때? 나, 제법 잘하지? 이런 일도 저런 일도 해내잖아. 뭐든지 할 수 있어. 나를 칭찬해줘.

나를 좋아해줘, 나를 사랑해줘. 내가 있을 장소가 되어줘.

모두를 위해서가 아니다.

전부 나 자신을 위해서였다.

그러니까 이렇게 아무한테도 필요한 존재가 되지 못하면 나는 토라진다. 이제 됐어. 여기에는 있고 싶지 않아. 그야 아무도 나 같은 건 필요 없을 테니까. 그렇게 생각한다.

이것이, 나.

나를 인정받고 싶어서, 긍정해주길 바라서, 떠받들어주길 바라고, 소중히 여겨지고 싶은 것뿐인, 자기애의 덩어리.

끔찍하다.

그날은 결국 한 번도 광마법을 쓰지 않았다. 나는 우두커니 서서 보고 있었을 뿐이었다. 타나모리와 하야시가 몇 번인가 나에게 말을 걸었다. 나를 걱정하고 있다. 걱정할 만한 꼴이었겠지. 나도 어떻게든 수습해보려고는 했다. 하지만 어떻게 하면 아무렇지 않은 것처럼 보이는 건지 전혀 모르겠다.

"내일은 신시가에 들어가볼까요?"

헤어지면서 타나모리가 그렇게 말했다. 구시가는 너무나 미지근하다. 신시가에서 좀 더 싸울 맛이 나는 싸움을 하지 않으면 재활훈련도 되지 못하겠지. 그런 뜻이라고 나는 받아들였다. 그 말이 맞는지도 몰라. 내일은 나도 뭔가 바뀔지도 몰라. 좀 침착해지고 조금은 정상적으로 행동할 수 있을지도 몰라.

기대했던 것은 아니다. 그저, 정신 차려야지. 해야 할 일은 해야지. 그런 생각은 있었다.

잠을 잘 수 없었다. 한숨도 못 자고 나는 다음 날 다무로 신시가에 발을 들였다. 그저 다른 사람들을 따라갔다…는 것이 실감이었다. 하야시는 일찍부터 오리온 사람들과 잘 어울리기 시작했고, 나 혼자만 손님이었다. 마츠야기와 요코이는 나한테 인사 정도밖에는 하지 않았고, 타나모리와 신겐은 나를 어떻게 대해야 할지 난처해했다. 하야시는 답답한 것 같았다. 그래서는 안 된다고, 너도 알고 있지 않냐고, 그렇게 말하고 싶은 것 같았다.

생각하고 있다면 말하면 된다. 하지만 하야시는 말할 수 없는 것이다. 나한테 마음의 빛이 있으니까. 하야시는 나를 구해 버렸다. 달리 어찌할 수도 없었고, 하야시는 옳은 일을 했다. 하야시도 후회하지는 않겠지. 동시에 하야시는 알고 있다. 그것을 내가 바라지 않았다는 것을. 하야시에게는 아무런 책임도 없다. 하야시는 잘못 없다. 하지만 나는 하야시에게 감사하지는 않는다. 구해줘서 고마워 …라고 말할 수 없다.

신시가의 고블린들은 인간 의용병들과 마찬가지로 무장하고 있다. 조직적으로 행동하고, 수적으로 불리해지면 반드시라고 해도 될 정도로 항상 동료를 부른다. 우리도 신시가의 끝자락에 들어간 것뿐이었고 거기에서 더는 나아갈 수 없었다. 그래도 차원이 다른 치열한 싸움을 펼치게 되었지만, 그럼에도 내 눈은 뜨이지 않았다. 몇 번인가 전투 후에 큐어(치유)를 사용했다. 그 후에는 타나모리 옆에 있는 것뿐, 전혀 움직일 수 없었고 상황을 파악하는 일조차 할 수 없었다. 나는 아무것도 하지 않는데, 하야시가 고블린과 칼을 맞대고 접전을 시작하자 호흡이 제멋대로 거칠어졌다. 답답해지고 가슴이 죄어들었다. 하야시를 보고 있을 수가 없었다. 하지만 눈을 피해서 어디를 보면 되는 거야? 하야시는 싸우고 있는데. 나는 뭘 하고 있지? 하야시는 앞으로 나아가려고 하는데, 나는 어떻게 하고 싶은 거야?

3일 동안 다무로 신시가에 다니며 나는 내가 쓸모없는 신관이 된 것을 자각했다. 하야시에게 오리온에서 나가겠다고 전했다. 그리고 시노하라 씨에게 사과하고, 한동안 혼자서 노력해보겠습니다 하고 거짓말을 했다.

숙소를 구해서 의용병단 숙사에서 나왔다. 여성만 묵을 수 있는 임대 방이기 때문에 하야시가 찾아오는 일도 없다.

혼자서 노력해본다는 건 거짓말이다. 노력할 생각 같은 건 없었다. 하지만 아무것도 하지 않을 수는 없다. 살아 있는 것만으로도 돈이 든다. 요로즈 위탁 상회에 얼마간 예금은 있지만, 머지않아 바닥나겠지.

달리 기댈 곳 같은 건 없어서 나는 일단 의용병단 사무소에 가봤다. 소장인 브리트니의 상담을 받아보자. 그렇게 생각했는데, 막상 가보니 사무소 안에 들어가는 것조차 할 수 없었다. 사무소 바로 앞에 우두커니 서 있는데 "어이, 이봐. 무슨 일이야?"라고 뒤에서 누가 말을 걸었다. 돌아보니 전사 같은 차림의 남자가 웃고 있었다.

"아니, 그쪽, 한동안 여기에 서 있었잖아? 왠지 상태가 이상하길래. 궁금하잖아, 역시."

남자는 가지런한 이목구비였지만 앞니가 하나, 오른쪽 앞니가 하나 빠져서 그 탓에 좀 익살맞게 보였다. 이름도 이상했다. 본명은 아닌 모양이지만, 마론이라고 했다. 나는 파티에서 나와서 일을 찾고 있다는 것만 말했다.

마론은 "그런 거라면"이라고 가벼운 말투로 나에게 제안했다.

"나, 자유 동맹이라는 데에 들어 있는데, 어때? 한번 볼래? 클랜은 아니지만. 프리랜서 의용병이 자유 의지로 참가하고 그때그때 파티를 짜기도 하고 해산하기도 하면서 적당히 버는 그런 식. 그런 느슨한 연계인데. 물론 동맹 자체가 들어가고 나가는 건 자유고. 일단 파티를 짜보고 성격이 잘 맞으면 고정으로 가거나 그런 경우도 있기도 하니까, 동료 찾기를 위해서 이용하는 것도 좋고."

　나에게는 안성맞춤인지도 모른다. 마론은 그 자유 동맹의 의용병들이 모인다는 천공 골목의 술집으로 데려가주었고, 모두에게 나를 소개했다. 유명한 셰리의 주점 정도는 아니지만, 그런대로 넓은 술집으로 손님은 스무 명 정도 있었다고 생각한다. 그 전원은 아니지만, 반수 이상이 자유 동맹에 참가하는 모양이었다.

　"정말로 격식 같은 건 전혀 없는 모임이니까. 마음 편하게 하면 돼."

　마론은 그렇게 말해주었지만, 나는 긴장하고 있어서 거의 고개를 숙이고서 아래만 보고 있었다. 누가 말을 걸어도 변변히 대답할 수 없었다. 그런 사람이 딱 한 명 있는 것만으로도 분위기가 나빠지는 게 아닐까? 마음에 걸리긴 했지만, 보통을 연기하는 것도, 밝은 척하는 것도 나에게는 무리였다.

　"뭐, 일단은 나랑 파티를 짜보지 않을래? 적당히 네 명 더 모아둘 테니까. 내일 사이린 광산이라도 가보자."

　"사이린 광산은!"

　나도 모르게 큰 목소리를 내버리고 말았다. 술집이 찬물을 끼얹은 듯이 조용해지고, 어떻게도 할 수 없는 불편함이 천 개의 바늘이 되어 내 심장을 찔렀다.

　"…미안합니다. 사이린 광산은, 좀."

　"아, 그래. 알았어. 응. 그럼, 다른 장소로 하자."

　마론은 "괜찮아, 괜찮아"라며 웃어주었다.

　"나한테 맡겨. 꽤 많이 알고 있거든, 숨은 황금 어장을. 단지, 좀 멀리 나가게 되겠지만, 괜찮아? 괜찮지? 몇 박 하는 느낌이 될 것 같으니까… 그렇지. 왕복하는 것만으로도 하루는 걸리니까, 3박 정도일까? 그럴 예정으로 준비해서 내일 북문 앞에서 집합하는 걸로."

불안감은 있었다. 하지만 하는 수밖에 없다고 각오했다. 나는 시노하라 씨에게 거짓말을 한 게 아닌지도 몰라. 정말로 노력해볼 생각으로 나는 오리온을 나왔다. 오리온에 있어봤자… 하야시와 같이 있으면 나는 앞을 볼 수가 없다. 왜냐하면, 앞을 보면 거기에는 하야시의 등이 있으니까. 나에게 그것은 기이한 광경이었다. 하야시가 있다는 것이 아니다. 하야시밖에 없다는 것을 나는 견딜 수 없었다. 하야시가 있으면 당연히 미치키와 오그도 있어야 하고, 내 옆에는 무츠미가 없으면 이상하다. 하지만, 없다. 동료들은 이제 없는 것이다. 절대로 돌아올 수 없다. 매 순간 그 사실을 통감해야 한다. 그것이 나는 괴롭다. 괴로워서, 견딜 수가 없다.

나는 다시 한번 노력하고 싶어서, 내가 죽게 만들어버린 동료들을 위해서라도 살아남고 싶어서, 오리온에서, 하야시에게서 떨어져 나왔다. 하야시에게는, 그리고 친절하게 대해준 시노하라 씨와 오리온 사람들에게는 미안하지만, 그러는 수밖에 없었다.

다음 날 아침 북문에 집합한 것은 전사 마론과 사냥꾼 류우키, 마찬가지로 사냥꾼 오즈카, 도적 폰키치와 전 성기사라는 진애, 그리고 나까지 합쳐서 여섯 명이었다. 파티 리더는 마론이 아니라 33세던가, 아무튼 제일 연장자인 진애인 모양이다. 류우키와 오즈카는 홀쭉했고 둘 다 커다란 활을 등에 멨고 형제처럼 닮았다. 폰키치는 키가 꽤 작고 도적답게 민첩해 보이는 남자였다.

리더는 진애였지만 길 안내는 마론이었다. 우리는 오르타나를 나가서 북상했다. 그대로 가면 숲으로 들어가게 된다. 숲을 빠져나가면 바로 인간족의 동향을 살피기 위해 오크 부대가 주류하는 데드 헤드 감시 보루다. 마론은 숲도 데드 헤드 감시 보루도 우회해서 풍조 황야로 들어가는 루트를 선택했다. 거기까지 약 12킬로미터. 그리 빠른 걸음으로 걸은 것은 아니라서 네 시간 좀 못 되게 걸렸다.

"류우키, 오즈카."

진애가 턱짓을 하자 사냥꾼 두 사람이 앞으로 나가고 마론은 뒤로 물러서서 내 옆에 위치를 잡았다. 그러자마자 마론은 걸어가면서 말을 많이 하게 되었다.

"진애가 성기사 출신이라는 거, 궁금하지 않아? 궁금하지?"

"응, 뭐."

확실히 전 성기사라는 것은 기묘하다. 의용병이 어떤 길드를 그만두고 다른 길드에 들어가는 것은 그리 드문 일은 아니라고 한다. 하지만, 그럴 경우에는 당연히 전 도적인 전사라거나, 지금은 전사지만 전에는 도적이었다는 식으로 자기소개를 한다. 진애는 얼핏 보기에는 성기사다. 망토는 검지만 하얀 갑옷을 입었고 투구도 하얗다. 단, 가슴의 갑주에 육망성이 새겨져 있던 것으로 짐작되는 장소에는 흔적만이 남아 있다. 분명 육망성을 깎아내서 버린 것이겠지. 33세라고 하는데, 아무렇게나 뒤로 넘긴 긴 머리에는 백발이 섞여 있고 제멋대로 자란 수염에도 흰 것이 눈에 띈다. 보기에 따라서는 40세 정도로 보이지 않는 것도 아니다.

"있잖아, 메리. 성기사도 신관과 마찬가지로 광마법을 쓸 수 있어. 하지만 신관의 광마법과 성기사의 광마법은 차이가 있어. 당신은 신관이니까 알지도 모르지만….”

“성기사는 자기 자신의 상처를 치유할 수 없다.”

“그래, 맞아. 그런데 말이지, 실은 크라임(죄의 빛)이라는 마법이 있는데. 최후의 수단이라고나 할까. 사용한 성기사 본인의 부상을 순식간에 치료해버린다는 엄청난 마법. 새크라멘토(빛의 기적)의 자기 전용 버전.”

“루미아리스의 가호를 잃는다는 대가가 따라붙지만.”

진애가 끼어들었다.

“어느 때 나는 그것을 사용했다. 도저히 죽고 싶지 않았으니까.”

“그래서 성기사는 폐업.”

마론은 입꼬리를 내리며 어깻짓을 해 보였다.

“크라임을 사용한 성기사는 자동적으로 성기사 길드에서도 잘리는 모양이야. 단지 뭐, 뭐든 목숨이 붙어 있어야 하는 거니까. 덕분에 살아남을 수 있었으니까 바로 전환해서 전사나 다른 걸로 바꿔버리면 돼. 나라면 그랬겠지만, 그게, 진애는 달랐지. 그 이후로 어떤 길드에도 들어가지 않았어. 그런 연유로 아직도 전 성기사.”

“이제 와서 누군가에게 가르침을 청하고 싶지도 않아. 그뿐이다.”

진애는 그렇게 말하고 자조적으로 웃었지만, 소중한 것을 잃고 지워지지 않는 상처를 입은 자의 그림자가 거기에는 있었다.

그래도 이 남자는 살아 있다. 게다가 상흔을 덮어 숨기려 하지 않고 드러낸 채로 계속 살아간다.

나도 그렇게 상처를 껴안은 채로 살아갈 수 있을까? 자신은 없다. 그래도 나는 분명 그러고 싶다고 생각한다.

상처 같은 건, 아프고, 답답하고, 덮을 수 있는 거라면 덮고 싶을 것이다. 지우고 싶다, 가능하다면 없었던 것으로 하고 싶다고. 그러나 아무래도 나는 그런 식으로는 생각하지 않는 것 같다. 생생한 상처에 딱지가 생기고, 떨어져 나가고, 상흔은 점점 옅어지겠지. 통증도 사라져간다. 그렇게 되지 않아도 좋아. 아픈 채로 있어도 돼. 나는 아마도 그렇게 생각하고 있다.

사냥꾼들의 선도로 위험한 짐승이나 복잡한 길을 피해 우회하면서 오후 늦게까지 걸어 우리는 거기에 도착했다.

골짜기였다. 마른 계곡이라는 건가? 강물은 흐르지 않는다. 그 골짜기는 북동을 향해서 십자 모양을 하고 있고, 남동, 남서, 북서쪽은 단애 절벽이라 내려갈 수 없다. 북동쪽은 완만한 경사면으로, 거기로라면 골짜기 밑까지 내려갈 수 있을 것 같았다.

내려갈 수 있을 것 같은 게 아니라, 확실히 밑에까지 내려갈 수 있다. 골짜기 밑으로 내려가려면 거기를 통과하는 수밖에 없다.

꽤 깊은 골짜기였고 골짜기 밑바닥은 상당히 어두운 것 같다.

거기서 꿈틀대는 것들의 모습을 골짜기 위에서도 확실히 확인할 수 있었다.

"…노 라이프 킹의 시종."

"그런 거야."

마론은 손뼉을 치며 기쁜 듯이 활짝 웃었다.

"이것은 추측인데. 좀비나 스켈톤은 햇빛을 싫어하잖아. 그러니까 놈들은 대개 밤중에 얼쩡거리지. 그리고 아침이 되면 어두운 장소에서 쉬는 것 같아. 그것이 때마침 여기였다…는 것 아닌가 생각하는데. 이 근처는 관목들밖에 자라지 않고, 산은 고사하고 높은 언덕도 없어. 어두운 곳이라고 하면 여기밖에 없으니까, 자연히 이럴

게 된 것 아닐까 해. 나는 여기밖에 모르지만, 이런 장소는 분명 여기 말고도 또 있겠지."

"…어떻게, 할 거야? 내려가면….”

"위험하지. 물론. 우르르 덤벼들면 무섭고. 그러니까 적당히 사냥감을 골라서 유인하는 거야. 어디 보자, 나랑 류우키가 둘이서 미끼 역할. 나머지 네 명은 적당히 잠복. 그래서 우리가 유인해온 놈을 다 같이 해치운다. 뭐, 실제로 해 보이는 편이 빠를까? 메리, 당신 말고는 다 경험자니까 아무 걱정도 할 필요 없어. 일단은 구경해. 오늘은 이제 늦었으니까 한 번만 한다."

진애와 오즈카, 폰키치, 그리고 나, 네 명은 골짜기 북동쪽에 진을 쳤고 마론과 류우키는 발걸음도 가볍게 경사면을 내려갔다.

우리는 가만히 기다렸다. 나를 포함해서 아무도 입을 열려고 하지 않았다. 마론은 수다스럽지만, 다른 사람들은 그리 말이 많지 않다. 그 점은 다행이다. 과거 동료들과는 잘 이야기했다. 모두 말하는 걸 좋아했지만, 나도 지지 않았다. 하지만 그것은 내가 원래 말이 많았던 것이 아니라, 마음이 맞는 사람들과 함께 있어서 대화가 잘되고 즐거웠기 때문이었겠지. 지금의 나는 몇 시간이라도 말없이 있을 수 있다. 말하지 않는 것이 전혀 고통스럽지 않다. 오히려 말할 필요가 없는 한은 입을 다물고 있고 싶다.

잠시 후에 마론과 류우키가 종종걸음으로 돌아왔다. 뭔가가 두 사람을 쫓아오고 있다. 저것은 사람인가? 꽤 체격이 작다. 그리고 발놀림이 어색하고 몸이 기울어졌다.

"좀비로군."

폰키치가 중얼거리더니 힛히힛, 기분 나쁘게 웃었다. 이 작은 남자는 아무래도 단정치 못한 천박한 얼굴일 뿐만 아니라 옷차림도, 동작도 천박하다.

"꼬마니까, 드워프인가? 아니면 인간이나 엘프나 뭔가의 어린애인가?"

"너도 꼬마잖아."

오즈카가 히죽거리면서 폰키치를 쿡쿡 찌른다. 류우키와 닮은 오즈카는 입을 다물고 있으면 그런대로 깔끔한 인상인데, 입만 열면 바로 고약한 심보가 얼굴에 나타난다.

"준비한다."

진애가 짧게 말하고 검을 뽑자 폰키치와 오즈카도 각각 무기를 들었다.

그런데, 신기하다. 어째서 지금까지 생각도 하지 않았을까?

좀비.

노 라이프 킹의 저주에 의해 움직이는, 마음도 영혼도 갖지 않은, 죽은 자의 모습.

미치키. 오그. 무츠미.

내 동료는 사이린 광산에서 목숨을 잃었다.

나와 하야시도 쉽사리 생환한 것은 아니다. 망연자실하기도 했고, 혼란스럽기도 했고, 필사적이기도 했던 탓인지 확실하게는 기억나지 않지만, 광산에서 탈출하는 데 시간이 꽤 걸린 것은 분명하다. 만 하루 이상 걸렸다. 그렇게 해서 오르타나에 돌아온 이후에도 제대로 뭘 생각할 수 있을 만한 상태가 아니었다.

물론, 잘 묻어주고 싶었다. 유체를 데리고 돌아와 제대로 화장하고 언덕에 무덤을 지어주고 싶다. 하지만, 그렇게 하고 싶다고, 그렇게 해야만 한다고 생각하고 바란다고 해도 이미 늦었다. 하야시와 둘이서 광산으로 돌아가 세 사람을 찾는 것. 그런 일은 도저히 불가능하다. 왜냐하면, 세 사람은 그 악명 높은 데드 스팟에게 당했다. 유체 수색에는 커다란 위험이 따른다. 게다가 신관인 나는 사후 3일이면 끔찍한 저주가 작용하는 예도 있다는 것을 알고 있었다. 사람을 모집해서 도움을 받는다고 해도, 우선 시간이 이미 늦었다.

나는 몇 번이나 꿈을 꾸었다. 미치키와 오그, 무츠미가 움직이는 시체가 되어 내 앞을 막아선다. 세 사람 다 죽었으니까 이제 말은 할 수 없다. 그래도 나는 안다. 왜 버리고 갔는지. 왜 도망친 건지. 세 사람은 나에게 묻고 있다. 나는 대답할 수 없다. 오로지 사과하는 수밖에 없다. 마침내 세 사람이 나에게 덤벼든다.

그런 꿈을 꿀 때마다, 내가 죽게 만든 동료의 긍지를 더럽히는 것처럼 느껴져서, 나 자신을 용서할 수 없었다. 나는 원망을 받아도, 미움을 받아도 어쩔 수 없다. 그러나 내가 아는 세 사람은, 내가 전부 잘못했다고 해도 나를 질책하거나 하지 않는다. 그런데도 내가 꾸는 꿈속에서는 세 사람이 나를 비난한다. 나는 정말로 세 사람의 명예를 더럽히고 있다. 자신을 벌주고 싶다면 나 스스로 주면 된다. 그런데, 세 사람에게 대신 떠맡기려고 한다.

나는 비겁하다.

비열하고, 더럽다.

마론과 류우키를 쫓아오는 좀비는, 잘 보니 왼쪽 다리가 뜯겨나가고, 허리 부근에서 등뼈까지 도달한 것 같은 부상을 입었다. 그래서, 저런 식으로밖에 걷지 못한다.

저 좀비가 인간 이외의 종족이든, 인간이든, 미치키나 오그, 무츠미와 마찬가지다. 원치 않는 죽음을 맞이했고 땅에 묻힐 수도 없었기 때문에 저렇게 노 라이프 킹의 시종으로 변해버린 것이다.

미치키와 동료들도 저 좀비와 마찬가지로 사이린 광산을 어슬렁거리고 있을지도 모른다.

나는 좀비를 똑바로 볼 수가 없어서 고개를 돌렸다. 어지럽다. 심장이 아프다. 귀울음이 난다.

"해치운다."

진애가 호령했다.

나는 한 발자국도 움직일 수 없었다. 그 장면을 쳐다볼 수조차 없었다.

남자들의 목소리가 울리고, 소리가 들렸다. 베어 쓰러뜨린다기보다는 때려 뭉개버리는 소리였다.

"간단, 간단."

마론이 웃었다.

"사냥감 선정을 잘했기 때문이지."

류우키가 말했다.

다른 남자들이 찬성하기도 하고 한마디씩 끼어들기도 했다.

나는 고개를 숙이고 있었다. 웅크리지는 않았다.

간신히 서 있었다.

"…메리?"

나를 부르는 목소리가 의표를 찌를 정도로 가까이에서 났다. 나는 놀라서 화들짝 고개를 들었다. 마론이었다. 나는 '뭐?'라고 말하려고 했다. 순간적으로 목소리가 나오지 않아서, 고개를 끄덕였다.

"왜 그래? 괜찮아?"

"…응."

나는 목소리를 쥐어짜서, 아무것도 아니야 하고 덧붙였다.

"그래? 그럼 괜찮지만."

마론은 순순히 물러났다. 잘 넘긴 건지 아닌지. 잘 모르겠다.

좀비는 드워프였던 듯, 미스릴이라고 하는, 드워프만이 채굴하고 정련할 수 있는 금속으로 만든 것을 몇 개 갖고 있었던 모양이다.

그중 반지가 하나 있었는데, 마론은 그것을 나에게 넘겼다.

"이거, 메리한테 줄게… 괜찮지? 진애?"

"좋을 대로 해."

"다른 사람들도, 괜찮아? 아무도 불만은 없는 것 같네. 그러니 받아. 자유 동맹 참가 기념이라는 의미로. 미스릴 반지는 액막이가 된대."

나는 그 반지를 잘 보지도 않고 주머니에 넣어버렸다. 원했던 것이 아니다. 필요 없지만, 거절하면 틀림없이 마론이 추궁할 것이다. 그걸 상대해야 하는 것이 성가셨다.

그래서 순순히 받아두기로 했다.

애초에 어째서 자유 동맹인지 뭔지에 들어왔고, 이런 좀비 골짜기까지 온 것인가? 요컨대 돈 때문에. 돈을 벌기 위해서다. 미스릴 반지는 분명 그런대로 값을 쳐서 받을 수 있겠지. 주겠다면 받아두면 된다. 단, 신세를 진 것이라고 느낄 필요는 없다. 빚이라고 생각하면, 뭔가 보답을 해야만 한다. 그것은 아마도, 위험하다. 그것을 빌미로 이용당할 수도 있다.

우리는 좀비 골짜기에서 약 한 시간 가까이 걸어가 그곳에서 야영하기로 했다. 그들은 천막을 딱 한 개만 갖고 왔기 때문에 어떻게 할까 고민하더니, 나 혼자만 천막 안에서 자라고 한다. 남자들은 노숙한다. 불침번도 남자들이 교대로 설 테니까 나는 아침까지 자도 된다고 한다.

"그렇게 특별 취급해주지 않아도…."

"특별해."

마론은 농담처럼 말했다.

"그야, 여자는 메리뿐이니까. 그 점은 특별 대우를 안 할 수가 없 잖아. 남자랑 똑같이 볼 수는 없으니까."

"내 옆에서 자고 싶나?"

진애가 나를 비웃는 것처럼 슬며시 웃었다.

"우리 앞에서 옷을 다 벗고 갈아입거나 소변을 볼 수 있나? 못 하겠다면, 우리는 특별 취급하는 수밖에 없어. 당연한 이야기다. 받아들여."

에둘러 말하지 않는 점이 오히려 가슴속에 쓱 들어왔다. 나는 받아들이고, 혼자서 천막을 쓰기로 했다. 그렇기는 해도, 지참한 휴대 식량을 억지로 입에 쑤셔 넣고 누웠지만 잠이 올 것 같지가 않았다.

천막의 천 한 장을 사이에 두고 잘 모르는 다섯 명의 남자들이 있다. 게다가 여기는 풍조 황야다. 오르타나에서 멀리 떨어져 있다.

잘 생각해보면, 몸의 위험을 느끼지 않을 수 없는 상황이다.

잘 생각해보지 않았다, 는 뜻이겠지. 아무 생각도 없이 어슬렁어슬렁 따라왔다. 나는 바보다. 너무나 어리석은 자다.

미치키도, 오그도, 하야시도 그런 남자들이 아니었기 때문에 경계심이 흐릿해진 건지도 모른다. 나는 그런 의미로 불쾌한 경험을 한 적이 정말로 한 번도 없었고, 험한 꼴을 당하지도 않았다. 적어도 그림갈에 온 이후에는.

그전의 일은 모른다. 기억나지 않으니까. 하지만, 전혀 없었던 건 아닌지도 몰라.

어쩌면 나는 스스로 불 속에 뛰어드는 여름날의 날벌레? 내 쪽에서 자진해서 함정에 뛰어든 게 아닐까?

일단 무서움을 느끼기 시작하자마자 온몸이 떨리기 시작하더니 떨림이 멎지 않았다. 밖에서는 화톳불을 피우고 있다. 천 너머로도 그 불빛은 느껴지지만, 사람 그림자까지는 보이지 않는다. 하지만 기척은 난다. 귀를 기울이면 말소리도 들린다. 깨어 있는 것은 류우키와 오즈카인가? 뭔가 쓸데없는 농담을 주고받으며 웃고 있는 것 같다. 마론과 진애, 폰키치는 잠들었나? 류우키와 오즈카는, 왠지 둘이 같이라면 어떤 심한 짓도 저지를 것 같다. 물론 이것은 내 상상에 불과하다. 잘못 판단한 건지도 모르고, 만약 그렇다면 내 쪽이 훨씬 심한 짓을 하고 있는 것이다. 실제로 나는 이기적이고 지독한 인간이지만.

단, 류우키와 오즈카는 주모자 타입은 아니다. 자기들이 생각하고 일을 진행하는 것보다는, 누군가의 기획에 둘이 가담하는 타입처럼 느껴진다.

폰키치는 잘 모르겠다. 단, 다른 네 명은 명백하게 폰키치를 아래로 보는 것 같다. 그렇지만 폰키치도 그걸 그리 못마땅해하는 건 아니라고나 할까, 괴롭힘을 당하면서 기뻐하거나 남들보다 한 단계 낮은 레벨이라는 위치에 만족함으로써 마음 편하게 느끼는 것 같은 경향이 있다.

진애. 그 남자는 어떨까? 루미아리스의 가호를 잃어도 지조를 지키며 전 성기사인 채로 있다. 풍모도, 언동도 부랑자 같기는 해도, 꽤 의리는 있나? 실은 나쁜 사람은 아닐 것이다. 그런 느낌도 든다.

역시 수상한 것은 마론이다. 나에게 처음 말을 꺼낸 것도 마론이고. 무엇보다도, 마론이라니. 이름부터 수상하다. 그 넉살. 그 얍삽함. 아직까지는 이상한 짓을 당한 것은 아니다. 친절하게 대해준다. 그것 또한 의심스럽다.

나는 소리를 내지 않도록 조심하면서 미스릴 반지를 주머니에서 꺼냈다. 이것은 흑심의 표현? 그렇다면 너무 뻔하다. 애초에 좀비한테서 빼앗은 물건으로 내 관심을 끌 수 있다고 생각했나?

액막이가 된다고 마론이 말했다. 그것은 몽마에게도 효과가 있는 걸까? 몸에 지니고 자면 악몽을 꾸지 않게 될까?

어이가 없다. 동료를 죽게 해놓고서 악몽으로부터 도망치고 싶다니. 미치키와 오그, 무츠미가 꿈에 나와주는 것만으로도 고맙다고 생각해야 하지 않아? 사실은 꿈에서도 만날 수 없다. 그들을 볼 면목이 없으니까.

좀 험한 꼴을 당하는 정도가 나한테는 적당한지도 몰라. 마론이 뭔가 꿍꿍이가 있다면, 그래도 좋아. 어떻게든 마음대로 해. 나 같은 것, 어떻게 되든 상관없어.

만약 이런 말을 한다면 분명 미치키에게 야단맞겠지. 오그는 슬퍼하겠지. 무츠미는 간절하게 타이르겠지.

야단쳐줘.

메리, 뭐하는 거야? 자포자기하지 말라고, 정신 차리라고, 나를 야단쳐줘.

부탁이니까….

나는 잠깐 졸았는지도 모른다. 잠깐이 아니라, 분명 한 시간이나 두 시간 정도는. 꿈은 꾸지 않았다. 나도 모르는 사이에 미스릴 반지를 꼭 쥐고 있었다. 이 반지 덕분에 나쁜 꿈을 꾸지 않았던 거라고는 생각하고 싶지 않았다. 오랫동안 수면 부족이었으니까. 잔 것 같지가 않다. 머리가 무거웠다. 토할 것 같다. 오로지 불쾌하다.

나는 몸을 일으키려고 했다. 천막에서 나가서 바깥 공기를 마시고 싶다. 그 순간, 천막 출입구가 아주 약간 열렸다. 출입구라고 해도 단순히 천을 맞춰놓은 것뿐이지만, 안쪽 몇 군데에 고정 잠금쇠와 끈이 달려서 닫을 수 있게 되어 있다. 그렇기는 해도, 열쇠로 잠그는 문과는 다르다. 천의 이음새에 손가락을 집어넣는 건 간단히 할 수 있고, 밖에서도 칼 같은 것으로 끈을 잘라버리면 열 수 있다.

누군가가 이음새에 손을 집어넣고, 그래서 생긴 틈새로 안쪽을 엿보고 있다. 즉, 나를.

나는 반사적으로 자는 척을 했다. 그게 잘한 걸까? 일어나서, 뭐 하려는 거냐고 물어보는 편이 좋았던 것 아닐까?

그 누군가는 이윽고 손을 도로 빼냈다. 천막에서 멀어진다. 아무래도 화톳불 옆에 앉은 모양이다.

"…어땠어?"

"자는 거 아냐? …어떻게 할 셈이야? 저 여자."

마론과, 진애. 천막 안을 들여다본 것은 진애였던 모양이다.

"어떻게 할까? 음… 상심한 것 같은데. 꼬실 수 있다면 꼬시고 싶은데. 나는 강간보다는 화간이 좋거든."

"네 취향은 알 바 아니고."

"아니, 그래도 강제로 하는 건 좀. 가끔은 좋지만. 지난번에 했잖아."

"그건 나쁘지 않았어."

"진애는 알기 쉬운 짐승이니까. 오히려 강제로 하지 않으면 타오르지 않지? 사실 윤간 같은 것 아주 좋아하지?"

"여자한테 상냥하게 구는 놈들의 신경을 이해 못 하겠어."

"어? 그래? 좋은 건데. 귀여운 여자애와 러브러브하는 것. 메리, 미인이니까. 연애질하는 건 즐겁겠지. 분명히 즐거울 거야."

"고작 여자랑 하는데 뭐하러 번거롭게 굴어야 해?"

"손이 많이 가는 만큼 그대로 돌아오는 게 있으니까 그러는 거지. 아무튼 정서라는 게 부족하네, 진애는!"

"여자는 한 번 맛보면 충분해."

"뭐, 싫증나는 건 분명하지만. 그런 의미로 따지자면 뒤끝이 없는 건 마음 편하지."

"너한테는 안 넘어가, 저 여자는."

"그럴까…?"

"내 쪽이 그나마 가능성이 있을 것 같은데. 필요 없지만."

"그런가? 진애는 그런 데는 흥미 없는 주제에 어째서인지 날카로우니까. 인생 경험의 차이인가? 흠… 나한테는 안 넘어온다고? 그렇다면, 냉큼 해버릴까?"

마론은 별일도 아니라는 듯이 말했지만, 나는 숨이 멎을 것 같았다. 큰일 났다. 이건 큰일 난 정도가 아니야. 마론만이 아니었다. 진애. 꽤 의리파? 실은 나쁜 사람이 아니야? 어처구니가 없다. 얘기를 들은 바로는 강간마다. 나를 꼬시려고 했던 모양인 마론이 그나

마 인간미가 있다. 인간미라는 말은 쓰고 싶지 않지만. 틀렸다. 당한다. 덮칠 거다. 어떻게 해야 해?

여기에 있으면, 독 안에 든 쥐다.

그렇다. 천막 안에 있으면 안 돼. 도망쳐야지. 정했다. 도망치자. 나는 코로만 숨을 쉬면서 서둘러 생각을 정리했다. 깨어 있는 것은 두 명인 모양이다. 마론과 진애. 남자 두 명. 확실히 둘 다 화톳불을 피운 뒤에 갑옷을 벗었다. 뛰어 도망쳐서 떨구는 것은 힘들다. 불시에 허점을 찌른다고 해도, 어떨까? 그들은 일반인이 아니다. 의용병이다. 체력은 있다. 달리기 시합은 하고 싶지 않다.

제일 처음이 중요하다. 스타트 대시로 단숨에 차이를 벌려 포기하게 만든다. 여기는 풍조 황야이고, 게다가 아직 밤중이다. 그들도 끝까지 쫓아오지는 않을 것이다.

작전은 정했다.

짐은 버린다. 어차피 거치적거린다. 돈만 들고 가자.

마론과 진애는 아직 움직이지 않는다. 선수를 치는 거다.

나는 입으로 튀어나올 것 같은 심장을 도로 밀어 넣는 것처럼 가슴을 눌렀다. 주저할 때가 아니야. 떨리는 손가락으로 잠금쇠를 풀었다. 천막 바깥이 조용해졌다. 무섭다. 무서워. 무서워. 어디가? 그때만큼 무섭다는 거야?

그때와 비교하면 전혀. 데드 스팟. 놈이 백만 배는 더 무서웠다.

나는 천막에서 나왔다.

마론과 진애는 화톳불을 사이에 두고 앉아 있었다. 두 사람은 일제히 이쪽으로 고개를 돌리고, 나를 보았다.

류우키와 오즈카, 폰키치는 조금 떨어진 곳에 드러누워 자고 있다. 역시 세 사람도 잠든 모양이다.

마론은 한순간 눈을 크게 뜨고 나서 "…어라?" 하고 웃는 얼굴을 지어 보였다.

"왜 그래? 메리. 잠 깼어?"

진애는 칙칙한, 하지만 흉흉하고 둔탁한 빛을 깃든 눈길로 나를 주시하고 있다. 이 남자는 마론보다 조심성이 많다. 아마도 이야기를 엿들은 것이 아닐까 의심하고 있는 것이다.

"좀…."

나는 눈을 내리깔고 그 말만 하고는 화톳불로 다가갔다. 잘될까? 하는 수밖에 없다.

나는 "피곤한데"라고 덧붙이고, 한숨을 쉬었다. 그야말로 나른하게 보일 것이다. 나도 이 정도의 연기는 할 수 있다.

나는 일부러 마론과도, 진애와도 시선을 마주치지 않았다. 눈을 보면, 특히 진애는 알아차릴지도 모른다. 그래서, 고개를 숙인 채로 화톳불 옆에… 마론과 진애 사이에, 앉으려고 했다.

물론, 진짜 앉지는 않는다. 나는 우선 진애의 안면을 힘껏 신발 바닥으로 짓밟는 것처럼 찼다. 사이를 두지 않고 곧바로 마론의 옆얼굴에 돌려차기를 날렸다.

그리고 나는 뛰었다. 아무튼 화톳불에서 떨어진다. 방향 같은 건 상관없다. 마론과 진애가 뭔가 고함을 지른다. 그것도 상관없다. 나는 돌아보지 않았다. 전력 질주하는 데만 집중했다. 목구멍과 폐가 따끔거려도, 배가 아파져도, 발을 늦추지 않았다.

메리는 결국, 극단적이야… 라고 무츠미가 말한 적이 있었다. 뭐든 중간이 없어. 그게 좋은 점이기도 하고 나쁜 점이기도 하고… 그렇게 지적해서, 나는 뭐라고 대답했더라? 그런가? 그렇지 않다고 생각하는데. 분명히 그런 대답을 했다.

하지만 분명, 사람을 잘 보고 사려 깊은 무츠미의 말이니까, 맞을 거라고 생각한다.

나는 어중간한 것이 싫고 극단적인 인간이다. 적당히라거나, 적정선이라거나, 그런 게 아무래도 안 된다. 1 아니면 0. 그 정도가 아니라, 100 아니면 0. 완벽하게 옳은지 완벽하게 그른지. 아주 좋아하는지 아주 싫어하는지. 나에게는 그 중간이 없다.

지나치게 결벽한 것도 곤란해, 하고 무츠미가 말한 적도 있다. 무엇보다도 자기 자신이 힘들어져… 나는, 그런, 결벽한 게 아니라고, 대답했다.

결벽과는 다르다.

그저 사고가 유연하지 못하고 융통성이 없을 뿐. 그래서, 유연하게 살아갈 수가 없다.

숨이 차고, 몸 여기저기가 아프고, 더 한 발자국도 움직일 수 없는, 그런 상태가 되고 나서야 비로소 나는 발을 멈췄다.

아무도 쫓아오지 않는다. 나는 혼자다. 별이 엄청나게 많은 밤하늘로 빨려 들어갈 것 같다. 서 있는 것도 힘들다. 나는 땅바닥에 주저앉았다. 먼저 숨을 가다듬어야 해. 필사적으로 호흡을 가라앉히려고 애쓰고 있노라니 어디선가 짐승이 짖었다. 나는 움찔 놀라 숨을 참았다. 괜찮다. 소리는 멀었다. 하지만, 또 짖었다. 이번에는 방금 전보다 가까운 것 같다. 나는 주위를 둘러보았다. 아무것도 보이지 않는다. 아무리 별이 많아도 어둡다. 너무 어둡다. 적어도 달빛이라면. 빨간 달을 이토록 그리워한 적은 없었다.

이동하는 게 좋을까? 여기에 있는 게 나을까? 전혀 판단이 서지 않는다. 나는 신관이다. 사냥꾼이 아니야. 알 리가 없지.

짐승이 짖었다. 이번에는 분명히 가깝다. 바로 옆까지는 아니지만, 분명히, 상당히 가깝다.

무리다.

여기에는 있을 수 없어. 분명 짐승에게 잡아먹힌다. 그건 싫다.

그런 죽음, 당하고 싶지 않다. 나는 일어섰다. 하지만, 어디로 가야 해…?

짐승이 짖는다. 나는 그 소리로부터 멀어지기로 했다. 너무 발소리를 내지 않는 게 좋을까? 조용히 하는 게 좋은 건가? 짐승에게는 마찬가지일까? 냄새로 알아차릴 것 같다. 그렇다는 건, 도망칠 수 없어?

나는 궁지에 몰린 건지도 몰라. 이미 짐승은 나를 사냥감으로 인식했고, 사냥은 시작된 건지도 몰라… 도와줘.

소용없다.

아무도 도와주러 오지 않아. 여기에는 아무도 없다. 나 혼자다.

그제야 뼈저리게 통감했다.

나는 혼자인 것이다.

셰리의 주점 카운터 자리에서 본토산 증류주를 홀짝홀짝 마시고 있노라니, "헤이헤이 헤…이"라며 묘하게 경박한 남자가 다가왔다.

"헤…이!"

남자는 오른손을 들었다. 왼손에는 도기 맥주잔을 들고 있다. 목소리도 그렇지만 얼굴도, 풍채도, 몸짓까지 모든 것에 걸쳐 경박 그 자체였다.

이렇게까지 경박이라는 말이 어울리는 남자가 있다니. 마치 경박의 화신 같은 남자다.

나는 나도 모르게 남자 쪽으로 시선을 향해버린 것을 후회하면서 카운터에 눈길을 떨어뜨렸다.

"헤…이!"

남자는 다시 힘차게 외쳤다.

"헤…이! 헤…이! 헤…이!"

…끈질겨.

나는 의도적으로 무시하고 있다.

그것은 남자도 알고 있을 터였다.

"헤…이, 헤…이, 헤…이! 헤이헤이헤이헤이헤…이! 헤…이…?"

과연 어조가 약해졌다. 슬슬 포기하겠지.

"…앗, 지금, 포기할 거라고 생각했어? 그러낫! 나는 다르다고. 그 점이 나와 세상의 일반 피플과 다른 점이거든. 알겠어? 있잖아, 알, 겠, 냐, 고? 농담이지롱!"

나는 한숨을 쉬었다. 아니, 저절로 한숨이 나왔다. 도대체 뭐야?

이 남자. 상상을 초월하는 레벨로 경박하고 짜증스럽다.

요즘은 이렇게 술집에서 마시고 있어도 용건이 없는데도 말을 걸어오는 의용병은 우선 없다. 용건이 있다면 다르다. 파티의 신관이 갑자기 병이 났다거나. 파티의 신관을 누가 빼갔다거나. 신관이 정이 떨어져서 도망갔다거나. 그나마 좀 나은 케이스로는, 파티에 신관은 한 명 있지만 좀 위험한 장소에 가기 때문에 만일에 대비해서한 명 더 필요하다거나. 긴급 사태거나 대타, 혹은 임시 서브 힐러. 그것이 나한테 돌아오는 역할이었고, 이것은 꽤 수요가 있다. 하지만 공급은 적다. 왜냐하면, 파티에는 필수인 신관은 본래 인기가 있어서, 다소 미숙해도 일자리를 찾지 못하는 경우는 일단 없기 때문이다. 프리랜서 신관은 어떤 파티든 클랜이든 금방 스카우트하려한다. 설령 스카우트되지 않아도 신관 쪽에서 먼저 나서면 그리 어렵지 않게 파티를 짤 수 있겠지.

나는 클랜 가입 권유를 족족 거절했다. 그래서 지금은 의용병한테 들어오는 일거리는 기본적으로는 빈자리를 채울 요원이나 서브힐러다. 셰리의 주점에서 이렇게 혼자 마시고 있는 것도 반은 영업활동인데, 요컨대 나는 일자리를 찾기 위해 대기하는 것이다.

이걸로 먹고살 만큼은 여유 있게 벌 수 있으니까 불만은 없다. 일단, 목표 비슷한 게 없지는 않고, 준비는 하고 있지만, 이룰 전망이 있는 것도 아니다. 나는 이 생활을 바꿀 마음은 없다. 바꿀 필요가 있다고도 생각할 수 없다.

누구한테서도 방해받고 싶지 않다.

특히 이런 경박한 남자에게서는.

나는 경박남 쪽을 보지 않고 아무런 감정도 담지 않도록 주의하며 "꺼져줘"라고 말했다.

"당신 같은 사람과 말할 기분이 아니야."

"뭐어…라고요오…?!"

경박남은 어째서인지 그 자리에서 빙글빙글 세 번 정도 돌았다. 날카로운 스핀이었다.

"이 나 님과?! 말할 기분이 노노노…라굽숑…?!"

"…라굽숑?"

아차. 그만 관심을 보이고 말았다.

경박남은 놓칠세라 달라붙었다.

"오예! 알았다, 알았어, 알았다고용! 나 알아버렸다고! 다…꿰뚫어 봤다고! 예이, 예이! 야아…!"

"뭐…뭘 알았어?"

"음! 한마디로 말하자면! 모르겠다는 걸 알았지롱…!"

경박남은 무슨 영문인지 의기양양한 얼굴이었다. 나는 어안이 벙벙해졌다. 이렇게 내용 없는 이야기를 온 힘을 다해 말하는 남자를 일찍이 본 적이 없다.

"…당신이 모른다는 걸 알았으니까, 이제 가줘. 일 이야기라면 모르지만."

"일? 일이라니, 그거? 워…크?! 여기서 워크 이야기로 가버릴까?!"

"워, 워크…?"

"아니, 그런데 그런데, 실제로, 진짜 있는 거거든?"

경박남은 내 옆에 잽싸게 앉았다.

"살아 있으면 말이지, 여러 가지 일이 있는 거지? 여러 여러 여러

러러! 안 그래?!"

"…여러러러?"

"응! 그럼! 파라다이스가 아니니까?! 그렇게 생각하지 않아?! 어라, 이름, 뭐였더라?"

"메리…인데."

"앗, 그랬지, 그래. 메리메리! 이야, 이름 좋다!"

"…그보다, 이름 말하지 않았었는데."

"그랬나?! 진짜, 진짜로?! 네…실은 아직 이름을 듣지 못해서 몰랐습니당. 미안합니당. 알고 나서 말했습니당. 이게 바로 테크닉, 알지?"

"알지…라니, 뭘 아느냐는 건지."

"밝게 가자고! 여기는 파라다이스가 아니지만, 나는 머릿속이 꽃밭이니까. 든…가…워…라…플! 응?"

"…밝지 못해서 미안하게 됐네."

"미안할 것 없어! 전…혀 미안할 것 없어! 오히려 오케이입니다! 스위트, 스위터, 스위티스트라는 느낌?! 있잖아, 있잖아, 메리 씨, 내 러블리한 갈비뼈가 되지 않을래?"

"가, 갈비뼈…?"

"잘못 말했닷! 갈비뼈가 아니라, 여친! 연인! 아니면 부인!"

"어떻게 하면 그렇게 잘못 말해져…?"

"그 점은, 톱에다 시크릿이거든!"

"사양하겠습니다."

"쿵! 그, 그럼, 친구부터 시작하는 걸로!"

"친구 같은 건, 필요 없으니까."

"잠…! 자, 자, 자, 자, 잠까안! 친구가 필요 없다니, 그런 섭섭한 말을 하면 노…안 돼! 되자, 친구! 평생, 그냥 친구로도 좋으니까! 나 님, 꼭 메리 씨의 친구가 되고 싶어! 되어야 해!"

간절하게, 엎드려 절이라도 할 듯한 기세로 친구가 되고 싶다고 애원하는 남자를 봐도 내 마음은 1밀리미터도 움직이지 않는다. 하지만, 이 남자는 그야말로 장난치는 것 같지만, 의외로 진심인지도 모른다.

"나는 당신 친구는 될 수 없어. 정말로, 친구는 필요 없으니까. 같이 일할 상대만 있으면 돼."

"오케이!"

빨라…이렇게 생각했지만, 여기서 반응하면 지는 거다. 아니, 이기고 지는 문제가 아닌가? 잘 모르겠다. 그보다 이 남자는 가버리기는커녕 맥주잔을 들이켜 맥주로 보이는 내용물을 단숨에 비우고는, 점원에게 "딸랑딸랑! 맥주! 한 잔 더!"라고 추가 주문을 하는데, 도대체 어떻게 된 영문인가? 눌러앉을 작정…?

"메리 씨, 알아서. 친구는 깨끗하게 포기하겠습니다! 그 점은, 뭐냐, 나도 남자니까! 친구 이야기는 없던 걸로! 남친여친도 없던 걸로! 부부도 없던 걸로! 부모자식은…?"

"없지."

"그렇지. 그건 좀. 그럼, 남매는…?"

"아니고."

"그러네요. 그럼, 이건 어때? 이웃이라는 건?"

"…이웃?"

"네 이웃을 사랑하라! 그런 말 없던가? 어라? 웃이 되어버렸네?

그게 아니라 윷? 윷놀이? 노노, 그게 아니라, 이웃 말이야! 이웃, 아우우웃…! 그게 아닌가! 미안미안…해! 쏘리, 쏘리, 쏘리…! 이야, 오늘 좀 되네, 오늘 밤의 나, 완전 짱짱 매직, 넘버 피프틴! 왜 피프틴? 그건 말이지, 나도 모르걸랑! 에라, 모르겠다! 예이! 아, 왔다, 왔다, 내 주맥! 메리 씨, 메리 씨, 메리, 아, 씨 안 붙여도 오케이? 괜찮아? 괜찮지? 이웃이니까! 예이! 판타스틱! 새로운 시대의 문이 열리는 건가? 오픈 더 무운! 오옛!"

뭔가… 왠지 현기증이 났다. 어떻게 이토록 무의미한 말을 끊임없이 지껄일 수 있는 걸까? 이 남자의 머릿속은 어떻게 생겨먹은 건가?

"왓!"

그러자 남자는 갑자기 얼굴이 굳었다. 안면이 창백해지더니 온몸을 떨고 있다.

"…뭐, 뭐야? 왜 그래…?"

"나, 완전 엄청난 사실을 깨달아버렸숑…."

"숑…?"

남자는 끄덕이고는 맥주잔을 카운터에 놓더니 두 손으로 얼굴을 가렸다.

"…나 님, 완전 큰일. 설마 있잖아. 이런 중요한 일을 잊어버리고 있었다니…."

"그러니까… 뭐냐고?"

"이름."

남자는 입에서 혀를 삐죽 내밀더니 한쪽 눈을 감고 이상한 포즈를 취했다.

"마이 네임 이즈 킷카와! 이야! 이름을 말하는 걸 까맣게 잊어버렸었어. 큰일 날 뻔했네! 메리한테 수수께끼의 무명씨라는 기억을 새겨줄 뻔했다! 그건 좀 그렇잖아, 너무하잖아? 기분 좋지 않지? 비밀 밀비? 예이! 그런 연유로, 킷카와입니두아…! 메리, 다시 정식으로 잘 부탁행!"

"부, 부탁…."

나는 황급히 입을 다물었다. 위험했다. 하마터면 부탁행…이라고 말해버릴 뻔했다. 그건, 뭐랄까…진짜 싫다.

킷카와. 본 적 없는 얼굴이다.

어쩌면 루키(새내기)일지도 모른다.

위험한 남자다… 보통의 위험함과는 좀 다를지도 모르지만.

나는 살며시 숨을 고르고 증류주를 한 모금 마셨다. 독한 술이 목구멍을 태우고 위장 속으로 떨어진다. 그 뜨거움이 가라앉을 무렵이 되자 나도 냉정해졌다.

"킷카와. 당신 이름은 알았어."

"야호! 나 님, 영광 영광입니당! 반짝반짝 반짝!"

"…기억했으니까, 이제 됐지? 저리 가줘."

"와…오. 와…이? 왜애?"

"아까도 말했지만, 나는 일 이야기 이외에는 할 마음이 없으니까. 민폐야."

"잡담도?"

"응."

"세상 돌아가는 이야기도?"

"응."

"사랑 이야기도 안 돼…?"

"그건 특히 더 안 돼."

"오오후…."

킷카와는 희한한 목소리를 내더니 흐물흐물 카운터 밑으로 가라앉았다. 왜 이렇게까지 분명하게 거절하는데도 가버리지 않아?

이렇게 되면 인내심 싸움이다. 계속 여기에서 입을 다물고 있어주지. 무슨 일이 있어도 반응하지 않는다. 여기에서 움직이지도 않는다.

…그런데, 킷카와도 질겼다. 제법이랄까, 전혀 소리를 내지 않는다? 항복? 이제 손님들이 거의 나갔다. 매일 아침까지 영업하는 셰리의 주점도 슬슬 문을 닫을 시간이다.

더 이상 못 참고 옆을 보니 킷카와는 잠들어 있었다. 기분 좋은 것처럼 숙면 중이다.

"…도대체 뭐야? 이 사람."

레슬리 캠프에 관해서는 나도 들어본 적은 있었다.

언데드인 아인랜드 레슬리가 이끄는 상단이 그림갈을 돌아다닌다. 레슬리의 상단은 언제 움직이는가? 아무도 모른다. 이동하는 레슬리 상단을 본 자는 한 명도 없다. 단, 상단이 이동을 멈출 때에는 다르다. 때때로 상단이 어딘가에 머무르는 일이 있는데, 이것이 바로 레슬리 캠프라 불린다.

레슬리는 동서고금의 보물을 모으고 있고, 그 아주 일부분만이라도 빼앗을 수 있다면 엄청난 부를 누릴 수 있다고 한다. 또한, 일설에 따르면, 레슬리 캠프는 다가오는 자는 거부하지 않고, 어떤 종족이든 손님으로 맞아들여서 단순한 돌멩이라도 뭔가 가치 있는 것과 교환해준다고. 손님을 맞아 성대하게 대접은 하지만 그것은 전부 레슬리의 함정으로, 배불리 진수성찬을 먹어치운 손님은 두 번 다시 깨지 않는 잠을 자게 된다는 이야기도 있다. 그 밖에도 손님은 모두 상단의 일원으로 끌어들인다거나. 레슬리 캠프에서 살아 돌아온 자가 어디 어디에 있다거나. 무엇을 숨기랴, 오르타나 변경백 가란 베도이가 바로 그렇다거나.

어쨌든, 레슬리 캠프 찾기는 의용병들 사이에서는 종종 거론되는 듯하다. 발견했다는 이야기는 보고 들은 바가 없어 모르지만, 실패담이라면 셰리의 주점에서 종종 들을 수 있다. 인원수를 채우기 위해 나를 부른다 해도 신기할 건 없다.

통칭 듄이라 불리는, 유난히 진한 인상을 가진 전사의 제안으로 그 레슬리 캠프를 찾게 되었다. 나를 포함해서 전부 열두 명.

한심해. 발견할 리가 없지만, 나한테는 상관없다. 나는 어디까지나 임시 서브 힐러로, 듄은 할당금 말고도 일당을 따로 지불하겠다고 약속했다. 수입이 보장된 거라면 불만은 없다.

풍조 황야를 나흘간 어슬렁거리며 그새 몇 번인가 맹수의 습격을 당했다. 내 정위치는 원진 중앙이다. 적에게서 가장 먼 장소에 있고, 거기에서 가능한 한 움직이지 않는다. 육탄전을 못 하는 마법사가 두 명 있으니 그 옆에서 엄호만 한다.

나머지는 그저 보고 있기만 하는 것이다.

그때 나는 감정을 일절 개입시키지 않는다. 일은 제대로 해내지만, 일을 하기 위해서도 감정은 방해일 뿐이다. 판단을 그르치는 원인이 될 수도 있다.

물론 이것은 그리 간단한 일이 아니다. 예를 들어 다친 사람이 있으면 아무래도 마음에 걸린다. 사람이 아파하는 모습은, 비단 나만이 아니라 누구든 보고 싶지 않을 것이다. 하지만 신중하게 지켜봐야 한다. 어느 정도의 부상인가? 지금 당장 치료해야 하나? 마법력은 무한이 아니다. 마법을 쓰면 소모되고, 언젠가는 바닥난다. 절약해야만 한다. 나는 한번 실패했었다. 너무나 엄청난 실패였다.

막상 중요한 순간에 마법을 쓸 수가 없었다. 그런 건 이제 두 번 다시 싫다.

종종 항의가 들어온다.

아파하니까 어서 치료해달라거나. 내가 알 바 아니야. 나는 무시하거나, 상대가 집요할 때에는 이렇게 말한다. 살아 있잖아? 죽지 않았으니까 다행이잖아 하고.

그러면, 대개의 상대는 머쓱해진다. 가끔씩, 건방 떨지 말라며 폭발하는 경우도 있다. 살리는 것도, 죽이는 것도 네 마음이라고 생각하는 건가? 라는 말도 들었다. 그렇게는 전혀 생각하지 않지만, 귀찮으니까 나는 입을 다문다. 게다가 그들의 주장은 그리 틀린 게 아닐지도 모른다. 실은 나는 거만한 건지도. 나는 나 자신을 믿지 않는다. 어떤 의미에서는, 다른 누구보다도 나를 믿을 수 없다. 그러니까 내 생각 같은 건 어느 쪽이든 상관없다.

나는 그저 일을 한다. 돈을 벌기 위해서. 생활을 위해서.

왜 돈이 필요한 건가? 왜 생활을 해야만 하는 건가?

그 생각에 빠져버릴 것 같으니까, 굳이 답을 내고 싶지는 않다. 하지만 아마도, 역시 동료를 죽게 했으니까겠지. 세 사람이나 죽인 나는, 내 멋대로 죽을 자격조차 없다. 그런 게 아닐까 생각한다.

듄과는 전에 한 번 일을 같이 한 적이 있다. 나를 두 번이나 고용하는 의용병은 그리 많지 않다. 많지는 않지만 몇 번씩 반복해서 고용하는 의용병도 소수지만 있긴 있었고, 나는 그들을 단골 고객이라고 남몰래 부르고 있다. 듄도 단골 고객이 되어줄지도 모른다.

레슬리 캠프 수색 5일째가 끝나자 과연 모두 사기가 떨어져, 야영하면서 슬슬 수색을 접을지 어떨지 그런 이야기가 나왔다. 나에게도 의견을 구하기에 어느 쪽이든 좋다고 대답했다. 결국 돌아가기로 했다. 오르타나까지는 2일, 혹은 3일 걸린다. 나는 일당제로 일을 하므로, 하루라도 늘면 그만큼 수입이 들어오니까 얼마나 걸리든 상관없다.

그날 밤 불침번 당번으로 듄과 둘이서 장작불을 에워싸고 앉아 있었다.

"미안했다, 메리. 별 볼 일 없는 일에 따라오게 해서."

"별로."

"하지만 여자한테는 이런 여행은 그리 좋은 건 아니겠지."

"나 말고도 여자는 있잖아."

"그렇긴 하지만… 여전히 무뚝뚝하네."

듄은 한동안 어색한 것처럼 머리를 긁적였는데, 그러다가 문득 웃었다.

"뭐, 나는 메리의 그런 점이 마음에 들었지만."

"농담은 집어치워."

"농담이 아니야. 나는 진심이야."

시선을 들어보니 듄은 진지한 표정으로 나를 응시하고 있었다.

"계속 마음이 쓰였어, 메리가. 나랑 사귀지 않을래?"

"안 사귀어."

나는 즉답하고 고개를 숙이고 싶었지만, 애써 참고 듄의 상황을 계속 살폈다. 나는 나를 믿지 않는다. 남자도 신용하지 않는다. 무슨 짓을 할지 알 수 없으니까, 주의를 게을리 하지 않는다.

"…그건, 이런 뜻인가? 지금은, 아니라는 건가? 아니면 앞으로도 찬스가 없다는 건가?"

"없어. 미래 영원히. 제로. 전무."

"그런가."

듄은 토라진 것처럼 고개를 옆으로 돌렸다. 아무래도 그가 단골 고객이 되는 일은 없을 것 같다. 이런 일도 있다. 어쩔 수 없다.

오르타나로 돌아가는 도중, 밤에 좀 떨어진 곳에서 자고 있었는데, 듄이 덮치려고 했다. 차인 분풀이인지. 될 대로 되라는 심정인지. 나는 잠을 깊이 자지 않는다. 금방 알아차리고 쫓아버릴 수 있었기 때문에 큰일은 나지 않았다. 이런 일도 있다. 일일이 낙담하다가는 한이 없다.

오르타나로 돌아와서는 듄이 일당 합계 8일분을 지불하지 않으려고 했다. 나는 당연히 규정대로 정확한 액수를 지불하라고 요구했다.

"너, 그런 일이 있었는데도 잘도 태연하게 말할 수 있네."

"그런 일을 한 건 당신이지 내가 아니야. 그리고, 너라고 부르지 마."

"다른 사람 마음도 좀 생각해봐."

"당신은 내 마음을 생각해서 그런 짓을 했나?"

"…그건, 내가 잘못했지만."

"그래. 당신이 잘못했어. 일방적으로. 나에게 교제를 거절당하고 보잘것없는 자존심에 상처 입은 건지 뭔지는 모르겠지만, 그렇다고 쪼잔한 본성을 드러내다니, 정말 쪼잔한 남자."

"너…."

"못 들었어? 너라고 부르지 마. 구역질 나. 왜? 때릴 건가? 때리고 싶으면 때려. 당신이 작정하고 때리면 아프겠지만, 상처는 광마법으로 치료할 수 있고. 쓸데없는 짓을 한 당신은 분명 비참한 심정이 되겠지. 꼴 좋네."

"돈이 필요하면, 가져가!"

듄은 얼굴이 시뻘게져서 내동댕이치는 것처럼 8일분의 일당을 바닥에 뿌렸다.

"돈으로 자기를 파는 가련한 여자야, 메리! 너는!"

그가 종종걸음으로 가버린 뒤에 나는 동전을 하나하나 주웠다.

화는 났다. 비참하고 한심하다. 하지만, 돈은 돈이다.

셰리의 주점에 가면 듄과 얼굴을 마주칠지도 모른다. 무슨 상관이람. 부끄러워해야 할 건 내가 아니다. 듄 쪽이다. 그렇게 생각은 했지만, 주점 안에 듄의 모습이 보이지 않자 과연 안도했다.

나는 나를 팔고 있지 않다거나, 별로 사람 마음을 생각하지 않는 건 아니라거나, 역시 생각하지 않는지도 모른다거나, 생각하고 싶지 않다거나… 증류주를 홀짝이면서 머릿속으로 혼잣말을 늘어놓고 있노라니 어느 틈엔가 옆에 킷카와가 있었다. 나는 물론 무시했다. 사실 킷카와는 나한테 무시당한 정도로 기세가 꺾일 남자가 아니다.

"왠… 지 거시기하네, 이웃 씨. 기운이 없네? 나 님의 기분 탓인가? 그럼 좋겠지만. 이웃 씨는 힘을 내줬으면 하고 바라거든. 반짝반짝해줬으면 하거든. 이웃 씨는 반짝반짝이 어울린다고 생각하거든. 아, 이거 전부 그거야, 내 혼잣말이거든?"

네, 네, 혼잣말, 혼잣말… 내 이 말도 혼잣말. 아니다. 혼잣말조차 아니다.

좀 더 능숙하게 듄을 피할 수는 없었을까? 내 탓이 아니야. 나는 잘못 없어. 하지만, 다른 식으로 말할 수 있었을지도. 메리는 결국 극단적이야, 무츠미가 말한다. 어설프게 희망을 품게끔 말을 하는 건 오히려 좋지 않아. 그렇게 생각했어? 아니면, 듄을 일부러 상처 입히려고 했었나? 분풀이를 한 것은 나?

"이웃 씨. 기운 내. 있잖아, 이웃. 고민이 있다면 말하면 되고. 나 님, 뭐든지 들을 거니까. 어디까지나 혼잣말인 걸로 치고."

말하지 않아… 말할 수 있을 리가 없다. 나는 혼자. 혼자가 좋아.

6. 예측할 수 없는

세 사람을 죽게 만들었을 때나 그 직후의 일은 기억이 흐릿하지만, 술을 마셔도 과음해서 만취하지 않도록 조심은 하고 있고, 내가 지금까지 뭘 했는지 정도는 분명히 알고 있다.

내 평판이 좋지 않다는 것도 제대로 인식하고 있었다.

내 앞에서 대놓고 그렇게 부르거나 하지는 않지만, 나한테는 별명이 몇 개 있다.

하나는 고약한 메리.

그리고, 공포의 메리.

남들이 말하는 바로는, 나는 아무튼 무서운 여자라고 한다.

먼저, 대답이 퉁명스럽다. 불필요한 말은 하지 않는다. 그 점은 나도 인정한다. 사실, 나는 별로 일부러 차갑게 굴려는 의도는 없고, 상대방을 위압하거나 하지도 않고, 욕을 하지도 않는다. 물론, 할 말은 한다. 예를 들면, 어리석은 행동을 하는 자가 있다면 말리지 않으면 위험하다. 대개의 사람은 생각한 것을 전부 입 밖에 내는 것은 아니고, 말할 수 없는 이유가 있다는 것도 이해한다. 소심하거나, 인간관계를 망치고 싶지 않다거나, 뭐 여러 가지 사정이 있겠지. 하지만, 말려야 한다고 생각하면 나는 주저하지 않고 말린다. 누가 어떻게 생각하든 상관없다. 그보다 안전이 중요하다.

협조성이 없다. 그러니까 동료가 안 생긴다. 이것도 나에 대한 전형적인 악평이지만, 내 입장에서 말하자면 쓸데없는 참견이다.

애초에 동료를 만들려고는 나는 전혀 생각지 않는다. 너무나 동료를 원하고, 동료가 없으면 불안하고, 동료가 없으면 아무것도 못

하면서, 자기가 그렇다고 나도 같은 부류라고 생각하지 말아줬으면 한다. 나는 동료 같은 건 없어도 된다고 생각하니까 그런 마음으로 행동한다, 동료가 안 생기는 것과는 다르다.

당신은 당신 동료랑 잘 지내주세요. 나는 나대로 알아서 할 테니까. 제발 내버려뒀으면 좋겠다는 뜻이다. 나는 협조성이 없는 게 아니라 협조성을 발휘하려고 하지 않는다. 그럴 필요가 없으니까.

실제로 일거리는 있다. 영입 제안도 끊임없이… 라고까지는 할 수 없어도 먹고사는 데는 지장이 없다. 타인이 이러쿵저러쿵 참견할 일은 아닌데도, 실제로는 이러니저러니 말들이 많다.

의용병의 생활은 반드시 편하지는 않을 터이지만, 꽤 한가한 인간이 많은 건지도 모른다.

하지만 이유는 그것만이 아니겠지. 알고 있다.

자유 동맹 패거리나 듄 같은 남자나. 적반하장으로 나에게 억하심정을 품고 있는 남자들이 몇 명인가 있다. 가끔씩, 같은 파티에서 잠깐 일했던 적이 있는 것뿐인 동성들도 어째서인지 나를 싫어하는 적이 있다. 어째서라고나 할까, 이것 또한 적반하장이다.

어떤 여자가 같은 파티의 남자에게 관심을 두고 있고, 하지만 그는 그녀에게 특별한 감정을 품고 있지 않다. 내가 우연히, 임시 서브 힐러나 그런 것으로 그 파티에 들어간다. 그래서 그가 나에게 좀 친절하게 대해준다거나, 나를 걱정해준다거나 한다. 그녀는 그것이 마음에 들지 않는다. 나는 평소와 다름없는데, 그에게 꼬리를 쳤다나 뭐라나. 그래서 그가 착각하고 나에게 접근한 거라거나. 그에게 접근하지 말라거나. 새침을 떨면서, 그게 당신 수법이지? 라거나. 대놓고 그런 식의 말을 들은 적도 있다. 나는 그런 의도는 일절 없다고 대답하는 수밖에 없다. 분명히 단언해도 납득하지 않고 자기 멋대로 판단하는 여자도 있다.

그런 남녀가 나불나불 있는 일 없는 일 떠들어댄다. 굳이 돌아다니면서 부정하지 않으면 눈 깜짝할 사이에 고약한 메리, 공포의 메리 완성이다.

별로, 좋을 대로 떠들고 다니든 뭐라고 부르든 상관없다. 악명이 높아지면 아무도 나에게 어떤 기대를 하지 않게 된다. 도저히 어쩔 수 없어서 곤란할 때, 내가 어떤 인간이든 신경 쓰지 않는 사람만 나에게 일을 의뢰한다. 나를 이용하려고 한다. 그걸로 좋아. 나도 오히려 마음이 편하다.

셰리의 주점에서 하야시와 시노하라 씨, 오리온 사람들과 마주칠 때만 거북했다. 과연, 예전 동료나 잘해줬던 오리온 사람들을 무시할 수는 없어서 목례 정도는 했다. 가끔씩은 나에게 말을 걸어주기도 하고.

특히 시노하라 씨는 만나면 반드시 말을 걸어준다. 별반 이야기는 하지 않는다. 잘 지내고 있는지, 혹은 컨디션은 어떤가요? 라는 식의 두세 마디다. 시노하라 씨는 소홀함이 없다. 나처럼 배은망덕한 사람도 걱정해준다. 살짝 기분이 나쁠 정도로 좋은 사람이다. 그 사람만큼은 나도 함부로 대할 수가 없다.

그리고, 이 녀석.

킷카와.

"네네네네네네네네네네네네네. 이웃, 이웃 메리 씨? 네네네네네네네네네네네. 어? 뭐하는 거냐고? 안 물어봐? 물어봐. 이럴 땐 물어봐줘. 괜찮지만. 안 물어봐도. 안 물어보면 내 맘대로 말할

거니까. 있잖아. 이건 말이야. 얼마나 네를 연속으로 말할 수 있는
가 하는 지린챌. 챌린지. 네네네네네네네네네네네네네네네네
네네네네네네네네네네네네네넨넨, 우왓, 실패! 이거 말야, 해보
면 비교적 어려워. 진짜진짜진짜진짜. 거짓말 같으면 해봐. 안 해?
안 하네. 하긴, 나도 처음 해보는 거지만! 방금 전에 떠오른 거니까!
이제 안 할지도. 그런데 말이야, 그런데, 네네네네네네네네네네
네네네네네네, 안 한다고 해놓고 또 해버리네! 그런 점이?! 나 님의
퀄리티?! 두둥…! 짠! 앗, 그렇지, 그렇지, 그랬었지, 나 님, 웬일로
메리한테 용건이 있었다!"

　용건이 있다니 별일이다. 셰리의 주점 카운터에서 마시면서 이렇
게 일거리를 기다리고 있으면, 킷카와는 가끔씩이랄까, 그런대로
빈번하게 다가와서는 뭐가 뭔지 알 수 없는 말들을 지껄이다가 간
다. 나는 거의 무시하는데도. 용건이 있는 것도 아니고. 그렇다. 아
무런 용건도 없으면서, 도대체 무슨 의도인 걸까? 차라리 흑심이
있는 남자가 더 알기 쉽고 대처하기도 쉽다. 그런데 이 남자는, 나
만이 아니라 남녀를 불문하고 누구한테도 이러는 듯, 여기저기, 이
사람 저 사람에게 아무렇지 않게 말을 건다. 이런 의용병은 내가 아
는 한에서는 킷카와 말고는 없다. 킷카와는 도저히 이해할 수 없는
사람이다.

　"…뭐? 나한테 용건이라니?"

　나도 모르게 반응해버렸다.

　"응, 응. 그것 말인데."

　킷카와는 얼굴을 찡그리고 코밑을 검지로 쓱쓱 문질렀다.

　"있잖아. 음… 있잖아? 그게 있지, 뭐, 일이라고 하면 일이랄까?

내 의뢰는 아니지만? 알잖아, 나 님은 토키즈니까? 토키무네와 멋진 친구들의 일원이니까? 그래서, 나는 아니지만, 나랑 전혀 관계없지도 않은 녀석들을 소개해주고 싶다고나 할까, 요컨대 내 동기라고나 할까? 어떤 일의 계기가 되는 것? 그 '동기(動機)'가 아니지! 그게 아니라, 동기(同期) 말인데, 그쪽 파티에, 어때? 뭐, 그런."

"당신 동기의 파티에 들어가라는 뜻?"

"뭐, 그런 뜻. 예이."

"서브 힐러?"

"아니, 그게 말이지, 좀 사정이 있어서, 힐러가 부재랄까. 그래서, 서브가 아니라 메인 비슷한? 비슷하달까, 오히려 완전 메인?"

"일거리라면, 하겠지만."

"아, 그래? 와오! 잘됐다! 그럼 소개해줄게! 저기 말이야, 데려와 버린다? 지금, 이리로. 오케이라거나?"

"그러시든가."

"그럼, 기다려! 나 님이, 빛의 속도로, 슈웅…!"

킷카와의 동기라면 나한테는 후배가 된다. 뭐, 어쨌든 상관없다. 일은 일. 상대가 누구든, 정신 상태를 극력 평온하게 유지하며 내 할 일을 할 뿐이다. 나는 과도한 기대는 고사하고 아주 조금의 기대도 하지 않았다.

하지만, 잠시 후에 킷카와가 데려온 의용병들은 보기에도 미덥지 못하고… 이거, 좀 위험한 거 아닌가? 라고 생각하지 않을 수가 없었다.

남자가 세 명. 남자아이… 라고 말하는 편이 좋을지도 모르겠다. 나이가 아니라, 분위기다. 좋게 말하면, 닳아 빠지지 않았다. 나쁘게 말하면, 그야말로 어린애 같다.

"저기, 그러니까, 하루히로랑, 란타랑, 모구조! 자, 자, 자, 세 사람 다 인사, 인사해야지! 인사는 커뮤니케이션의 첫걸음이자 기본이거든!"

킷카와의 재촉에 졸린 눈을 한 도적풍의 의용병이 "…아아, 안녕하세요"라며 고개를 숙였다.

"하루히로… 입니다. 도적… 입니다. 그러고는… 딱히, 뭐."

"라, 란타다!"

곱슬머리에 키가 작은 그 남자는 전사치고는 경장이었다. 건방져 보이는 얼굴을 하고 있다.

"이 몸은 암흑기사…거든? 헷. 아, 그리고… 그렇지, 뭐지? 여, 여친 모집 중이다. 응. 헤헷."

"저, 저는 모구조. 전사, 입니다."

털 없는 곰 같은 그 남자아이는 덩치에 비해 무해해 보인다. 마음이 여린 것 같고. 써먹을 수 있을지 불안하다는 표현도 가능하다.

"…자, 잘, 부탁합니다."

"그럼!"

킷카와는 번쩍 별을 날리는 듯한 기세로 윙크를 하면서 얼굴 옆에 V자를 그려 보이더니, "나는 이쪽에서! 뒷일은 젊은 사람들한테 맡긴다! 메리 또 봐, 또 봐, 또 봐, 광선 비이이이임…!"이라며 가버렸다. 뭐야? 그 빔은.

세 사람은 우물쭈물하기도 하고 "음…"이라며 신음하기도 하고, 눈을 감고 고뇌하는 표정을 짓기도 할 뿐, 나한테 아무 말도 하지 않는다. 뭐야? 이거. 나한테 용건이 있는 거 아닌가? 내가 먼저 말을 꺼내야 하는 거야? 하지만 잠자코 있다가는 하염없이 이 상태일 것 같다.

"그래서?"

내가 최소한의 말로 물꼬를 트자, 그제야 하루히로가 "아아, 그게…"라며 말문을 뗐다.

"키, 킷카와한테서, 들어서. 아니, 킷카와가 데려와서, 그건 알고 있던가? 알겠지. 그래서, 그러니까…우리, 신관이 좀, 없어서. 그래서, 파티에 들어와줄 신관을, 찾고 있다고나 할까. 그래서, 그게…."

빠릿하게 좀 말해주지 않겠어? 그렇게 말하고 싶은 심정을 억누르고 나는 숨을 한 번 내쉬었다, 과연 킷카와다. 처음으로 일 이야기를 꺼내나 했더니, 이런 전개. 예측할 수 없는 남자다.

"조건은?"

하루히로는 "…조건?"이라며 깜짝 놀란 것처럼 눈을 크게 떴다. 그래도 졸려 보인다.

"어, 조건, 은… 우리, 다무로 같은 데 가서… 아, 조건……이란 건?"

란타가 "바보, 그거잖아"라고 하루히로의 옆구리를 팔꿈치로 찔렀다.

"하룻밤에 얼마라거나. 그런 거잖아. 알아야지, 그 정도는!"

나는 란타를 노려보았다. 란타는 "힉…" 하고 뒷걸음질을 쳤다.

"…노, 농담…이잖아? 안 그래? 아니, 조크랄까, 비유랄까, 그리 적절한 비유는 아니었는지도 모르지만….."

"그러네. 상당히 부적절."

"…그렇, 지요? 미안? 악의가 있었던 건 아니고… 긴장해서….."

하루히로가 "네가?"라고 하자 란타는 곧바로 "시끄러워!"라고 받아쳤다.

모구조는 배가 아프기라도 한지 고개를 숙이고서 땀을 흘리고 있다.

일당을 받는 건 무리겠다고 판단할 수밖에 없었다. 분명 이 아이들은 지불할 수 없다. 그렇다는 것은, 할당금뿐이다. 이 아이들과 함께 얼마나 벌 수 있을까? 큰 기대는 할 수 없다. 상당히 낮게 견적을 잡아야 한다. 숙박비의 1박 요금과 식비를 빼고 적자만 아니면 감지덕지해야겠지.

고르고 따지지 않는 나에게 있어서는 처음으로, 이것은 거절해야 할 일인지도 모른다.

…하지만.

내가 거절하면, 지독하다고 해도 좋을 정도로 미덥지 못한 이 아이들은 어떻게 할까? 어떻게 될까? 상관없어, 나랑은 상관없어… 하지만.

"할당금만 받으면 그걸로 됐어. 일은 내일부터? 약속 장소가 정해진 거면 가르쳐줘."

7. 동틀 무렵

오르타나 북문 앞. 아침 8시. 나는 약속 시각에 늦는 일은 한 번도 없다. 대개는 누구보다도 일찍 도착한다. 그날도 여느 때와 마찬가지였다.

"그래서 말이지! 여러분에게! 새 친구를 소개하고자 합니다! 신관 메리 씨입니다. 자, 박수…!"

곱슬머리 란타가 자포자기한 것처럼 외치자, 졸린 눈을 한 하루히로와 곰 같은 모구조는 조심스럽게 박수를 쳤다. 나머지 두 사람은 놀라고 있다. 둘 다 여자아이다. 한 명은 얌전해 보이는 마법사. 또 한 명은 활을 들고 있으니 사냥꾼이겠지… 여자아이. 정말로, 여자아이들… 이라는 느낌이다. 의용병이라는 분위기가 아니다. 이 파티.

농담이지…? 그것이 나의 솔직한 감상이다.

이래 봬도 꽤 여러 의용병과 일을 해온 편이라고 생각한다. 연하도 있고 연상도 있었다. 나보다 경험이 풍부한 의용병도, 경험이 짧은 의용병도 있었다. 하지만 이런 아이들은 좀처럼 본 적이 없다.

뭐랄까, 마치 견습 의용병이 된 직후 같다. 단 하루나 이틀이라도 의용병 생활을 하면 보통은 좀 더 변한다… 보통.

이 아이들 쪽이 어떤 의미에서는 보통인지도 모른다. 우리는 보통이 아니게 되었다. 어쩔 수 없이 적응했다. 내가 아는 범위에서는 모두 그랬다. 이 아이들은 보통이지만, 특이하다.

"메, 메리 씨입니다…."

란타가 다시 나를 가리키자, 그제야 마법사 아이가 "아…"라고,

머뭇거리는 느낌으로 고개를 숙였다.

"…안녕하세요."

"처…."

사냥꾼 아이도 "처음 뵙겠어요"라고 인사했다.

나는, 무슨 말을 하면 좋은 건가? 여자아이들은 나를 경계하고 있다. 그야 그렇겠지. 당연하다. 하지만 까칠하지는 않다. 나한테 익숙한 경계심은 좀 더 공격적이고 적의에 가까운 것이다. 혹은 짜증이나 불쾌감. 부정적인 감정. 이 아이들의, 당혹스러운 성분이 좀 많은 경계심은 너무 부드러워서 나까지 난처해진다.

어떻게 해야 좋을지 잘 모르겠다. 나는 머리카락을 쓸어 올리며 하루히로를 보았다.

"이게 전원?"

"아…."

눈이 마주치자 하루히로는 허둥대며 고개를 숙였다. 그러니까 그 반응. 너무 보통이라고….

"으, 응. 이게 전부야. 메리를 포함해서 여섯 명."

나는 "그래"라고 대답하고 코끝으로 웃었다. 웃기라도 하지 않으면 못 해먹을 것 같다.

기분을 전환하지 않으면. 괴롭다. 너무 괴로워.

"뭐, 좋아. 내 몫만 제대로 챙겨 받으면 나는 상관없어. 어디 갈 거야? 다무로?"

"그, 그럴…까?"

"그럴까라고? 분명히 해."

"다, 다무로. 구시가. 고블린을 잡으러. 그 밖에는…… 잘 모르니까."

"아, 그래. 그럼 어서 가. 나는 뒤따라갈 테니까."

"저…저기 말이야?"

란타가 눈을 치켜뜨고 메리를 보았다.

"조, 좀 더, 뭐랄까, 저기, 말투라거나 태도라거나, 어떻게 좀 안
돼…?"

"뭐?"

"아니… 미, 미안…합니다, 아무것도… 아닙니다."

별 볼 일 없는 남자. 이 정도로 입을 다물게 할 수 있다면 별것도
아니다.

다무로 구시가까지의 약 한 시간. 대화는 없었다. 만약 누가 말을
걸어왔어도 나는 대답하지 않았겠지. 이 아이들은 평소에 어떤 이
야기를 하는 걸까? 상상도 못 하겠다. 나와는 맞지 않는다는 것만
큼은 분명하다. 지금 나와 맞는 사람은 아무도 없겠지만.

꽤 먼 곳까지 와버렸네 하고 문득 생각했다.

나도 아마 처음에는 하루히로 일행과 비슷한 장소에 있었을 것이
다. 그 무렵은 즐거웠다…고 말할 정도의 여유는 없었다. 하지만 역
시 즐거웠는지도 몰라. 충실했다. 이 아이들을 보고 있노라면 떠오
를 것 같다. 떠올리고 싶지 않아. 이 일은 거절했어야 했다. 나는 실
패했다.

"또… 놈들을 만난다면."

구시가에 발을 들여놓기 직전에 하루히로가 그렇게 중얼거렸다.

란타가 "그때에는"이라고 묘하게 어두운 목소리로 말했다.

"…그때에는, 해치워야지. 그 갑옷 녀석과 홉고블린 녀석의 귀를

잘라내서 스컬헬 님의 제단에 바쳐야만 내 직성이 풀리겠어."

"하지만….'

마법사 아이는, 어둡다기보다는 차가운 목소리를 냈다. 이 아이에게는 왠지 어울리지 않는다.

"이길 수 없어. 지금 우리들로서는."

란타가 쳇 하고 내뱉었다.

"못 이기든 어쨌든 하는 거야."

사냥꾼 아이가 "그러다 죽어버리면"이라며 목소리를 떨었다.

"죽어버리면… 본전도 못 건지는 거잖아."

"죽는 건, 안 돼."

모구조가 힘주어 끄덕였다.

"이제 아무도 안 죽었으면 해."

힐러가 없는 파티라니, 이상하다. 처음부터 이 파티에는 힐러가 없었다. 그런 일은 있을 수 없다.

"누군가….'

나는 말하려다가 입술 끝을 깨물었다. 굳이 물어볼 필요도 없다. 힐러가 없던 것이 아니다, 없어져버린 것이다.

분명, 죽어버린 것이다.

"갈 거야? 안 갈 거야? 어느 쪽이든 상관없으니 빨리 정해."

란타가 고개를 옆으로 돌리고 살짝 혀를 찼다.

"빨리 정하자, 하루히로."

"그래….'

하루히로는 당혹스러운 듯이 두리번거렸다. 그러고 보니 이 파티의 리더는 누구일까? 왠지 막연히 하루히로일 것이라고 생각했지만, 확신은 없다. 리더 부재인 파티. 그런 느낌으로 보이기도 한다. 혹시나.

죽은 것은 힐러이고, 예전에 리더였던 사람…이라거나?

그것은… 만약 그렇다면, 한없이 최악에 가깝다. 아니, 최악이다.

무서운데요, 이 일. 너무 무서워.

그런 생각을 하고 있다는 건 전혀 내색하지 않고 일을 해낸다. 그것이 내 신조 같은 것이지만, 이번에는 꽤 힘들 것 같다. 하루히로의 "가, 가잣"이라는 구령을 듣고 나는 솔직히 암담해졌다. 이 아이들은 도대체 어떤 식으로 사냥을 하는 걸까? 생각하고 싶지도 않아. 최소한의 이론 정도는 알고 있기를 바라는데. 결코 사치라고 할 수 없는 내 바람은 힘없이 부서졌다.

사실 금방은 아니었다. 전원이 그 근처를 얼쩡거려도, 하루히로가 일단 도적답게 정찰을 나가봐도, 적당한 사냥감은 찾지 못하는 모양이다. 하긴, 그야 그렇겠지. 보아하니 이 아이들은 두 마리 이하의 고블린으로 표적을 좁힌 모양이다. 하지만 고블린도 바보가 아니다. 안전을 확보하기 위해서는 무리 지어 있는 편이 당연히 좋다. 두 마리나 한 마리만 있는 고블린은 그리 흔치 않다. 내 경험으로는 다무로 구시가에서 발견하는 고블린은 대부분이 세 마리 이상이다. 우선은 파티에서 세 마리의 고블린을 해치울 수 있게끔 되는 것. 구시가에서의 사냥은 그것이 제1관문이며, 거기서부터가 스타트라고 해도 과언이 아니겠지.

즉, 이 아이들은 스타트 라인에조차 서지 못했다.

그렇기는 해도, 이대로 두면 언제까지고 사냥을 할 수 없고 수입은 제로다. 하루히로는 결의를 한 모양이다. 오후가 되어 하루히로가 발견한 사냥감은 세 마리의 고블린이었다.

무너져가는 담장으로 둘러싸인 건물 흔적지에 체인 메일을 입고 짧은 창을 든 고블린과, 천으로 된 옷을 입고 손도끼를 든 고블린, 또 한 마리는 마찬가지로 천으로 된 옷, 무기는 단검. 하루히로는 작전 같은 것을 짜기 시작했다.

"우선 유메랑 시호루가 창 고블린에게 선제공격. 나랑 란타, 유메, 메리 네 명이 도끼 고블린과 단검 고블린을 제압할 테니까 그새 모구조랑 시호루는 창 고블린을 쓰러뜨려. 둘이서 힘들면 나나 란타가 거들게. 창 고블린만 처치하면 낙승이라고 봐."

"잠깐."

예상하지 못했던 것은 아니다. 이 아이들은 최소한의 이론도 모르는 게 아닐까? 바로 그랬다. 그것뿐이다. 하지만 충격이었다. 모르는 건가? 그러니까 동료를 잃는 거다.

"왜 내가 고블린과 싸워야 하는 거지?"

"어… 아, 안 되는 거야? 어? 왜…?"

"나는 앞으로 나서지 않으니까. 신관이니까 당연하잖아."

란타는 "어이…"라며 폭발 직전인 것 같은데, 간신히 자제한 것 같았다.

"너…."

"너?"

나는 화가 났다. 별로 화내고 싶지 않다. 화를 낼 필요 따위 없다. 이것은 일이다.

나에게 있어서는 일 이외에 아무것도 아니다. 당신들은? 그걸로 좋아?

란타는 머쓱해하더니, "…자, 자네?"라고 고쳐 말했다. 자기가 혼자 겁을 먹고서는 그게 마음에 들지 않는 모양이다.

"아니, 이상하잖아. 내가 누굴 자네라고 부르는 건… 메, 메리!"

"씨는?"

"메리… 씨."

란타는 심줄이 튀어나오고 온몸을 떨고 있다. 뭘 분개하는 건지. 바보인 건가?

"저, 저기 말이지. 신관도 할 때에는 하는 거잖아? 그게, 뭐지? 석장 같은 것? 그거 갖고 있지? 요컨대 그건 때리기 위한 물건이지? 아니면 그저 장식품인가?"

"그래. 이건 장식품."

"너, 너 이 녀석…."

"이 녀석?"

"메, 메리… 씨. 당신 말이야, 그건 말이지, 그거잖아, 그거, 뭐더라, 아, 몰라, 아무튼… 됐어. 마음대로 해."

"말 안 해도 마음대로 할 건데?"

"그렇겠지. 하하하핫! 그럴 줄 알았어. 젠장. 뭐야? 이 녀석…."

"일일이 지저분한 말 쓰지 말아줄래? 귀가 더러워지니까."

"죄송했습니닷! 잘못했습니다! 그렇게 마음에 들지 않는다면 차라리 계속 귀를 틀어막고 있으면 어떠신지요!"

"왜 내가 그런 귀찮은 짓을 해야 하지?"

하루히로가, "자, 자…."라며 목덜미를 긁적이면서 말렸다.

"일단 알았으니까. 메리는 여차할 때를 위해서 후방에서 대기하는 걸로. 시호루 근처가 좋겠다. 시호루는 마법사니까 앞으로 나가지 않으니까. 그럼 문제 없…지?"

만약의 사태에 대비한다. 바로 그것이 힐러인 신관의 역할이다. 이제야 이해한 모양이다. 마법사 아이는 시호루라고 하는구나. 이름조차 듣지 못했었다. 뭐야? 이 아이는. 화내지 마. 짜증을 내면 일에 지장이 생길지도 몰라.

"타당하다고 봐"

"자, 그럼, 그런 식으로… 유메, 시호루, 부탁해."

하루히로가 그렇게 말하자 마법사 시호루와, 그리고 사냥꾼 아이도 말없이 고개를 끄덕였다. 사냥꾼 아이는 유메라는 이름인 모양이다.

유메도, 시호루도 명백하게 불쾌하다는 얼굴이다. 어지간히 내가 마음에 들지 않는 듯, 눈을 마주치려고도 하지 않는다. 상관없지만, 별로.

하루히로를 포함한 남자 세 명은 유메와 시호루, 여자 두 명에게 나에 대해서 제대로 설명하지 않았었는지도 모른다. 아무래도 그렇게 짐작되는 구석이 있다. 그렇다면 유메와 시호루가 불쾌해하는 것도 어쩔 수 없다. 왜냐하면, 보통은 말해주잖아? 애초에, 사전에 모두 함께 의논해서 결정하는 게 당연하지 않아? 커뮤니케이션이 원활하지 않다는 뜻? 파티로서는 미숙한 정도가 아니라 초심자급 이하인 의용병이고, 서로 친한 그룹도 아니다. 도대체 뭐지? 정말.

하루히로가 유메와 시호루를 데리고 앞서갔다. 그렇게 해서 문제의 장소에 다가가자, 하루히로의 사인으로 시호루가 마법을 준비하고 유메는 활을 든다. 섀도 비트(그림자 울음)인가? 시호루의 마법은 창 고블린한테 맞았다. 그래서 창 고블린은 단창을 떨어뜨렸지만, 유메의 화살은 빗나갔다. 날아가는 도구니까 빗나가는 경우도 있겠지. 하지만 저런 식으로 빗나가지는 않아.

"너무 빗나갔어."

내가 중얼거리자 유메는 움찔거리며 활을 꼭 쥐었다. 당신은 활을 쏠 때 집중하지 않아. 분야도 다르고 동료도 아닌 내가 할 말이 아니니까 말하지 않겠지만. 알아차리는 게 좋을 거야. 자기의 잘못된 부분을 깨닫는 것은 괴로운 일이지만.

"신경 쓰지 마!"

하루히로는 유메한테 한마디 하고는 대거를 뽑았다. 유메를 배려할 여유는 있구나. 훌륭하긴 하지만, 당신이 정말로 신경 써야 할 것은 그쪽이 아니야.

모구조와 란타가 고블린들에게 덤벼들었다. 도끼 고블린과 단검 고블린이 두 사람의 앞을 가로막고, 그새 창 고블린이 단창을 주우려고 했다. 하루히로가 단검 고블린에게 백 스태브(등 찌르기). 이것은 스치기만 했다. 하지만, 단검 고블린의 주의는 하루히로를 향했다. 도끼 고블린은 란타가 담당한다. 모구조가 창 고블린에게로. 아아, 하지만, 창 고블린 쪽이 빠르다. 창 고블린이 단창으로 모구조를 찌른다. 모구조는 팔을 잘 접어서 바스타드 소드로 단창을 뿌리쳤다. 저 체격에 꽤 잽싸게 대처를 잘하네. 유메가 헌팅 나이프를 뽑아 달려 나갔다. 하루히로한테 가세할 생각인 모양이다. 여자 사냥꾼으로는 드물게 과감하다. 사선 십자. 단검 고블린은 펄쩍 뛰어 물러서서 피했지만, 제법 좋은 공격이었다. 유메는 접근전 쪽이 장기인 건가?

"옴 렐 엑트 벨 다슈…!"

시호루가 섀도 비트를 썼다. 모구조를 엄호하려고 한 모양인데, 창 고블린은 피했다. 섀도 비트로 날리는 그림자 엘리멘탈은 속도가 빠르다. 방법을 잘 연구하지 않으면 맞히는 것은 어렵겠지. 단, 시호루의 노림수는 좋았다. 창 고블린의 자세가 약간 무너져 모구조가 곧바로 바스타드 소드를 휘두른다. 좀 멀지만. 헛스윙이다. 사정거리를 파악하지 못하고 있다. 혹시 창을 든 상대와는 싸워본 적이 없나?

란타도 도끼 고블린을 상대로 고전하고 있다. 불리해 보이는데, 저 움직이는 방식. 어떻게 좀 안 되나? 움직임에 낭비가 너무 많다. 암흑기사라는 건 저런 건가? 그렇다고는 생각할 수 없다. 암흑기사는 잘 움직이지만, 보통은 좀 더 샤프하다. 란타는 거품을 문 개구리 같다.

하루히로와 유메는 둘이 합세해서 공격하니까 괜찮은가?

모구조는 창 고블린이 단검을 마구 휘둘러서 주춤주춤하고 있다. 상대가 창인 경우에는 거리를 벌리면 오히려 불리하다고 생각하는데. 역시 경험 부족이다. 전투 방법이라는 것을 모른다. 내가 동료라면… 동료라도, 아니, 동료였다면 더욱, 위에서 내려다보는 시선으로 이러니저러니 말하지는 않겠지.

"…아얏…!"

란타가 왼쪽 허벅지를 베여 개구리처럼 펄쩍 뛰면서 물러섰다. 고블린은 인간보다 키가 작다. 하반신에 대한 공격을 특히 주의해야 하는데, 그것을 모르는 모양이다.

"유메, 이 녀석은 내가 맡을 테니까 도끼 고블린을!"

하루히로는 유메에게 란타를 거들게 할 생각인 건가? 상황이 보이기는 하는 모양이고 판단도 늦지 않다. 하지만, 과연 어떨까? 현 시점에서 란타에게 도움이 필요한가?

"메리, 란타를 치료해줘!"

나는 즉각 "싫어"라고 대답했다.

"싫다고?! 어, 왜?!"

"급히 치료할 만한 상처가 아니잖아. 그 정도는 참아."

"…너 이 녀서어어어어억…!"

란타는 흥분해서 도끼 고블린에게 덤벼들었다. 그것 봐. 아무렇지 않잖아.

"이 녀석 이 녀석 이 녀석 이 녀석! 좀… 이랄까, 꽤 외모가 뛰어나다고 거만하게 굴지 마! 까불지 마! 까불지 마! 까불지 마아아아아앗…!"

"아프지 않아? 란타!"

"아파! 헤이트리드(증오 베기)…!"

란타는 도끼 고블린을 향해서 롱 소드를 비스듬히 내리쳤다. 저런 식으로, 이제부터 공격합니다……라고 가르쳐주면 맞을 리가 없지. 쉽사리 피했다.

"…피가 콸콸 나온다고?! 당연히 아프지! 아아… 아파… 젠장……!"

유메가 단검 고블린의 발에 걸려 "힉…?!"이라며 엉덩방아를 찧었다. 나는 순간적으로 움직일 뻔했지만, 하루히로가 있다. 적의 증원군이 없으리라는 법은 없으니 나는 시호루를 지켜야 한다. 게다가 고블린들은 도망치려는 기색이다.

"이 자식…!"

하루히로가 유메와 단검 고블린 사이에 끼어들려고 했다. 단검 고블린은 도망친다. 도망간다. 다른 고블린들도.

멍한 얼굴의 하루히로. 분하다는 듯한 란타. 모구조와 유메, 그리고 시호루는 안도하는 것 같다.

"엉망진창이잖아."

나는 솔직한 감상을 말했다. 말하지 말았어야 했는지도 모른다. 하지만 참을 수가 없었다. 하루히로는 나를 노려봤지만, 뭔가 반론하지는 않는다. 한 마디라도 했다면 나는 분명 정말로 더는 참을 수 없게 되었겠지.

다행이네, 당신들. 안 죽고 살아남아서. 이번에는 운이 좋았어. 하지만 이런 일을 반복하다가는 반드시 희생을 치르게 될 거야.

내가 알 바는 아니지만. 나한테는 상관없어. 나는 당신들 동료가 아니니까. 당신들도 나를 그렇게 생각하지 않을 테고, 나도 그래.

한 가지만 제안할게. 그만두지그래? 의용병 같은 것, 당신들한테는 무리라고 생각해. 안 맞아. 그렇다고 다른 삶을 손쉽게 찾을 수 있다는 건 아니지만.

오르타나는 아라바키아 왕국이 변경에 재진출하기 위한 거점이다. 변경군이 주둔하고, 그것을 의용병이 보조하기 위한 요새 도시일 뿐이다. 변경군은 정규군이니까 쉽게 들어갈 수는 없고, 그 외의 직업도 필요한 만큼의 인재를 갖추고 있다. 대장장이든 세공사든 상인이든, 길드(동업자 조합)에 들어가려면 돈이 들 뿐만 아니라, 허드렛일을 하면서 혹사당할 대로 혹사당하고도 쥐꼬리만큼의 급료조차 못 받는다고 한다. 여자라면 술집이나 그런 부류의 가게에서 일하는 방법이 있지만, 그것도 돈 걱정 없이 편하게 살 수 있는 것은 아닐 것이다.

우리는 기본적으로 의용병이 되는 수밖에 없다. 어떤 음모에 의해 그렇게 짜인 것이 아닌지 의심하고 싶어질 정도다.

그날의 일이 끝났다. 일이라고 해도 벌이는 제로였다. 적자다. 나는 그날 밤 셰리의 주점에는 가지 않고 임대 숙소에서 지냈다.

다행히도 내가 빌린 숙소에는 욕조가 딸린 욕실이 있다. 밤늦은 시간이라면 혼자서 느긋하게 할 수 있기 때문에 나는 대개 그 시간에 목욕을 했다. 어차피 나는 야행성이다. 일찍 잠드는 날은 거의 없다.

욕조의 물이 미지근해졌다. 끓인 뜨거운 물을 붓고 온도를 조절해야 한다. 귀찮지만, 익숙하다.

머리와 몸을 씻고 적당한 온도의 욕조에 몸을 담그면 진심으로 안도하게 되고 기분을 리셋할 수 있다.

나는 의용병이고 목욕을 못 하더라도 견딜 수 없지는 않다. 하지만 솔직히 말해서 임대 숙소에서의 이 의식이 없었다면 진즉에 마음의 균형을 잃었겠지.

단, 이 의식에는 결점이 있다. 욕조 안에서는 가급적 머리를 텅 비우도록 하는데, 무심하게 있는 것은 어렵다. 나도 모르게 쓸데없는 생각을 해버리는 경우도 있다.

나는 내일도 그 아이들과 사냥을 나가는 걸까? 마음이 무겁다. 속이 쓰리기 시작한다. 그만두는 게 좋을지도. 맡은 일을 내 쪽에서 내팽개친 적은 없었다. 하지만, 그런 것에 집착할 필요가 있을까? 이제 됐지 않아? 그만두자. 아무 말도 하지 말고… 그건 아무래도 찜찜하다. 내 입으로 분명히 말하자. 당신들과는 같이할 수 없어.

당신들의 길동무가 되어 죽는 건 사양하고 싶으니까.

당신들은 죽고 싶은 거지? 그러니까 그렇게 대충대충 엉망진창인 거지? 죽고 싶으면 멋대로 죽으면 돼. 나를 끌어들이지 말고… 아니야.

그런 게, 아니야. 죽고 싶었다면, 신관인 나한테 일을 부탁하거나 하지는 않았겠지. 그 아이들은 그 아이들 나름대로 열심히 애쓰고 있지만, 뜻대로 되지 않는 것이다. 아마 뭘 해도 잘 안 되어 그 아이들도 괴로워하고 있겠지. 답답하고, 괴로울 거다. 우리도, 순조로운 편이기는 했지만 실패하기도 하고 좌절하기도 했다. 그래도 극복하고 앞으로, 앞으로 나아갔다. 나아갈 수 있게 되었다고 우쭐대다가 치명적인 실수를 범했다.

누구나 실수를 한다. 그것이 돌이킬 수 없는 결과로 이어질지 아닐지는 종이 한 장 차이다. 모두가 실수하면서 배운다. 같은 실수를 되풀이하지 않도록. 목숨을 잃지만 않으면 또다시 실수할 권리가 주어진다. 그렇게 말할 수 있을지도 모른다.

그 아이들도, 죽지만 않으면, 오늘보다 내일은 더 나아진다. 조금씩 상황에 대처할 수 있게 된다. 오늘, 내일, 살아남기만 한다면.

나는 "일을 하자"고 중얼거리고 입술까지 욕조에 담갔다.

나는 그 아이들의 동료가 아니야. 하지만 일은 할 수 있다. 신관으로서 나는 내 일을 한다. 그 아이들이 어떻게든 내일을 맞이할 수 있도록. 그 아이들이, 이렇게 일하는 것밖에 못 하는 나에게 정나미가 떨어질 때까지. 그때까지는 일을 하자. 나한테는 그것밖에 없으니까. 그것 말고는 이제 아무것도 남아 있지 않으니까.

즐거움은
이제부터다

**Grimgar of
Fantasy and Ash**

Level. Fourteen Plus Plus

"…그럼."

하루히로는 숙사 중정 테이블 위에 가지런히도 아니고 넓게 펼쳐 놓은 수많은 동전을 새삼 바라보고, 휴… 하고 숨을 내쉬었다.

동화가 있다. 동화 한 닢, 1카파.

은화도 있다. 은화 한 닢, 1실버.

그리고, 그것이 있다.

금화다.

당연히 금으로 되어 있다. 금화 한 닢, 1골드.

동화 100닢과 은화 99닢, 그리고 금화 29닢.

다해서 30골드.

"이것저것 생각해봤고 모두의 의견도 들어봤는데, 역시… 공평하게 나누기로 하자."

"당연하지!"

당장 란타가 손을 뻗어 금화 다섯 닢을 움켜잡았다.

"케헷헷헷! 5골드나 있으면 천하를 가진 거나 마찬가지라고! 왔구나, 마침내 와버렸다. 나 님의 시대가…!"

"…보나 마나 쓸데없는 데에 탕진할 게 뻔해…."

"엉?! 뭐라고 했냐? 시호루?!"

"…아니, 아무 말도."

"아니야, 말했어! 똑똑히 들렸다! 들어버렸다고! 보나 마나 쓸데없는 데 탕진한다거나! 어쩐다거나, 그렇게! 그런 식으로 일방적으로 단정 짓는 건 좋지 않다고 생각합니다…!"

"그럼, 어디다 쓸 생각인데?"

메리가 얼음 칼날로 내리치는 것처럼 묻자, 란타는 "에헴" 하고 헛기침을 하고는 가슴을 활짝 폈다. 눈이 유난히 반짝반짝 빛난다.

"잘 물어봤다! 그야 당근, 당연…히…! 나는 나한테 투자할 겁니다…!"

모구조가 "오오…"라며 눈을 크게 떴다. 유메는 고개를 갸웃거린다.

"투잡…?"

"투만 같을 뿐이다, 바보!"

"유메, 란타한테서만은 바보라는 말 듣고 싶지 않아!"

"바보더러 바보라고 하는 게 뭐가 잘못인데? 부아보!"

"남한테 바보라고 하는 사람이 바보니까, 란타가 바보야!"

"너도 지금 나한테 바보라고 했으니까, 너도 바보잖아, 바…보……!"

"끄으으으으으으으으으으으으으으응…!"

"흥!"

란타와 유메는 동시에 고개를 홱 돌렸다. 모구조가 "그, 그런데"라고, 아마도 상황을 수습하려는 의도겠지만, 란타에게 묻는다.

"투자라니, 역시, 스킬을 익힌다거나…?"

"어, 어."

란타는 팔짱을 끼고 애매한 표정을 지으면서 긍정인지 부정인지 모를 대답을 했다.

"뭐, 뭐 그렇지. 그런 느낌이랄까, 그런 거시기야. 그 점은 투자니까. 뭐랄까? 장래에 연결되는 느낌의 돈 쓰는 방식이랄까. 어른이 되기 위해서랄까. 그런, 어엿한 남자가 되기 위해서…음…."

시호루가 혐오감을 있는 대로 드러낸 눈길을 란타에게 향한다. 그래서 하루히로는 감이 왔다. 그런가. 어른이 되기 위해서. 어엿한… 어엿한, 어른 남자. 그런 뜻이었나?

"그쪽이었어…?"

하루히로가 중얼거리자 란타는 얼굴 왼쪽 부분만 움찔거렸다.

"뭐, 뭐야? 그쪽이라니. 어느 쪽 말이야?"

"…글쎄."

"말해! 분명히 말해! 기분 나쁘잖아!"

"시호루는 뭐에 쓸 거야?"

"…나…나는…."

"어이, 너희들! 무시하지 말라고, 짜샤…!"

"란타는 일일이 시끄럽네."

"닥쳐! 너는 일일이 절벽이잖아!"

"절벽이라고 하지 마!"

"아, 저기!"

모구조가 끼어들어주지 않았다면, 란타와 유메는 엔들리스로 말싸움을 벌였을지도 모른다.

"저기, 나는 일단, 데드 스팟의 검을 대장간에 갖고 가서 쓸 수 있도록 만들까 해… 그, 그래서… 혹시 괜찮으면, 누군가, 같이 가주지 않을래?"

"아아…."

하루히로는 손을 들었다.

"내가 갈게."

"그렇다면 나도."

예상외였다. 메리가 자원하다니. 게다가… 그렇다면?

메리와 눈이 마주쳤다. 즉, 그것은 하루히로가 메리 쪽을 보고, 메리도 하루히로에게 시선을 향했다는 뜻이다.

의도치 않게 서로 마주 보는 모양새가 되고 말았다.

뭐라 말할 수 없는 어색함이랄까, 쑥스러움이랄까, 한시라도 빨리 눈을 피하고 싶지만, 그건 그것대로 실례인 것 같은, 나쁜 인상을 줄 것 같은… 어쩌지?

고민되는 순간이다. 몹시 망설여진다. 하지만 너무 오랜 시간 이대로 있는 것도 이상하다. 이 상황은 명백하게 부자연스럽다. 빨리 하지 않으면. 뭔가 액션을 취하지 않으면 안 된다.

"그, 그럼."

하루히로는 웃으려다가… 아니, 웃는 건 좀 그런가? 그야말로 기뻐하는 것 같아서, 좀 그렇지 않아? 오해를 초래할 수도 있다고나 할까, 뭐, 기쁘지 않은 건 아니지만, 노골적으로 기뻐하는 건 좀 그렇지 않아? 라는 생각이 들지 않는 것도 아니고, 그렇다고 해서 뚱한 얼굴을 하는 것도 아닌 것 같다. 보통으로 굴면 되지 않아? 아니, 그렇지만, 보통이란 건…? 뭐가 뭔지 잘 모르겠지만, 그래도 하루히로는 필사적으로 보통 같은 태도를 가장하며, "같이…"라고만 애서 말해봤다.

"그래."

메리는 아마도, 비교적 보통이었다.

아니, 약간, 왜 저러는 거지? 라고 생각하는 듯한 표정인지도 모르겠다… 정말, 왜 이러는 걸까…?

2. 꿈의 트라이곤

"하루히로 군, 메리 씨. 둘 다, 고마워."

그 유명한 데드 스팟의 검을 들쳐 메고 장인 거리를 걸어가는 모구조는, 기뻐서 어쩔 줄 모르겠습니다… 라고 얼굴에 쓰여 있다. 이렇게까지 기뻐하는 얼굴은 좀처럼 볼 수 없다.

"아니, 뭘 그렇게. 전혀…."

하루히로는 애매한 대답을 하고 하하하… 웃었다.

"신경 쓰지 마."

간소하지만 쌀쌀맞지는 않은 말투로 그렇게 대답한 메리는 무슨 생각을 하고 있는 걸까? 어떻게 생각하고 있는 걸까? 어떻게고 뭐고 없나? 메리는 보통이다. 보통이라고 해도 예전의 메리와는 큰 차이인데, 파티에 어울리기 시작했다. 그래도 아직 다소는 거리가 있다고나 할까. 예를 들면, 같은 여성 동료라도 유메와 시호루보다는 거리감을 느낀다. 그래도, 조금씩, 서서히이긴 해도, 그 거리를 좁히려고 해주는 것이겠지. 오늘도 그래서 같이 가주는 것이겠지. 그뿐이겠지. 다른 뜻은 없을 것이다.

"응… 그럼. 그렇겠지."

"하루? 무슨 말 했어?"

"엇. 나, 내가? 무, 무슨 말 했…나?"

"내가 물어봤잖아."

"그, 그렇지?! 맞아. 응. 그게, 딱히 아무 말도… 호, 혼잣말이랄까, 별반 의미 같은 것, 없는데. 가끔씩, 중얼, 말해버릴 때가…."

"아아."

메리는 살짝, 아주 약간 웃고는 가만히 숨을 내쉬었다.

"그러는 경우, 있는지도. 나도."

"있지?! 그래. 있잖아. 뭐지? 왜 그럴까…?"

"나는…."

메리는 무슨 말을 하려다가, "역시 됐어"라며 고개를 가로저었다.

"엇. 뭐, 뭔데? 말해봐."

"…단지."

"단지, 뭐?"

"나는, 혼자 있는 경우가 많으니까. 그래서 그런가 하고."

큭… 하루히로는 가슴이 죄어들었다.

솔직히, 외치고 싶다.

메리이이이이이이…! 잠깐마아아아안! 메리이이이이이이…?!

그런 말, 하지 마…!

혼자 있는 경우가 많아서 혼잣말이 는다는, 그런, 섭섭한 말, 하게끔 만든 건, 말하지 말아달라고 생각하는 하루히로 본인이지만, 그러나!

말하게 만들고 싶지… 않거든.

그야… 파티의 리더? 로서…? 그런가…? 그렇다. 어디까지나 파티의 리더로서다. 리더적으로 역시 그런 점은 걱정하는 게 당연하달까, 신경을 써야 하지 않을까? 아마도? 개인적인 일이고 마음의 문제인지도 모르지만, 그렇기는 해도 동료니까? 동료니까! 설령 리더가 아니더라도, 동료의 한 명으로서, 그 정도는 걱정하는 거잖아? 아니야? 맞지?

"아아, 어어…그, 그럴, 때에는….'

"그럴 때?"

메리는 눈을 깜빡이며 물었다. 어리둥절한 모습 같은. 그 표정이, 뭐랄까. 메리는, 그렇잖아? 비교적 뭐랄까, 쿨하달까. 처음 무렵에는 뭔가 까칠했었고? 요즘엔 그렇지 않지만, 그렇기는 해도 감정 표현이 풍부한 편은 아니다. 하야시가 말하는 바로는, 옛날에는 무척 밝았다고 하니까, 그 사건이 아직도 그림자를 드리우고 있는 것이겠지. 아마도 상실의 아픔이 메리를 바꿔버린 것이다. 메리는 어쩔 수 없이 변해버린 것이다. 굳이 애써 예전의 메리로 돌아갈 필요는 없다. 그래도, 언젠가, 진심으로 마음껏 웃을 수 있게 되기를 바란다.

그러니까, 즉, 어리둥절해하는 것 같은, 그 얼굴은… 기습 공격이었다. 처음 본 것 같다.

천진하달까, 무구하달까, 순수하달까, 뭐랄까. 어떻게 표현하면 좋을지.

한 마디로 말하자면, 귀엽다?

귀엽다…라.

딱 맞는 것도 아니지만 틀린 것도 아닌.

아니, 그게 아니라 지나칠 정도로 맞는 표현 아닌가? 완전 정확? 딱 들어맞는 표현 아닌가?

"…그, 그럴… 그래, 응, 그럴 때에는… 그럴? 어라…?"

뭐더라?

그럴 때? 라니? 어떨 때? 애초에, 무슨 이야기를 하고 있었지? 모르겠다. 생각나지 않는다. 어쩌지? 물어볼까? 메리한테? 내가 말을 꺼내놓고 그것도 좀 아닌 것 같다. 그럼, 생각하나? 생각한다. 생각해내려고 한다. 도저히 생각나지 않는다.

"이, 있지. 그럴 때가!"

밀어붙이는 수밖에 없다. 하루히로는 힘차게 단언해 봤다.

메리는 약간 눈썹을 찡그리며 수상하다는 듯한 얼굴이긴 했지만, 결국, "맞아"라고 동의해주었다. 분명 상냥하게 배려해준 것이다. 메리에게서 배려를 받고 말았다.

내 쪽인데요…! 상냥하게 대해줘야 하는 건! 리더로서! 동료로서! 메리는 이것저것 힘들었으니까. 오히려 배려를 받아서 어쩌려고? 리더 실격이다. 아니, 이미 인간 실격이라고 해도 과언이 아니다. 그건 지나친가? 오버겠지. 일단은 잘 넘어간 것 같으니 다행이다.

"앗. 저기다."

갑자기 모구조가 멈추고 맞은편 왼쪽 좁은 길을 가리켰다. 그쪽을 보니 그리 길지 않은 좁은 길 막다른 곳에 투박한 석조 건물이 있다. 간판이 있었다.

공방 마스카제.

…라고 되어 있다.

"뭔가… 좀 구석진 곳에 있네."

"으, 응."

모구조는 약간 긴장한 것 같다. 얼굴이 다소 굳어 있다.

"들은 이야기로는, 솜씨가 좋은 장인이 하는 대장간이래. 좀 괴짜인 모양이지만. 뭐라더라, 특이한 일감만 받아준다거나…."

하루히로는 모구조가 둘러멘 데드 스팟의 검을 보았다.

"그렇구나. 이거라면 특이한 일인지도."

"그런가 해서. 나도."

"아무튼, 가볼까?"

메리의 재촉에 셋이서 좁은 길을 걸어갔다. 공방 마스카제 문은 강철제였다. 문 전체에, 상감이라고 하나? 모형이 새겨져 있고 거무스름한 금속이 박혀 있다. 이것은 섬세한 작업이다. 초심자가 봐도 알겠다. 잘 보니 공방 마스카제라는 간판도 또한 철판에 상감이 들어 있었다.

문을 열고 안으로 들어가자마자 모구조가 "우왓!" 놀라서 자빠진다. 모구조만이 아니라 하루히로와 메리도 깜짝 놀랐다.

벽과 받침대에 온갖 무기가 빽빽하게 진열되어 있다. 그건 좋다. 문제는 그런 무기가 아니라, 방 한가운데에서 떡하니 진을 치고 우리를 노려보고 있는… 쇠로 만든…말? 인가? 아니다. 말이 아니다.

말이라면 앞다리가 두 개, 뒷다리가 두 개 있다. 하지만, 거기에는 다리 대신에 바퀴가 달려 있다. 앞에 이륜, 뒤는 일륜. 전부 해서 삼륜이다.

말하자면, 강철 차륜마…?

또는 그 형상이랄까, 목에 붙어 있는 머리 부분의 형상이, 말 비슷하기 하지만, 말과는 느낌이 다르다. 그럼 뭐냐고 묻는다면 하루히로는 대답할 수 없겠지만, 어쩌면 소문으로 듣던 용이 이런 머리를 하고 있을지도 모르겠다. 즉, 강철 차륜용마…?

"오. 어서 옵쇼!"

안쪽에서 남자가 나왔다. 보아하니 그쪽이 대장간인 모양이다.

남자는 머리를 짧게 자르고 장인답게 앞치마를 두르고 있다. 그리 키가 크지는 않지만 몸이 다부지고 날렵할 것 같다. 나이는 잘 모르겠다. 하루히로보다는 훨씬 연상이겠지만, 10년 전에도 이랬고 10년 후에도 이 남자의 인상은 변하지 않는 것 아닐까? 그렇게 생각하게 만드는 꼿꼿한 분위기가 떠돈다.

웃음을 띠고 한 손을 들고서 발걸음도 가볍게 다가오는 모습을 보면 붙임성은 좋은 것 같다. 하지만 남자의 눈은 이쪽을 보는 것 같으면서도 어딘가 다른 장소를 응시하고 있는 것 같기도 했다.

"안녕하십니까. 저는 료스케라고 합니다. 대장장이를 하고 있습니다."

남자는 예의 강철 차륜용마를 만지면서 말했다.

"본 공방에 무슨 용건인가요?"

"헉, 네!"

모구조가 데드 스팟의 검을 어깨에서 내리려고 했다. 그러기 전부터 대장장이 료스케의 두 눈은 심상치 않은 빛을 내뿜고 있었다.

보고 있다. 보고 있어. 료스케가, 빤히 보고 있어. 데드 스팟의 검을. 혹시 하루히로를 저런 눈으로 본다면 아마도 10초도 못 견딜 것이다. 5초도 무리다.

"우우우우우아아아아아아아아아아아아아아아아아아아아아아아아아아아아아아."

료스케는 갑자기 휙 덤벼들더니 모구조에게서 데드 스팟의 검을 낚아챘다. 거대한 검을 두 팔로 끌어안고, 쳐다본다기보다는 시선으로 핥는 것 같다. 모구조는 뒷걸음질을 쳤고 하루히로는 메리와 어깨를 서로 기대는 것 같은 형태가 되어… 아니, 이건 불가항력이랄까, 메리 쪽에서 몸을 접근시켜서, 하루히로는 움직이지 않았고, 메리도 하루히로에게 접근하려는 의도는 일절 없는 동작이었다고 생각되니, 어쩌다가 우연히 이렇게 된 것뿐이다. 단지 그뿐이다.

그런 것보다도, 료스케가 데드 스팟의 검을 보고 있다. 온갖 각도로, 거리를 바꿔가며, 뒤집어보거나 기울이기도 하면서 뚫어질 듯 보고 있다.

언제까지 볼 생각일까?

혹시나, 언제까지고?

영원히…?

그렇게 의심하고 싶어질 정도로 한참을 보더니, 료스케는 "…재미있어"라고 중얼거렸다.

"재미있네, 이건. 실로 재미있어. 다르단 말이야. 사상이. 역사가 달라. 상당히 오래된 것이군요. 이야아… 그렇구나. 여기가 이렇게 되어 있고… 옳거니. 과연. 그렇군. 그러니까… 그런가. 흐음. 그렇게 나왔다 이거지. 그렇게 나올 줄은. 그렇게 나와버렸구만. 아아, 하지만 그러지 않으면 그런가? 그렇게 되니까, 그래서… 과연 그렇군."

료스케는 힐끔 모구조를 봤다.

"받아도 되나요? 이거."

"엇…."

모구조는 할 말을 잃었다. 그야 그럴 만하지. 무엇 때문에 일부러 갖다 바치려고 오겠는가? 하루히로는 당황해서 "아니!"라고 도움의 손길을 내밀었다.

"바, 받아도 되지 않습니다! 받을 수 없어? 이상한가? 그러니까, 그게 아니라, 쓸 수 있게끔 고쳐달라고."

"농담이에요."

료스케는 빙긋 웃고 나서 비스듬히 아래쪽으로 시선을 내리고 혀를 찼다.

"…혀를 찼어."

메리가 툭 던지듯이 지적하자 료스케는 또 웃음을 지었다.

"방금 그건 장난입니다."

"정말일까…?"

하루히로는 자기도 모르게 마음의 소리를 그대로 입 밖에 내고 말았다. 료스케는 "당연히 정말이지요, 손님도 참." 하고 지껄이면서, 어째서인지 강철 차륜용마로 시선을 보냈다.

"그런데 어떻습니까? 이 작품. 제법 괜찮지요?"

모구조는 압도당한 것처럼, "아, 네"라며 고개를 끄덕였다.

"머, 멋있…어요. 그… 그것도 료스케 씨가?"

"네. 그렇답니다. 제가 만들었습니다. 멋있다고요? 그렇습니까? 고맙습니다. 영광입니다."

"그거, 도대체 뭔가요?"

메리가 묻자, 료스케는 "역으로"라며 질문으로 대답했다.

"이것은 뭐라고 생각합니까?"

"…말?"

"네. 모티프 중 하나는 분명히 말입니다."

"머리는, 용… 이라거나?"

하루히로가 시험 삼아 말해봤더니 료스케는 "그렇습니다"라며 고개를 끄덕였다.

"그야말로 머리는 용의 이미지에서 따왔습니다. 의용병이었던 무렵에 맞닥뜨렸던 적이 있습니다. 딱 한 번이지만."

"아, 의용병이셨군요."

"전업했지요. 한참 전에요."

"말과 용…."

하루히로는 바퀴를 보았다.

"왜 다리가 바퀴인가요?"

"이건 말이죠."

료스케의 얼굴에서 표정이 쓱 사라졌다.

"꿈에서 봤답니다. 아마 탈것이라고 생각하는데요. 이 '트라이곤'은 말과, 용과, 그 탈것을 모티프로 해서 만든 것입니다."

"트라이곤…."

모구조는 진지한 얼굴로 트라이곤인지 뭔지를 응시하더니, 휴 하고 숨을 내쉬었다. 하루히로는…그래서? 라는 의문을 떨칠 수가 없다. 뭐야? 이거. 무기로는 보이지 않는다. 탈것일까? 말의 등 부분에 못 탈 것도 없을 것 같긴 하지만, 마차처럼 견인하기에는 무거울 것 같다. 그냥 장식품인가?

"이건 내 꿈에서 시작된 꿈 같은 것이랍니다."

료스케는 사람 좋아 보이는 웃음을 지었다.

"이상한 이야기를 해버렸네요. 참고 듣게 해서 죄송하네. 아니, 이야기할 수 있어서 즐거웠습니다. 그럼 나는 아직 일이 있어서, 이만."

모구조는 "아, 네…"라며 고개를 숙였지만… 아니, 아니, 아니. 하루히로는 "잠깐, 잠깐!"이라며 료스케를 잡았다.

"검! 왜 은근슬쩍 데드 스팟의 검을 갖고 가려는 건가요?!"

"들켰나요?"

데드 스팟의 검을 품에 안은 채로 안쪽으로 들어가버리려던 료스케가 돌아보았는데, 역시 웃는 얼굴이었다.

"장난이에요."

"분명히, 진심이었잖아요….."

"혹시 잘 넘어가면… 정도로는 생각했습니다. 하하하."

"괜찮은 거야?"

메리가 얼굴을 찡그리며 목소리를 낮춰서… 라고는 해도, 료스케한테도 들릴 정도의 볼륨으로 모구조와 하루히로에게 말했다.

"이 사람에게 맡겨도?"

모구조는 "…어, 에에, 그게…"라며 어물거렸고, 분명히 불안한 것 같았다. 하루히로도 이 대장장이를 신용해도 좋을지 어떨지 잘 모르겠다.

"부디, 저한테 맡겨주십쇼."

자신만만한 것은 료스케 본인뿐이니 더욱더 수상하다고나 할까.

"반드시 만족하실 거라고 생각합니다. 그래요. 지금 여기서 치수를 재서 견적을 내겠습니다. 금액에 납득하시면 후불이라도 상관없으니까요, 4일간만 맡겨주세요. 그걸로 충분합니다. 마음 푹 놓고 맡겨주십쇼."

3. 역 새우

공방 마스카제의 대장장이 료스케가 밀어붙였고, 그 거대한 검을 고치는 데 40실버라는 요금은 비싼 것이 아니기 때문에 맡기기로 했다. 그보다, 모구조가 미처 거절하지 못했다. 강매당했다고 말하는 편이 정확할지도 모른다.

모구조의 무기가 완성될 때까지, 모처럼 좋은 기회니까 각자 새로운 스킬을 습득하자는 이야기가 나왔다.

모구조는 중장비 전투술인 스틸 가드. 이것은 방어구를 능숙하게 이용해서 적의 공격을 튕겨내는 스킬이라고 한다. 이제부터 새로운 무기가 손에 들어오는데 방어구 사용법을 배우다니, 모구조답다.

란타는 드레드 아우라(암흑 투기). 이것은 스컬헬의 힘으로 암흑 기사를 강화하는 암흑마법이라고. 전에 습득했던 드레드 테러(암흑 공포)는 미묘하게 실패랄까, 적어도 란타는 전투 때 유효하게 활용하지 못한다. 하지만, 들어본 바로는, 드레드 아우라는 심플한 강화마법인 것 같으니 괜찮겠지.

유메는 이즈나 턴을 배울 생각인 모양이다. 이것은 헌팅 나이프 기술에 속하는데, 재빨리 공중제비를 돌아 적의 공격을 피하기도 하고 적과 거리를 두기도 하는 스킬이라고 한다. 유메는 사냥꾼이지만 활을 사용하는 것보다 접근전이 오히려 많다. 분명 도움이 될 것이다.

시호루는 섀도 콤플렉스(교란의 환영). 다슈 매직(그림자 마법)의 일종으로, 상대를 교란한다. 대미지를 주는 것은 아니고, 방해하기 위한 마법이다.

메리는 프로텍션(빛의 수호)을 배울 생각이라고 말했었다. 그 효과는, 광명신 루미아리스의 가호로 한 번에 여섯 명까지의 활력을 향상시킨다. 왜 여섯 명인가? 루미아리스의 심벌은 육망성으로 6은 신성시되는 숫자라고 하니 그것과 관계가 있겠지. 사실 의용병들이 짜는 파티의 상한선이 대개 여섯 명인 것은 이 마법 때문이라는 설도 있을 정도다. 분명 파티에 힘이 될 것이다. 동료들에게 힘이 되고 싶다. 메리는 그렇게 생각하고 있는 건지도 모른다.

…그리고, 하루히로는 어떤가 하면.

"아야야야야야야야얏…?!"

"한심하네, 올드 캣(늙은 고양이)."

"아니, 하지만, 이거, 아프다고요!"

"당연하잖아. 당연히 아프지. 손목과 팔꿈치를 조이는 거니까."

"우왓, 아얏, 잠깐, 바르바라 선생님, 부, 부러지겠…."

"안 부러져, 안 부러져. 저기 말이야, 부러진다는 건… 이렇게!"

"끄윽…."

소리 났지? 방금? 우두둑 하고. 소리가 났는데요? 오른쪽 팔꿈치 뼈에서.

"…아아아아아아아아아아아아아아?! 아파아아아아앗…?!"

"장난, 장난. 안 부러뜨렸거든? 빠졌을 뿐. 탈구, 탈구야. 이런 건, 끼우면 돼. 이렇게."

"커헉…."

"자."

바르바라 선생은 하루히로의 오른쪽 손목과 팔꿈치를 꽉 누른 채로 마치 뺨을 비비는 것처럼 얼굴을 가까이 댔다.

"이제 아프지 않지?"

"…아, 아픈데, 요…? 아직 그런대로….."

"근성 없는 놈. 이번에는 진짜로 부러뜨려주마. 에잇!"

"우캬악?!"

이번에야말로, 부러졌다… 고 생각했는데, 어째서인지 해방되었다.

바르바라 선생은 약간 떨어진 곳에서 코웃음을 치고 있다.

안도하고 있노라니 바르바라 선생이 쓱 다가왔다. 하루히로는 몸을 피하려고 했다. 게다가 진심으로. 진심 정도가 아니라 필사적으로. 전혀 통하지 않았다. 바르바라 선생은 하루히로가 갈팡질팡하는 틈에 그의 오른팔을 붙잡고, 손목과 팔꿈치를 더 이상 구부러지지 않을 정도로 한계의 각도로 고정했다.

"이것이 어레스트(결박). 몇 번을 보여줘야 익히는 걸까? 올드 캣. 너는 아직 노망이 들 만한 나이는 아닐 텐데."

"…조, 조금만, 천천히….."

"천천히, 뭐야? 숨통을 끊어달라고? 서서히?"

"아, 아뇨, 그게 아니라, 천천히 실연해주시면….."

"그런가. 그렇군. 일리 있어."

바르바라 선생은 쉽사리 풀어주었다.

"어….."

수상하다. 너무 수상하다. 바르바라 선생이니까, 또 뭔가 공격을 해오는 것 아닐까? 당연히 그럴 것이다.

긴장하고 있는 하루히로의 오른팔을 바르바라 선생은 천천히 붙잡았다.

"먼저, 이렇게."

"아… 네."

"그리고, 이렇게 해서….'

오른팔을 붙잡는다고나 할까, 이것은.

하루히로에게 몸을 딱 붙이고, 바르바라 선생은 얇은 옷이랄까, 피부를 덮은 면적이 결코 넓다고는 할 수 없어서, 맨살이 밀착해서 … 이것은.

"응?"

바르바라 선생은 도중에 고개를 갸웃거렸다.

"어떻게 된 거야? 올드 캣. 잘 모르는 점이라도?"

"…아니, 요. 잘 모르는 점은, 벼, 별로….'

"흐음? 그럼 완벽한 거지?"

바르바라 선생은 하루히로를 밀쳐내더니 아무렇게나 오른팔을 앞으로 내밀었다.

"그렇다면 해봐."

"하, 하는 겁니까?! 제가요?!"

"그래. 원래 네가 익히기 위한 훈련이잖아."

"…그러, 네요."

하루히로는 고개를 숙이고 침을 꿀꺽 삼켰다. 이 상황에서, 못 합니다 하고 말했다가는 어떤 꼴을 당할지. 다른 사람도 아닌 바르바라 선생이니까, 그를 가만두지는 않을 것이다. 장난이 아니라 생사의 경계를 넘나드는 꼴을 당할 것이다.

물론, 시도해봤는데 못 해낸다면 그때에도 벌을 받겠지.

하지 않으면 반쯤 죽겠지.

앞으로 나가면 지옥. 뒤로 물러서도 지옥.

앞문에는 호랑이. 뒷문에는 늑대.

어라? 양쪽 다 끝난 거잖아…?

아니, 아니. 어느 쪽이 그나마 나은가… 라는 관점에서 생각해보면 저절로 답은 나온다.

"하, 하겠습니다."

하루히로가 비장할 정도의 결의를 굳히고 선언하자, 바르바라 선생은 웃음을 머금고 오른팔을 흔들흔들 흔들었다.

요염하단 말이야… 라고, 자기도 모르게 생각해버리고, 풀어질 뻔했던 표정을 급히 다시 다잡는다. 하지만 아마도 바르바라 선생은 꿰뚫어 봤을 것이다. 한순간의 생각, 감정의 흔들림도 바르바라 선생은 분명하게 알아차린다.

"자, 이리 와."

손짓하는 동작도, 그 목소리도, 평소보다, 필요 이상으로 요염하다. 마치 다른 의미로 유혹하는 것 같다. 다른 의미라니 어떤 의미란 말인가? 뭐, 그 부분은 접어두고. 이것도 훈련이다.

평정심. 평정심이다.

바르바라 선생의 도발을 견딘다. 정신을 연마하고, 냉정함을 유지한다. 그러지 않으면, 배운 스킬을 실전에서 써먹을 수 없다.

"…실례, 하겠습니다."

하루히로는 두 손으로 바르바라 선생의 오른팔을 잡았다… 뭔가.

단련되어서, 비교적 근육질이랄까, 그렇게 보이는데, 의외로 부드럽다고나 할까…그래서 뭐 어쨌다고.

안 돼. 하루히로는 머리를 흔들었다. 이래서는 바르바라 선생의 의도대로 되는 거다. 아니, 의도는 아닌지도 모르겠지만, 이런 식으로 여성의 부드러움에 흠칫 놀라거나 해서는, 어머나, 뭐야? 올드 캣 주제에 발정했네… 라는 식으로 놀림당하는 정도로는 끝나지 않는다. 혼난다. 그리고 아픈 꼴을 당한다. 안 된다.

이미 몇 번이나, 열 번 이상, 아니, 수십 번, 바르바라 선생한테 어레스트를 당했다. 하는 방법은 안다. 왠지. 적어도 당했던 감각은 몸에 배어 있다. 할 수 있다. 할 수 있을 것이다. 하자. 하는 거다.

"에, 에잇…."

이렇게 해서, 바르바라 선생의 오른팔을 이렇게, 그리고, 팔꿈치를 가동 범위 밖으로 이렇게….

"아앙."

갑자기, 바르바라 선생이 목소리를 내서, 자기도 모르게 하루히로는 두근, 움찔, 도저히 어레스트를 할 상황이 아니게 되었다.

"이, 바보…!"

물론, 그걸 눈감아줄 바르바라 선생이 아니다.

"우왓?! 오옷…?!"

하지만 도대체 뭘 당한 건가?

분명, 빙글 돌아서, 뒤집혔다. 평형감각을 잃고, 한 박자 뒤에는 밑에 깔려 있었다. 엎어진 자세로. 등에 무게가. 이 감촉은 바르바라 선생의 엉덩이겠지. 두 다리가 뒤로 당겨진다.

"잠깐만요! 앗! 바르바라 선생님! 아파옷! 괴로웟! 이거, 아프…!"

"아프게 하려는 거니까 당연하지! 지나치게 방심을 해, 올드 캣! 벌이다!"

그거다. 바르바라 선생은 하루히로의 등에 걸터앉아서 양쪽 옆구리에 다리를 하나씩 끼고 조르고 있다. 뭐였더라? 그렇다.

역 새우 굳히기.

분명히 그런 기술이었다. 무슨 종목의 기술이었는지는 모르지만, 이건 위험한 기술이다.

"아파아아아아아아아…! 바르바라 선생님! 이건 아니야! 어레스트가 아니라고요! 허리가! 등뼈가 부러진다고요…! 사, 사람 살려…!"

"그만해주길 바라면! 좀 더 좋은 목소리로 울어봐…!"

"우우우아아아아아아아아아아아아…!"

"더! 좀 더…!"

"끼이이야아아아아아아아아아아아하아아아아아아아아아…."

…죽을 맛이었다. 하지만 뭐, 바르바라 선생은 처음부터 그랬으니까. 한결같기는 하다. 그렇다고는 해도, 바르바라 선생은 어떤 제자에게도 그런 식일까? 그렇지 않다면, 어지간히 하루히로를 미워한다거나?

"…하지만 유난히 즐거워 보이거든. 나를 괴롭힐 때. 반쯤은 취미 아닐까 생각될 정도로…."

아무튼, 바르바라 선생 덕분에 간신히 어레스트를 익힐 수 있었다. 스킬의 습득은 합숙 형식으로 이루어지기 때문에 그동안에는 동료들과도 만날 수 없다. 고작 며칠만인데도 희한하게 그리운 느낌이다. 그렇다. 공방 마스카제에 모구조의 무기를 가지러 가야 하는데. 혹시 모구조가 혼자서 갔을까? …그런 생각을 하면서 숙소로 돌아가보니 소동이 벌어져 있었다.

"나는 반대야…! 반대라고 하면 반대인 거야! 완전 반대다…!"

중정에서 란타와 모구조, 유메와 시호루로 나뉘어 언쟁을 벌이고 있다… 아니, 란타가 일방적으로 소리 지르고 있다.

"너희는 잊어버렸냐?! 이 의용병단 숙사에서 보낸 나날들을?! 인정머리 없네! 그렇게 매정할 줄은 몰랐다! 믿을 수가 없어, 진짜 진짜, 진짜로…!"

"어이, 무슨 일이야? 도대체 뭐야?"

하루히로가 달려가자 란타는 "무슨 일이고 자시고 간에!"라고 내뱉으며 유메와 시호루를 가리켰다.

"이 녀석들이! 숙사를 나간다고, 건방진 소리를 지껄이잖아!"

"아니, 저기….."

끼어들려던 모구조에게 란타가 "너는 가만히 있어!"라고 호통을 쳤다.

"그건 아니라고 생각하지?! 숙사를 나간다니! 있을 수 없는 일이잖아?! 안 그래?! 하루히로, 너도 그렇게 생각하지?! 그렇지?! 그렇잖아! 그럴 거라고 생각했다! 봐, 보는 바와 같이 하루히로도 나한테 찬성하잖아. 그러니 이 이야기는 없던 걸로! 없던 일! 이상, 끝!"

"…아니, 나, 너한테 찬성하지 않는데."

"뭐시라아아아?! 나를 배신한다는 건가? 파루피로 주제에!"

"배신이고 뭐고 간에… 그보다 숙사는 언젠가는 나가게 될 테니까, 그 타이밍이 지금이라고 해서 별로 이상할 건 없잖아."

"그럼, 그럼."

유메는 팔짱을 낀 채로 볼이 빵빵하게 튀어나와 완전히 골이 난 상태 같다.

"이젠 익숙해졌지만, 그래도 숙사는 낡았고 깨끗하지도 않잖아. 여유가 생기면 옮기고 싶다고 계속 생각했었으니까. 지금 여유 있잖아."

"그래서….."

시호루가 살며시 손을 들었다.

"메리… 가, 여성 전용 숙소에 묵고 있는 것 같기에… 좀 물어볼까 하고. 그런 이야기를 한 것뿐인데….."

"그러니까, 나가겠다는 말이잖아!"

란타가 왜 그렇게 흥분하는 것인지 하루히로는 전혀 알 수가 없다.

"숙사를 나가는 게 뭐가 잘못이야? 스텝 업이랄까. 그런 거잖아?"

"얼씨구…! 나왔다! 나와버렸어! 스텝 업! 야, 하루히로. 그럴싸한 워드 지껄이면서 네가 고급진 인간이라도 된 줄, 그야말로 스텝 업 한 줄 착각하는 거냐? 엉?!"

"고, 고급진 인간이라는 게 아니잖아. 전혀….."

"고급진 인간이 된 줄 아느냐고?!"

"자꾸 고급진, 고급진…이라고 말하지 마! 짜증 나네!"

"그 짜증도 고급진 느낌이신데요?!"

"너….."

눈앞이 새빨개졌다. 위험, 위험. 란타, 이 녀석은 정말로 사람 신경을 긁는 게 특기다. 하지만 그 수에 넘어가지 않아. 폭발할쏘냐.

하루히로는 한 번 한숨을 내쉬고 온몸의 힘을 뺐다. 그리고 란타를 봤다… 역시 보기만 해도 짜증이 난다. 얼굴도, 곱슬머리도, 모든 게 전부 다. 아니야, 아니지. 자제해.

"왜 그러는 거야? 란타. 그런 뜬금없는 소리 하지 말고, 유메랑 시호루가 숙사를 나가는 걸 바라지 않는 이유가 있다면 제대로 설명하면 되잖아."

"나, 나는 제대로 설명하고 있다고!"

"그럼, 나도 이해하게끔 말해봐."

"그, 그러니깟."

란타는 고개를 옆으로 휙 돌리고 땅바닥을 발로 찼다.

"…있잖아! 이것저것! 그, 뭐냐… 추억이라거나! 서려 있다고 보면 그렇게 볼 수도 있는 거고. 이 숙사에는. 여기저기에."

"추억….."

"어, 그래! 괜찮냐고?! 그냥 버릴 거냐고?! 좀 잘나가게 됐다고 해서. 그건 좀 아니지 않아? 너희들, 진짜 그걸로 좋은 거냐?!"

유메가, 시호루가, 모구조가… 일제히 고개를 숙였다.

하루히로가 얼굴 아래쪽을 손으로 가렸다. 란타가 무슨 말을 하려는 건지. 굳이 직접적으로 언급하지는 않으면서, 무엇을 전하려고 하는 건가? 하루히로도 알았다. 아마도 다들, 알아버렸다.

모를 리가 없다.

여기에서 그와 지냈다. 짧은 동안이기는 했다. 하지만, 그는 여기에 있었다.

동료였다.

누구보다도 의지가 되는 동료이고, 리더였다.

"…그런 뜻이야. 내가 말하고 싶은 건."

란타는 코를 훌쩍이더니, 휴우… 하고 힘차게 숨을 내쉬었다.

"스텝 업 하는 건 좋지만 말이야. 그러는 게 아니라는 거야."

"그건, 뭐…."

하루히로는 머리를 긁적였다.

"하지만, 좀 더 벌고 싶다거나, 맛있는 걸 먹고 싶다거나, 쾌적한 생활을 하고 싶다거나. 그런 건 동기화는 되잖아."

"얕네. 속이 너무 얕아! 그러니까 너는 안 되는 거야, 하루히로. 이 속물!"

"너는 속물 아니냐…?"

"나만큼 고상한 인간은 어디를 뒤져도 그리 없다고."

시호루가 "흐음…"이라고 차갑게 말했다.

"흥!"

란타는 어깻짓을 했다.

"속물은 이해 못 할 수도 있겠지. 내 고상함을. 무엇보다도, 여자 전용 숙소라니, 그게 뭐가 좋은 건데? 여자밖에 못 들어간다는 거잖아. 그런 건 부자연스럽잖아. 인간은 남자가 있고 여자가 있으니까. 여자만이라니, 이상하잖아, 진짜로."

모구조가 "아아…"라고, 멍한 얼굴로 고개를 끄덕였다. 말하다 보면 무심코 진실이 튀어나온다는 게 바로 이런 건가? 하루히로는 고개를 저었다.

"결국, 그런 뜻인가…."

"그, 그런 뜻이라니 무슨 뜻? 무슨 말이야?! 말해봐, 바보야!"

"요컨대, 유메랑 시호루가 숙사에서 나가버리는 게 서운한 거지?"

"뭬에에에에에에에야?! 뭐, 뭐야? 그게. 내가 언제 그렇다고 말했어?!"

"서운해…?"

유메는 눈썹을 찡그리고 아랫입술을 삐죽 내밀었다.

"란타, 유메네가 숙사에서 나가면, 서운해?"

"서, 서, 서, 서, 서서서 서운하지 않아! 서운할 리가 없잖아! 이, 이 내가! 나 님이! 바바바바바 바보 같은 소리 하지 마, 이 문어대가리!"

란타는 얼굴이 새빨개져서 침을 마구 날린다. 엄청나게… 동요하고 있습니다. 굉장히 동요합니다. 명백하게 당황해서 어쩔 줄을 모르고 있다. 어떻게 된 거야? 이 녀석.

하루히로는, 서운한 거지? 라고 지적했다. 그건 뭐, 완곡한 표현이라는 거다.

유메와 시호루가 같은 숙소에 있으면 여러 가지 기회가 있다. 뭐랄까, 긴장을 풀 수 없는 전장에 있는 게 아니므로, 여자라도 빈틈을 보이거나 하는 일도 있을 것이다. 이크, 미안, 미안… 이라는 일이 일어나지 않는다는 보장은 없다.

란타는 그런 빈틈을 호시탐탐 노리고 있다. 말하자면 짐승이다. 비스트인 것이다.

유메와 시호루가 없어지면 찬스가 제로가 된다.

그것을 하루히로는 '서운한 거지?'라고 순화해서 간접적으로 말해봤다. 아무리 그래도, 이젠 엿볼 수 없게 될 테니까, 이렇게는 말할 수 없잖아?

그랬다가는 괜히 들쑤신 게 되어 일이 커질 수도 있으니까.

어디까지나 란타 탓이라고는 해도, 하루히로에게도, 그리고 모구조조차도 전과가 있으니까… 하지만.

란타의 모습을 보아하니 의외로 정말로 서운한 건가?

"저, 저, 전혀! 서, 서운하다니. 뭔 말인지 모르겠네! 하층민의 사고방식이란! 뜻을 모르겠다고!"

란타는 헛기침을 하고 코밑을 손등으로 쓱쓱 문질렀다.

"아무튼! 그건 전혀 사실이 아니야! 나는 서운하지 않아. 서운할 리가 없잖아!"

"음…."

유메는 두 손으로 좌우의 뺨을 꼭 눌렀다. 얼굴이 짓눌려서 재미있는 모양이 되었다.

"그러네. 생각해보니 유메는 쬐금 서운한지도."

"뭐….."

란타가 다시 맹렬하게 수선을 떨기 시작했다.

"그, 그래? 서… 서운해? 왜, 왜? 서운하다니, 너….."

"그야, 하루의 모험이 끝나면 말이야."

모험이라니… 라고, 지적할 생각을 하루히로는 안 한 것은 아니었지만, 그 점은 걸고넘어지지 않았다.

유메는 아직도 뺨을 누르고 있다. 덕분에 얼굴만이 아니라 목소리까지 이상한 느낌이 되었다.

"그러면 말이야, 다 같이 돌아오는 거잖아. 메리랑은 따로지만. 그래서 있지, 목욕도 하고, 잠도 자고, 일어나면 다들 있는 거잖아."

"있…지."

모구조는 그렇게 중얼거리고 중정을 둘러보았다. 시호루도 덩달아 중정과 숙소 건물로 눈길을 향한다.

유메는 "이제 익숙해져버렸으니까"라고 한숨 섞어 말했다.

"완전히. 달라지면 유메는 역시 서운할지도….."

"그, 그렇지?!"

란타가 갑자기 기세가 되살아났다.

"그런 거지?! 그러니까 말했잖아! 습관은 중요하다고!"

"란타. 너, 그런 말은 한 마디도 안 했잖아….."

"시끄러워, 파루피로! 마음의 목소리로는 분명히 말했다고! 마음의 목소리로 크게 외쳤다고!"

"마음의 목소리는 안 들리잖아."

"그건 수행이 부족하기 때문이다! 수행해! 수행이다, 수행! 마구 마구 수행해!"

"무슨 수행…?"

"그 정도는 스스로 생각해, 바보! 아무튼, 그런 거, 야…!"

란타는 다리를 쩍 벌리고 버티고 서서 가슴을 내밀었다.

"이 이야기는 여기서 종료! 앞으로도 오래오래 영원토록 숙소에서 사는 거다. 됐지? 너희들?! 된 거지?! 결정이다!"

시호루는 유메의 표정을 살피고 나서 고개를 숙였다. 유메는 망설이고 있는 것 같다.

"…좀 더, 생각해볼게. 유메랑 둘이서."

그 뒤에 하루히로는 모구조와 둘이서 장인 거리로 갔다. 물론, 무기를 찾기 위해서다. 모구조는 혼자 갈 생각도 했던 것 같지만, 결국 하루히로를 기다리기로 한 모양이다.

함께 공방에 맡기러 갔으니까 찾으러 갈 때에도 함께. 알 듯 말 듯한 논리지만, 모구조다운 사고방식이라고 생각했고, 왠지 기뻤다. 그냥 동료가 아니라 친구 같다고나 할까, 뭐랄까.

게다가 더욱 서프라이즈가 있었다. 공방 마스카제가 있는 좁은 길 앞에 눈에 익은 실루엣이 서 있었다.

"…메리?!" "메리 씨…?!"

"아…."

메리는 우리를 보고 손을 흔들려다가 멈췄다. 고개를 숙였다가, 금방 다시 얼굴을 든다. 미소 비슷한 걸 짓고 있긴 했지만, 상당히 쑥스러운 것 같다.

수줍게 웃는다.

그런 표정을 보면 어떻게 해야 좋을지 모르겠다. 모구조도 우물쭈물한다. 그렇겠지. 이해해. 알아. 난처하지, 이거. 아니, 난처하다는 것과는 좀 다른가? 뭐라 해야 하지? …두근두근한다.

"어, 저기…."

아니, 안 된다. 언제까지고 우리가 당황하고 있으면 메리가 난처해지겠지. 용기를 내라. 용기? 아니, 별로 용기는 필요 없다. 딱히 용감해져야 할 만한 상황은 아닌 거다. 아니라고 생각한다. 아니겠지. 아마도.

"어, 어라? 웨, 웬일이야? 메리. 우, 우연? 은 아니…겠지….."

"응….."

메리는 가슴에 손을 대고 휴 하고 숨을 내쉰다.

"슬슬 오겠지 싶어서. 무기를 찾으러. 같이 갔었으니까, 그래서
….."

뭔가 알 듯 말 듯한 말을 메리가 한다. 하지만, 안다. 이해해. 그
런 것. 하루히로는 모구조와 눈빛을 교환했다. 그렇지? 그렇긴 뭐
가 그렇다는 말인지. 아무튼, 그렇지? 지금, 하루히로와 모구조는
확실하게 '그렇지?'라는 마음으로 서로 통했다. 아마도 란타는 모르
겠지. 모구조니까 서로 이해할 수 있다.

모구조는 적극적인 타입이 아니다. 하루히로도 그렇다. 킷카와처
럼 사교적이지도 않고, 생각한 것을 뭐든지 분명하게 말로 할 수 있
는 것도 아니다. 누구와도 금방 친해져서 친구가 될 수 있는, 그런
인간이 아니라는 뜻이다.

그리고 그것은 아마 메리도… 적어도 현재의 메리도 마찬가지겠
지. 그런데도 메리는 와줬다.

분명 망설였겠지. 망설임을 떨쳐버리고 온 것까진 좋았는데, 꽤
오랫동안 여기서 기다렸을 것이다. 도중에 그냥 가려는 생각도 하
지 않았을까? 그래도 메리는 가버리지 않았다. 지금까지 기다려주
었다… 그렇지?

이런 것, 상당히 기쁘잖아?

"아아, 그런가! 그렇구나. 그럼… 그런 거라면, 숙사로 왔어도 좋
았을 텐데. 그렇지? 모구조."

"으, 응. 그, 그러게. 응."

"…그것도, 생각했었는데."

메리의 목소리가 꽤 작다. 모깃소리 같다는 건 이런 걸 말한다.

"…미안. 좀… 그건 좀 망설여져서."

"사과할 것까지야! 그렇지? 모구조?! 사과할 일은 아니지?!"

"그, 그러게! 오히려, 우리가 그렇잖아?!"

"맞아! 우리가 그렇지?!"

"그, 그러게?!"

"그렇지?! 맞아, 그래?!"

모구조와 서로 어깨를 두드리며, 그렇지, 그렇지… 하는데, 뭐가 그렇다는 걸까? 모르겠다. 하루히로는 짐작도 못 하겠다. 모구조도 아마 모를 것이다.

괜찮아. 몰라도. 그런 건 그런 거니까. 게다가 메리가 풋… 뿜어서, 조심스럽기는 했지만, 웃어주었다.

웃고 있는 메리를 계속해서 보고 싶다. 그런 심정도 적잖이 있었다. 분명 모구조도 마찬가지일 것이다. 하지만 그랬다가는 메리가 어색해질 테니까, 하지 않는다.

"그럼 갈까! 세 명 다 모였으니!"

"그, 그러게! 가, 가자, 메리 씨!"

"그, 그래."

주위에서 보면, 어색하달까, 뻣뻣하달까, 이상한 3인조겠지. 그럼 뭐 어때. 이것도 처음 무렵과는 하늘과 땅 차이다. 조만간 더 자연스러운 느낌으로 대하게 될 수 있게 되겠지. 한 걸음 한 걸음이다. 조금씩 가면 돼.

"실례합니다…!"

모구조가 유난히 힘차게, 엄청난 기세로 공방 마스카제 문을 열어젖혔다. 하루히로는 자기도 모르게 "우옷…"이라며 몸을 뒤로 젖혔다.

예전처럼 그 쇠로 만든 차륜용마 '트라이곤'이 그들을 맞아주었는데, 어째서인지 지난번보다도 크다. 어디가 어떻게라고는 말할 수 없지만, 형태도 다르다. 달려드는 듯한 위압감이 있다. 그리고, 쇠인데도 생생한 느낌이라, 생물 같다. 희한하게 리얼하다.

"…이, 이건…?"

모구조도 주춤거렸다. 메리는 고개를 갸웃거리며 그저 오로지 수상한 것 같았다.

"네, 어서 옵쇼…."

그러자, 대장장이 료스케가 안쪽에서 얼굴을 내밀었나 싶더니, 도로 쏙 들어가버린다. 아니, 아예 안쪽에 있는 대장간으로 들어가버렸다. 하루히로는 "엇?" 모구조, 메리와 얼굴을 마주 보았다.

"도, 도망… 친 거지? 지금? 왜…?"

"이야, 이야아."

료스케가 이번에는 머리를 긁적이며 웃으면서 모습을 나타냈다.

"장난입니다, 장난. 어서 옵쇼. 본 공방에 무슨 용건입니까?"

"요, 용건이랄까…."

모구조는 공방 안으로 휙 시선을 움직였다.

"저는, 저기, 당연히, 맡긴 무기를 찾으러 온 건데요."

"오호. 그렇군요. 어떤 무기를?"

"어, 어떤 무기라니, 마… 맡겼었잖아요, 제가? 어? 서, 설마, 기억 못 한다거나…?"

"으음…."

료스케는 팔짱을 끼고, "응…"이라며 천장을 올려다본다.

"으으음… 어쨌더라…?"

"아니, 아니."

하루히로는 급기야 웃어버리고 말았다.

"기억나지 않는다는 건 말도 안 되잖아요. 무슨 그런 말을. 맡긴 건 데드 스팟의 검이라고요? 치수도 쟀잖아요. 이미 다 고쳤을 텐데요?"

"그랬나요?"

진지한 얼굴로 묻는다.

메리가 "…뭐야? 이 사람"이라고 중얼거렸는데, 정말 동감이다. 도대체 뭐야? 이 사람. 혹시 위험한 것 아닌가? 좀 이상한 사람 같다는 인상을 받기는 했지만, 그 정도가 아닌 것 아니야? 설마 데드 스팟의 검을 빼앗겨버리는 것 아닌가…?

하루히로는 그때 모구조가 부들부들 떨고 있다는 사실을 깨달았다. 두 주먹을 꽉 쥐고, 덜덜덜 떨고 있다… 화난 거야…?

"끝났을 텐데요?"

모구조의 목소리는 엄청나게 가시가 돋쳤다. 그래도 아직 존댓말이다. 간신히 화를 억누르고 있는 것 같지만, 폭발 직전이다. 료스케도 이건 위험하다고 깨달은 모양이다. 갑자기 웃는 얼굴을 하더니, "농담이에요, 농담"이라고 변명했다.

"그래요, 끝나야죠… 끝나야 했는데 말이죠."

하루히로가 "그런데?"라고 묻자, 료스케는 "이야"라며 쑥스러운 듯이 목덜미부터 뒤통수 부근까지를 손바닥으로 쓱쓱 문질렀다.

"끝낼 예정이었는데요, 구상에 공을 들이다 보니 좀 욕심이 생겨 버려서요."

메리가 "…욕심?"이라며 고개를 갸웃거린다.

"네, 저의 나쁜 버릇입지요. 이렇게 하고 싶다, 저렇게 하고 싶다, 이렇게 해야 해… 생각이 떠오르기 시작하면 안 하고는 못 배기거 든요. 장인이란 건 대개, 많건 적건 그런 면이 있지 않나 생각합니 다만."

하루히로는 "요컨대…"라며 트라이곤을 보며 말했다.

"…아직, 안 됐다?"

"그렇습니다."

"태연하게 대답하네요…."

"사실이니까요."

료스케는 응, 응 하며 혼자 끄덕이고 있다. 이 사람, 왜 기쁜 것 같지?

모구조는 목소리를 떨며 "어, 언제…"라고, 당연한 질문을 말했 다.

"언제 완성되는 겁니까?"

료스케는 "그게 말입니다…"라고, 표정을 바꾸며 바로 위를 가리 켰다.

"신만이 아신다고밖에는."

"밖에는…이 아닐 텐데?"

나이스, 메리. 지금 그건 무서웠어. 료스케도 움찔했다.

"…하, 하루 이틀 안에는."

메리는 곧바로 "너무 모호해"라고 차갑게 다그쳤다.

료스케는 "아…"라며 가슴 앞에서 합장하듯 손을 모았다.

"내일까지는…?"

"좀 더 명확하게."

"내일 아침 8시까지는 끝내겠으니! 마음 푹 놓고 맡겨주십쇼."

하루히로는 자꾸 트라이곤에 힐끔힐끔 눈길이 가버린다.

"그거… 전에도 들은 것 같은 느낌이 드는데요. 똑같은 대사를."

"당장 착수하겠습니다."

료스케는 엄지를 세워 보이더니 안쪽 대장간으로 달려갔다.

낙담해서 어깨를 축 늘어뜨린 모구조에게 메리가 불쌍하다는 듯한 시선을 주고 있다.

하루히로는 조심스럽게 트라이곤을 만졌다.

"…하지만 저 사람, 분명히 이거, 엄청나게 개조한 거야. 괜찮을까…?"

시각을 알리는 종이 울린다.

오전 8시.

하루히로 일행은 공방 마스카제 앞에 있었다.

오늘은 하루히로, 모구조, 메리 세 사람이 아니다. 란타와 유메, 시호루도 있다. 무기를 받으면 그길로 곧장 사냥하러 갈 예정이다. 이미 전원이 다 준비를 마쳤다. 남은 건 모구조의 무기뿐이다.

"그, 그럼…."

모구조가 공방 마스카제 문을 열었다.

란타가 "우웃…?!" 외치며 요란하게 몸을 뒤로 젖혔다.

시호루는 "꺅…" 하고 소리치며 유메를 부둥켜안았고, 시호루가 매달리자 유메도 "뇨옷"이라며 이상한 소리를 냈다.

하루히로, 모구조, 메리, 세 사람도 숨을 멈췄다.

문 안쪽에는 여전히 강철 차륜용마 '트라이곤'이 떡 버티고 있었다. 게다가, 하루히로가 보기에 머리 부분의 형태가 약간 어제와는 다르다. 또 개조한 것일까? 하지만, 그런 것보다….

"어서 오십시오."

대장장이 료스케가 트라이곤 앞에 정좌하고 있다. 그게 문제가 아니라, 어째서.

어째서 료스케는 상반신이 알몸인 건가?

게다가 왜 단도를 무릎 앞에 놓아둔 것인가?

침울한 표정이다. 비장감까지 감돈다.

"본 공방에 무슨 용건이십니까?"

그러면서도 또 그런 말을 지껄이는 걸 보면…이 사람, 보통이 아니다.

"용건이라니…."

하루히로는 거기까지 말하고 어물거렸다.

료스케는 조용히 끄덕이고, "…농담입니다"라며 눈을 감았다.

"기다리고 있었습니다."

"아… 저기."

모구조가 머뭇거리면서 물었다.

"맡겨놓은, 무, 무기는…?"

"그렇게 나올 거라고 생각했습니다."

"어, 그야… 그, 그야 내 용건은, 그것밖에 없잖아요…?"

"그러니까! 기다리고 있었다고 말했잖습니까…!"

적반하장…?

그렇다. 바로 그거다.

방귀 뀐 놈이 성낸다더니, 이건 적반하장 이외의 그 무엇도 아니다.

하루히로 일행은 전원… 란타조차도 한 마디도 받아치지 못하고 있다. 료스케의 묘한 박력에 말려든 것이다.

"잘 들으세요!"

료스케는 두 눈을 번쩍 떴다.

"무기는 맡았습니다! 그것은 분명히! 어제, 내일 아침 8시까지 완성한다고 말씀드렸습니다! 말씀드렸고말고요! 그러…나! 그렇다고 해서 꼭 그리 된다는 법은 없다! 확실한 것은 아무것도 없다! 있을 수 없다! 인생이란! 본래 그런 것 아닙니까?! 그렇지요?! 내가 무슨 잘못된 말을 하는 겁니까? 아니지요? 그럼요, 아니고말고요! 예정 조화의 인생이 재미있습니까? 여러분?! 재미없지요?! 무슨 일이 일어날지 모른다! 그것이야말로 인생! 그렇죠, 인생의 참맛이 거기에 있다! 즉…! 이게 바로 인생입니다…!"

"…무슨 말을 하는 겨? 이 사람."

유메가 시호루에게 묻는다. 시호루는 그런 걸 나한테 물어도 곤란하다는 느낌으로, "그, 글쎄…"라며 고개를 가로젓는다.

"즉."

…이렇게 말하며, 메리가 앞으로 나섰다.

"또 아직 안 되었다는 뜻?"

료스케는 눈을 감고 고개를 비스듬히 흔들었다. 왜 비스듬히…?

"그렇게는 말하지 않았습니다."

모구조가 "그, 그럼"이라고 말하고 침을 꿀꺽 삼켰다.

"완성된… 건가요?"

"깊이가 없어!"

"…깊이가 없어?"

"질문에 깊이가 없어! 애초에, 예스냐 노냐! 흑이냐 백이냐! 인생이란 그리 단순한 것인가? 노! 절대로 노…!"

"그런데 그건 절대 노구나…."

하루히로는 딴지를 걸지 않을 수가 없었다. 그야, 흑백을 분명히 가릴 수 있을 정도로 단순하지 않다고 말했던 것은 료스케니까. 그런데도 료스케는 유유히 웃음을 지었다.

"명확한 답을 내놓지 않으면 안 될 때도 있습니다. 그 또한 인생."

"어이…."

란타가 료스케를 가리켰다.

"이 아저씨, 말하는 게 엉망진창이야. 영문을 모르겠는데…."

"너도 남 말 할 수 없지만…."

"뭐라고? 하루히로, 인마?! 내 어디가 엉망진창이라는 거야?! 나만큼 논리정연한 인간은 전 세계를 뒤져도 별로 없다고!"

"옳소, 옳소!"

"봐라! 이 아저씨도 그렇다고…엇, 응…?"

"네?"

료스케는 란타의 시선을 받으며 태연했다. 란타는 료스케와 자기를 번갈아 가리켰다.

"첫 대면, 이지…?"

"말하자면, 그렇지요."

"…엉? 말하자면 첫 대면이라니, 무슨 상황이야…?"

"좋은 질문입니다."

"그, 그래?"

"네. 심오한 질문이지요. 저와 함께 답을 찾을 때까지 생각에 잠겨보지 않겠습니까?"

"아니, 나는… 잠기지 않을래. 그보다, 도대체 뭐야? 이 아저씨."

…혹시나.

저렇게 미꾸라지처럼 피해가며 어물쩍 넘어가려는 속셈인가…?

"…알겠어."

메리가 한 걸음 더 나가더니 료스케의 무릎과 단도 사이를 석장 손잡이 끝부분으로 두드렸다.

"궁지에 몰리면 이 단도로 할복하는 수밖에 없을 만한 소동을 일

184 |

으키고 빠져나갈 속셈이었겠지. 당신 수법은 간파했어."

료스케는 메리를 올려다보며 히죽 웃음을 지었다. 표정에는 아직 여유가 있는 것 같지만, 이마에 땀이 맺혀 있다.

"아무래도 오해가 있는 것 같군요."

"그렇게 생각해?"

"안 합니다, 할복 같은 건. 웬걸요."

"나도 당신은 할복 같은 건 하지 않을 거라고 생각해. 그러는 척을 할 뿐이지."

료스케는 한동안 메리와 눈을 마주치고 있었으나, 고개를 숙이고 "…제법이네요"라고 중얼거렸다.

"이 수를 봉쇄당한 것은 그야말로 3년 만. 졌소. 항복입니다. 알겠습니다. 이제 솔직 베이스로 갈까요. 솔직 베이스로! 솔직 베이스로…!"

시호루가 "왜 세 번이나 똑같은 말을…?"이라며 몸을 떨자, 료스케는 그러지 않았으면 좋았을 것을, 금단의 네 번째를 짖어댔다.

"갑니다요! 솔직 베이스로…."

휘육… 메리의 석장이 료스케의 뺨을 스쳤다. 저 석장은 결코 장식품이 아니다. 료스케의 뺨에 한 줄기 빨간 선이 떠올랐다… 피. 피다.

"솔직하게 말해. 언제 완성돼?"

"…오늘, 오후에는?"

"몇 시?"

"오후, 9, 아니, 10…."

"설마, 밤까지 걸리나?"

"엇, 아니, 오후 6시… 경에는…."

"경?"

"오후 4시에는! 아니, 한번 큰소리쳐본 겁니다! 무리입니다, 4시는! 6시까지는…!"

"오후 6시 정각이지?"

"넷."

"늦으면, 어떻게 되는지 알지?"

"…왠지 알 것 같은."

"이번에야말로 완성해."

메리는 석장을 도로 넣고 료스케에게 등을 돌렸다.

그 순간, 료스케가 휴… 하고 숨을 내쉬었다. 살았다. 간신히 모면한 것이다. 극복했다. 그렇게 생각하는 얼굴로 안 보이는 것도 아니었다.

어설퍼… 라는 듯이, 메리는 곧바로 방향을 틀더니 료스케의 코끝에 석장을 들이댔다.

"알겠지? 나를 실망시키지 말아줘."

"…알겠습니다."

"오후 6시에 오겠다."

"…기다리고 있겠습니다."

제아무리 료스케라도 얼굴이 창백해져서 석장 끝을 응시할 수밖에 없었다. 사팔 눈이다. 여간해선 찾아볼 수 없을 정도로 엄청나게 눈동자가 가운데로 몰린 눈이다.

메리는 석장 끝으로 톡, 료스케의 콧잔등을 찔렀다.

"우히익."

벌렁 자빠진 료스케에게는 눈길도 주지 않고 메리는 공방 마스카제를 나갔다.

　"…무서운 여자."

　란타가 중얼거렸다. 동료를 그런 식으로 말하는 건 좀 아니라고 생각한다. 하지만, 솔직 베이스로 말하자면, 하루히로도 방금 그건 비교적 무서웠다. 물론, 메리에게는 말할 수 없다. 그보다, 메리 앞에서 '솔직 베이스'라는 말을 입에 올린 순간, 무시무시한 일이 일어날 것 같은….

　아무튼, 먼저 나가버린 메리를 혼자 내버려둘 수는 없다. 료스케에게 "그럼, 오늘 오후 6시에 또 올 거니까!"라고 말하고 공방을 나왔는데, 메리의 모습이 보이지 않아서 상당히 조바심 났다.

　"메, 메리…?!"

　좁은 길을 후다닥 달려 큰길로 나갔다.

　오른쪽을 본다. 왼쪽을 본다.

　있다.

　메리는 발걸음을 멈추고 고개를 숙이고 있다. 왜 그러는 거지? 하루히로에게 등을 향하고 있어서 표정을 살필 수는 없다. 하지만 왠지… 침울해 보이는 것 같은?

　말을 걸기가 힘들다. 주저하고 있노라니 유메가 강동강동 다가가 메리의 앞으로 돌아가더니 얼굴을 들여다본다.

　"메리? 왜 그래?"

　"…미안. 나."

　"엥?"

　"방금 그건… 뭐랄까…."

란타는 큰 걸음으로 성큼성큼 걸어가 "헷!"이라며 엄지를 척 세웠다.

"제법이잖아. 그럴듯한 엄포였다. 공포의 메리라는 별명은 허울이 아니라는 건가."

메리는 "웃…." 신음하며 머리를 흔들었다.

하루히로는 뒤따라온 시호루, 모구조와 눈빛을 교환했다. 분명히 메리의 태도가 이상하다. 적어도 한 방 먹여줬다고 의기양양하게 웃고 있는 느낌은 전혀 아니다. 오히려 그 반대라고나 할까. 저질렀다, 망했다, 실패했다… 비슷한?

유메는 메리에게 뭔가 말하려고 했지만, 입을 뻐끔거리기만 하고 "아…"라거나 "옹…"이라거나 "옹뉴…"라는 소리뿐, 제대로 된 말이 나오지 않는 모양이다.

란타가 하루히로를 돌아보며 고개를 갸웃거린다.

"왜 이래…?"

아니, 네가 공포의 메리라느니 그런 말을 하니까 그렇지… 하지만, 정말로 그래서일까? 그것뿐일까?

갑자기 메리가 심호흡을 하고 얼굴을 들었다. 모두를 둘러본다. 웃는 얼굴…인 건가? 억지웃음이다. 그것도 어중간한.

"그럼, 오후 6시에, 여기서 또 봐."

그렇게 말하더니 메리는 달려갔다. 아니, 달리지는 않았지만, 틀림없이 서두르는 발걸음이다. 메리가 가버린다. 란타가 "도대체 뭐야? 저 녀석…"이라고 내뱉었을 무렵에는 메리의 뒷모습은 꽤 멀어졌다. 쫓아가야 해. 하지만, 뭐라고 말을 걸면 좋은 걸까? 하루히로는 알 수 없었다. 한심하게도 발이 움직여주지 않았다.

그렇기는 해도, 그렇게 가버린 건 마음에 걸린다. 뭐랄까, 마음에 걸리지 않을 리가 없다. 마음을 쓰지 않는 쪽이 이상한 거다.

어쩔 수 없이 오후 6시까지 각자 자유롭게 보내기로 하고 일단 해산했는데, 하루히로는 시간을 어떻게 쓸지를 정했다.

메리를 찾자.

딱히 짐작 가는 곳은 없지만, 오르타나는 넓은 것 같으면서도 좁다. 어슬렁거리다 보면 그러다가 만나지 않을까?

…그러는 동안에 혼자서 12시의 종소리를 듣게 되었다.

"어어어… 진짜야? 못 찾겠는데…."

하루히로는 오르타나 중앙 부근에 있는 광장 한구석에 힘없이 쪼그리고 앉았다.

광장 저편에는 천망루라는 높은 건물이 우뚝 솟아 있다. 천망루는 가란 베도이 변경백의 주거지라고 했다. 가란 베도이. 오르타나의 통치자… 라고 한다. 이름 정도는 알고 있지만, 본 적은 한 번도 없고, 솔직히 그런 이름의 높은 사람이 있다는 정도밖에 모른다. 그야 하루히로 같은 의용병이 그런 높은 사람을 만날 일은 애초에 없겠지.

"…그런 건 상관없고."

점심이라도 먹으러 갈까? 왠지 그것도 귀찮다. 하지만 배는 고프다. 공복인데도 밥을 먹을 기분이 아니다. 꾸물거리고 있노라니 멀리서부터 누가 말을 건다.

"어라?! 하루히로 군?!"

"모구조…."

모구조는 쿵쿵거리며 달려왔다.

"웬일이야? 하루히로 군? 이런 곳에서."

"음… 아니, 별일 아닌데. 아무렇지도 않고…."

"어, 저기…."

모구조는 말하기 힘든 것 같았으나 그래도 말했다.

"메리 씨, 만났어?"

"엇. 왜… 왜, 메리를?"

"아니. 아침에 메리 씨, 좀 이상했으니까. 하루히로 군이 걱정돼서 찾으러 갔던 것 아닌가 하고 좀 생각했어. 실은 나도, 왠지 그냥, 찾아보기도 했으니까."

"아, 아아… 그렇지. 이상했지, 메리. 응. 뭐, 그래. 마음에 걸렸달까? 그야. 동료, 니까…."

"그, 그렇지. 동료이고. 하루히로 군은 리더니까."

"일단은? 나, 리더를 맡을 만한 성격이 아니라서 좀 쑥스럽긴 하지만…."

"그래도 역시 메리 씨를 찾아다녔었지?"

"어…응. 뭐, 열심히 찾아다닌 건 아니지만. 나도, 뭐랄까…."

찾았는데? 비교적 열심히 찾아다녔는데… 있는 그대로 털어놓는 것은 내키지 않았다. 이상한 오해를 사고 싶지 않고, 어디까지나 하루히로는 순수한 마음으로, 동료로서, 리더로서 메리를 걱정하고 있다. 그것뿐이다.

"그, 그럼, 하루히로 군, 저, 이왕… 찾아다닐 거면 같이 찾으러 다니지 않을래?"

"좋아!"

하루히로는 펄쩍 뛰는 것처럼 일어났다.

"그, 그럴까! 그러는 게 찾기 쉬울지도 모르고. 응. 아. 모구조, 점심은? 아직? 그럼 근처에서 먹을까? 시장의 노점이나. 가볍게 때우자. 메리도 어딘가에서 밥을 먹을 테니까. 분명."

그렇게 되어, 시장의 노점 꼬치구이 가게 도리에 들렀더니 유메와 시호루가 있었다.

"헉⋯."

시호루는 꼬치구이를 우물거리던 와중이라 꽤 부끄러운 것 같았다.

반면에 유메는 "우뇨오!"라며 눈을 동그랗게 뜨더니 씹던 고기를 호탕하게 꿀꺽 삼켰다.

"⋯하루 군이랑 모구조잖아. 고기 먹으러 온 거야?"

모구조는 "응"이라고 대답하고, 곧바로 꼬치구이를 주문했다.

"두 개, 아니, 그러니까, 세 개 주세요!"

"⋯갑자기 세 개나 시키네. 대단해, 모구조. 나는 한 개면 돼."

"아니. 어차피 하나로는 모자라니까. 두 개면 충분할 것 같기도 하지만, 이 집 꼬치구이는 맛있으니까, 모처럼 왔으니⋯."

"아⋯ 확실히 묘하게 맛있지. 여기 고기."

"맞아. 유메는 있지, 점심 뭘 먹을까 시호루랑 이야기했걸랑. 그랬더니 시호루가 도리가 좋다고 했어."

"⋯다, 다른 게 떠오르지 않아서. 그것뿐, 인데⋯ 앗."

시호루는 당황하며 노점 주인에게 고개를 숙였다.

"어, 그게, 고, 고기, 맛있어요. 무척. 아, 아주 좋아해요, 저도⋯

…."

주인은 너그럽게 웃고 있다. 생각해보면 하루히로가 처음 이 꼬치구이 도리를 방문한 것은 견습 의용병이 된 그날이다. 주인도 하루히로 일행의 얼굴을 기억하고 있는 것 같고, 단골이라고 못 할 것도 없다.

그런 장소가 오르타나에 조금씩 생기고 있다.

메리에게도 있을까? 분명 있겠지.

하루히로는 꼬치구이를 먹으면서 유메와 시호루에게 물어봤다.

"저기, 우리, 메리를 찾아볼까 하는데. 뭐, 어차피 6시에 만날 거지만… 아침에 좀 이상했잖아, 메리. 그래서, 마음에 걸려서."

"…실은, 우리도."

시호루는 꼬치구이를 다 먹고 다른 노점에서 산 음료수를 마시고 있다. 향초를 넣고 꿀로 단맛을 낸 탄산수다. 가격은 2카파지만, 얇은 도자기 컵을 노점에 돌려주면 1카파 환불해준다.

"메리… 가 마음에 걸려서. 시장을 돌아보면서, 혹시 없는지… 살펴보고는 있었는데…."

그런데, 시호루는 왜 메리를 부를 때, "메리…"라고 한 박자 쉬는 느낌일까? 역시 그건가? 동료니까 이름만 부르는 게 자연스러울 테니까 그렇게 부르려고 하는 거다. 하지만 익숙하지 않아서, 망설임이 있어서… 그런 느낌?

만약 하루히로의 추측이 맞는다고 해도 굳이 그 말을 하는 것은 눈치 없는 짓인지도 모른다.

언젠가는 익숙해질 테고. 시간은 걸린다고 해도.

단, 시간은 무한이 아니다. 어쩌면 내일, 다할지도 모르는 것이다. 자기들의 내일이 보장되지 않는다는 것을 시호루는 알고 있겠지. 시호루는 누구보다도 통감하고 있을 것이다.

그래서 시호루는 무리해서라도 메리와의 거리를 좁히려는 건지도 모른다. 여유를 부릴 시간이, 있을지도 모르지만 없을지도 모르기 때문이다.

"어디 간 걸까? 메리."

유메는 꼬치를 씹고 있다.

"숙소로 돌아가버렸나?"

"그… 그럼 만날 수 없겠네."

모구조는 세 개의 빈 꼬치를 두 손으로 들고 낮게 신음했다… 벌써 세 개 다 먹어버린 건가? 빠르닷.

"숙소라…."

하루히로는 왼쪽 손바닥으로 이마를 몇 번 두드렸다.

"…그러고 보니, 란타는 뭐 하는 거지? 누가 알아?"

"유메는 못 봤고, 몰라."

"나도… 별로, 알고 싶지도…."

"아. 무슨, 승부를 한다고 했나, 란타 군, 그런 말 했었어."

"승부?"

도대체 무슨 승부를 한다는 걸까? 하루히로는 짐작도 할 수가 없지만, 아무래도 안 좋은 예감이 든다. 그야 란타니까. 가만 내버려두면 쓸데없는 짓을 하는 것이다. 그렇다고 해서 감시하는 것도 피곤하다. 만약 온종일 란타를 감시해야 한다면 본격적으로 싫어질 것 같다.

일단, 란타는 생각하지 말고, 넷이서 메리를 찾자. 마법사 길드가 있는 동쪽 마을과 도적 길드와 암흑기사 길드가 있는 서쪽 마을에 메리가 있을 거라고는 생각되지 않는다. 숙소나 장인 거리가 있는 남구인가? 시장, 화원 거리, 천공 골목이 있는 북구인가? 먼저 화원 거리에 가보기 위해 시장을 나가려고 했더니, 거리에 사람들이 몰려 있었다.

"아자아아아아아아아아아아아아아…!"

인파 너머에서 들려온 이 목소리는….

"란타 목소리잖여."

"그, 그러네."

"무시하는 게…."

시호루의 마음도 모르는 바는 아니지만, 아무리 그래도 하루히로 로서는 그럴 수도 없다. 리더니까. 뭐, 일단 동료이고?

인파를 헤치고 가보니, 란타를 포함해서 몇 명의 남자가 낮은 나무 받침대를 둘러싸고서 뭔가 하고 있었다.

"란타, 너…."

"응? 하루히로잖아. 뭐하는 거야? 너. 이런 곳에서."

"아니, 그건 내가 할 말인데… 뭐하는 거야?"

"보면 몰라?"

란타가 손에 든 네모난 카드 같은 것을 사삭 펼쳐서 하루히로에 게 보였다. 네 장인가 다섯 장 있고 표면에 그림이 그려져 있다. 잘 보니 받침대 위에 그 비슷한 카드들이 잔뜩, 가지런히도 아니고 흩어져 있었다.

"승부야, 승부. 당연히 승부지. 나는 승부하기 위해 태어난 천성의 승부사, 마스터 승부거든?"

"…그렇구나. 처음 들었는데."

"좋아, 내 차례다! 이렇게…!"

란타는 카드를 받침대로 날려 다른 카드 두 장을 한꺼번에 튕겨서 떨어뜨렸다.

"아자아아아아…! 더블! 더블 왔다아아아아아아아아아…!"

"…젠장!"

지저분한 빨간 얼굴의 남자가 카드로 받침대를 내리치더니 카드를 세 장이나 떨어뜨렸다.

"우랴아! 어떠냐…!"

란타와 다른 남자들이 "트리플이라니…!"라며 머리를 감싸 쥔다.

"란타… 너 그거, 돈 걸고 하는 거지? 보나 마나."

"엉?! 당연하지! 돈도 안 걸고 이런 걸 해봤자 뭐가 재미있냐고? 전혀 진심이 나오지 않잖아!"

"그래서… 이기고 있는 거야?"

"헷!"

란타는 눈을 피했다.

"이제부터야, 이제부터! 이제부터 만회할 거라고! 대역전한다고…!"

"…얼마나 잃었는지는 안 묻겠는데. 왠지 물어보는 게 무서우니까. 적당히 해둬."

"멍청아! 승부는 항상 0 아니면 100! 적당히라는 건 없다고! 그런 것도 모르냐? 바보! 얼간이! 치질에나 걸려 괴로움에 몸부림쳐라!"

이 녀석, 파산할 때까지 계속 하는 건 아닐까? 하루히로는 전율하면서도 말릴 마음은 들지 않았다. 왜냐하면, 말해봤자 듣지 않을 테고. 듣기는 고사하고 하루히로가 그만하라고 하면 할수록 란타는 오히려 발끈해서 더 한다. 그렇다면, 방치하는 것이 최선이다.

"뭐, 힘내라."

"말 안 해도 나는 힘내고 있어! 적어도 잃은 1골드를 되찾을 때까지는…."

"1골드…?! 너, 1골드나 잃은 거야?!"

"아직 1골드다! 돈은 얼마든지 있으니까! 이런 건 돈 있는 놈이 최종적으로는 이기는 게 상식이라고…!"

"…돈 있는 놈은 봉이 되어 전부 뜯긴다는 걸 잘못 알고 있는 거 아니야…?"

"닥쳐! 입 다물고 꺼져! 사라져! 꺼져버리라고! 파루피로 놈!"

"꺼질 건데…… 아, 그렇지. 만약을 위해 물어보는데, 메리 못 봤어?"

"응? 그 여자라면 봤는데."

"어?"

"몇 시간 전인가, 한번 숙소로 돌아갔을 때 다리 있는 데서. 제대로 무시해줬지만. 그보다 녀석 쪽이 고개를 숙이고 나를 완전 무시했으니까. 그게 뭐?"

"있었어?! 숙소 근처에?! 메리가?!"

"그러니까, 있었다고 했잖아. 하지만 꽤 시간이 지났으니까 이제 어디 딴 데로 갔겠지. 그보다 그 녀석, 거기서 뭘 하고 있었던 거지?"

하루히로는 란타에게 "적당한 데서 접어!"라고만 말하고 인파를 헤치며 달려 나왔다. 모구조와 유메, 시호루도 하루히로와 란타의 대화를 듣고 있었던 모양이다. 네 명은 같이 고개를 끄덕이고는 숙사로 서둘러 갔다.

란타 말로는 메리를 본 것은 몇 시간 전이라고 한다. 그렇다는 건 오전 중이다. 메리가 아직 숙소 옆의 다리에 있을 거라고는 아무래도 생각하기 힘들다. 이제 없겠지. 아무리 그래도, 있을 리가 없다. 그렇기는 해도, 달리 찾아볼 만한 곳이 있는 것도 아니고, 분명 없겠지만, 가능성이 제로라고는 단언할 수 없는 거고.

"냐앗. 저거, 메리 아니야?!"

사냥꾼이라 눈이 좋은 유메가 처음 발견했다.

다리다. 있다. 메리다. 잘못 볼 리가 없다. 다리 위에 서 있다.

"메리…!"

"메리 씨…!"

"메, 메리…!"

"메리…!"

넷이서 일제히 부르자 메리가 이쪽을 본다. 눈을 크게 뜨고, 놀란 것 같다. 그야 그렇겠지. 갑자기 이렇게 큰 소리로 이름을 연달아 불리면 누구나 깜짝 놀란다. 게다가 아마 쑥스럽기도 하겠지. 하루히로가 메리였다면, 자기도 모르게 도망쳤을지도 모른다.

메리는 도망치지 않았다. 거기 매달리는 것처럼 석장을 꼭 끌어안고, 하루히로 일행을 기다려주었다.

모두 다리까지 전력으로 질주했기 때문에 숨이 찼다. 호흡이 거친데다가, 무슨 말을 하면 좋을지 하루히로는 알 수가 없다. 말하고 싶은 것, 하고 싶은 말은 있을 텐데도, 머릿속이 뒤죽박죽이다.

메리는 약간 눈썹을 찡그리고 입을 꼭 다물고서 그들을 보고 있다. 메리도 마찬가지로 뭔가 말하려고는 하는데 할 말을 찾지 못하는 것 같았다.

이윽고 시호루가 "어…"라고만 말하고 입을 다물었다. 그 뒤에 "어째서…"라고 다음 말을 이을 때까지 꽤 시간이 걸렸다.

"나…."

메리는 눈을 내리깔고, "미…"라고, 분명 사과하려고 했다. 미안해 하고. 그것만은 말하게 하고 싶지 않았다. 메리가 사과할 일은 없다.

"잘됐다!"

하루히로는 될 수 있는 대로 밝은 목소리를 낼 생각이었다. 덕분에 상황에 맞지 않는 말이 나와버려서 미묘한 분위기가 감돌았다. 괴롭다, 이 핀트 어긋난 느낌. 왜 좀 더 재치 있는 말을 할 수 없는 것인가? 이제 울고 싶다. 울어버리면 확실하게 더욱 비참한 상황이 될 테니 울지 않을 거지만.

"…자, 잘됐다. 어, 그게, 그러니까, 뭐지? 그러니까… 만나서 다행이야. 앗, 메리를 만날 수 있어서 다행이라거나, 그런 오버스러운 거시기는 아닌데…."

우와아아아아아. 틀렸다. 하루히로는 몸부림칠 뻔했다. 말을 하면 할수록 애매한 느낌이 증폭될 뿐이다. 메리는 진지하게 귀를 기울여주고는 있지만, 결국 이 사람은 무슨 말을 하고 싶은 건가 하고 고개를 갸웃거리고 있다. 당연하지요. 당연한 반응입니다. 하루히로 본인도 알 듯 말 듯하니까. 아니, 모르겠다. 뭐더라? 무슨 말을 하려고 했더라?

"요, 요컨대, 즉… 그러니까… 뭐랄까… 이른바 하나의…."

보다 못했는지 유메가 "그러고 보니 있잖아"라며 메리에게 물었다.

"메리, 언제부터 여기 있었던 거야?"

"…나, 는…아마…."

메리가 기어들어가는 목소리로 "9시, 정도…?"라고 대답했다.

시호루가 "9시…"라며 하루히로를 봤다.

하루히로는 "…9시?"라며 모구조를 봤다.

모구조는 "9, 9시…"라며 유메를 봤다.

"9시…라니."

유메는 "끙…." 생각에 잠기더니 눈을 휘둥그레 떴다.

"한참 전이잖아? 9시라면. 지금은 벌써 12시 지났으니까… 어, 어어어엇! 엄청 전이잖아…!"

"설명…하고 싶어서."

메리는 몸을 움츠리더니 살짝 떨었다.

"…여기에 있으면 누가 지나가지 않을까 해서."

"저…."

모구조도 메리에게 지지 않을 정도로 몸을 움츠리고 등을 구부렸다.

"설명… 이라니?"

"…공방 마스카제에서의 일을. 내, 태도랄까…."

"웅냐… 대장간에서 메리, 빠릿…했었지. 멋있었어."

"그… 그러지 마. 그건 아닌 것 같았어. 그런 태도는."

"그럴, 까…?"

시호루는 대장장이 료스케의 대응을 떠올리고 약간 화가 나는 것 같았다.

"그런 사람한테는 강하게 나가야 하지 않을까? …나는 못 하지만. 나는, 소심하달까… 나한테 자신이 없으니까 그런 거라고 생각하는데…."

"나도… 자신 같은 건 없어."

"나, 나도 없어!"

"유메도 있지, 자신은 별로 없을걸?"

"…나도."

뭐야? 이거. 이 분위기. 자신 없음을 털어놓는 고백 릴레이 같다.

아니, 그보다. 리더인 하루히로까지 자신이 없다고 선언해버리는 건 좀 문제인가? 물론, 자신은 없지만, 그런 리더라, 글쎄? 리더라면, 사실은 자신이 없어도 있는 척을 하는 게 좋을 것 같기도.

"…아니, 그게 아니라!"

하루히로가 두 손으로 손뼉을 치자 모두가 그에게로 얼굴을 돌렸다. 약간 놀란 것 같다. 놀라게 해서 송구하다.

"메리는, 바……방편이랄까, 대응하기 위해 그런 방식을 취한 거라고 생각해. 그렇게 해준 거라고나 할까. 일부러. 응. 동료를 위해서? 그렇…지?"

"…그렇, 지만."

"응? 그렇지만?"

"나한테 그런 부분이 없으면…그런 식으로는 할 수 없었을 거라고 생각해. 그게 내 본성인지도."

"그럴까? 유메는 있지, 메리는 상냥한 아이라고 생각해. 왜냐하면, 상냥하니까. 음… 유메, 상냥하다는 말밖에 안 하네, 그래도 있지, 상냥하지 않았다면 그런 식으로 마음 쓰지 않지 않을까 생각하거든."

응. 알아. 유메가 하고 싶은 말은 알겠지만… 하지 말아줘!

면전에 대고 당신은 상냥하다고 생각합니다… 라는 말을 들으면, 대부분의 사람은 민망해하니까! 실제로 메리도 엄청나게 민망한 것 같으니까!

모구조가 "어…그게…"라며, 아마도 대신 수습하고 싶은데 좋은 방법이 떠오르지 않는 듯, "아…" 하고 결국 머리를 감싸 쥔다… 좋았어.

이 자리는 리더인 내가!

그렇게 벼른 것까지는 좋았는데, 막상 좋은 방법이 떠오르지 않는다.

"주, 중요한 건…!"

시호루. 이 타이밍에 시호루가 도움의 손길을. 고마워, 시호루.

"메…메리…가, 말하려고 해준… 거잖아. 우리랑 이야기하고 싶다고 생각해줬어. 그게…뭐랄까, 나는… 기뻐."

"그렇지!"

하루히로는 만면에 웃음을 띠고 또 괴상한 큰 목소리를 내버려, 그런 자신에게 절망했다. 언젠가 세련된 사람이 되고 싶다. 무리 같긴 하지만.

"…응. 맞아. 그게, 동료로서, 나도, 기쁘달까. 그, 뭐더라? 내용은 문제가 아니라고 생각해. 아니, 내용은 내용대로 중요하지만, 그… 전제로서? 이야기할 수 있는 환경이랄까, 그게 되는지 아닌지가 우선 중요하달까? 음… 괜찮나? 이런 표현으로. 한심한가…?"

"그렇지 않아."

메리는 고개를 저었다. 그리고 분명하게 말했다.

"하루는, 한심하지 않아."

"…그래?"

위험. 헤벌쭉 웃어버릴 것 같다. 하루히로는 억지로 표정을 긴장시켰다. 분명 지금 엄청나게 뚜렷한 쌍꺼풀이 생겼을 것이다.

"뭐, 음…응. 그러네. 비하하는 건 좋지 않아. 란타처럼 근거 없는 자신감에 넘치는 것도 문제라고 생각하지만. 아, 아무튼, 공방에서의 일은 다들 아무렇지 않게 생각해. 걱정하지 않아도 괜찮아. 그보다, 그 료스케라는 사람. 좀 이해할 수 없고. 그러니까, 아마 그 정도의 엄포는 필요하다고 봐."

"그 일 말인데."

메리는 한 번 숨을 내쉬었다. 갑자기 눈빛이 날카로워진… 것 같은?

"생각해봐. 그걸로는 부족할지도. 그런 사람은 절대로 정신 못 차려. 감시하는 게 좋을 것 같아. 관리해야 해."

오싹… 했다.

역시 그건 메리의 본성인지도. 하루히로는 아주 조금 그런 생각을 해보았다.

하지만 결과적으로 메리가 절대적으로 옳았다. 란타를 붙잡아 여섯 명이서 공방 마스카제에 갔더니, 대장장이 료스케는 강철 차륜용마 '트라이곤'의 머리를 손보고 있었다.

"앗, 아니, 이건 그게 아니라, 그저 잠시 숨을 돌릴 겸. 이제부터 드디어 시작하려고…."

"빨리 해."

메리는 호통 치지 않고 명령형으로 차갑게 말했다. 솔직히 이럴 때의 메리는 진짜 무섭다. 이건 분명 흉내를 내려 한다고 해서 낼 수 있는 게 아니겠지. 소질인가? …본성, 인가?

설령 그렇다고 해도, 그게 메리의 전부는 아닐 것이다.

메리뿐만 아니라, 사람에게는 여러 가지 면이 있다. 상황에 따라서도 변하고, 시간이 사람을 바꿔놓기도 하겠지. 앞으로 란타가 짜증스럽지 않게 되는 일도… 아니, 그건 아닌가? 그런 일은 없을 것 같다.

아무튼, 항상 대장간에 몇 명이 들어가서 료스케의 작업을 감시하기로 했다. 그러지 않으면 아마 언제까지고 끝나지 않을 것이다. 모구조의 무기가 완성되지 않으면 하루히로 팀은 일을 할 수 없다.

"알았다! 알았습니다! 알겠습니다요! 하면 되잖아요, 하면! 할 겁니다. 말 안 해도! 처음부터 할 생각이었으니까…!"

료스케도 마침내 작업에 착수했다. 뭘 적반하장으로 화를 내는 거냐는 생각을 안 한 것도 아니지만, 일단 착수하자 료스케는 한눈 한번 팔지 않았다. 그에게는 도제가 세 명 있었다. 장인인 그를 중심으로 네 명이서 대장간 일을 하는 모습은 제법 볼 만했다. 특히 장인이 직접 망치를 휘두르는 모습은 귀기 서린 박력이 있어서 감동했다.

"우리 스승님은 손이 더딘 건 아니랍니다."

제자 한 명이 살며시 그런 말을 했다.

"단지, 착수하기까지 시간이 걸린다고나 할까. 예술가 기질이라고 하나요? 영감이 솟아나지 않으면 손이 움직이지 않는, 그런 면이 있는 것 같아요. 하지만, 제자인 제가 말하는 것도 좀 그렇지만, 일은 확실하니까요."

장인의 세계는 잘 모르지만, 의용병에도 여러 가지 타입이 있다. 장인도 마찬가지겠지.

결국, 오후 6시 종이 울리기 전에는 끝내지 못했고, 한 시간 정도 더 걸려서 모구조의 무기가 완성되었다. 놀랍게도 겉모습은 데드 스팟이 쓰던 것과 거의 달라지지 않았다. 그러면서도 분명히 사이즈는 줄었다.

료스케는 일찍이 본 적 없을 정도의 의기양양한 얼굴로, "자!"라며 모구조에게 끄덕였다.

"회심의 역작입니다! 들어보세요!"

모구조는 "그럼…"이라며 새로운 대검의 칼자루를 쥐었다. 그 순간, "후옷?!" 안색이 변했다.

"뭐, 뭐야? 이거…?! 무거운데, 가벼워?! 이런 일이…?!"

"뭐라고?! 모구조, 이리 줘봐!"

란타는 모구조에게서 대검을 낚아챘다… 그러나, 그러자마자 "쿠옷?!" 떨어뜨릴 뻔했다.

"무, 무거운 정도가 아닌데?! 이런 걸 둘러메는 건 무리잖아…?!"

란타와 모구조는 체격도, 근력도 차이가 난다. 그 때문인가 했는데, 료스케가 계속 의기양양한 얼굴로 해설해준 바에 따르면, 그것만이 아니라고 한다.

"무기가 다루기 쉬운가 아닌가는 중심이 적절한지, 그 차이에 거의 집중됩니다. 그 중심은 무기에 고유한 것이지만, 실은 중심을 느

끼는 방식은 개인차가 있다! 즉, 이 대검은 사용자인 이 사람이 다룰 때 중심이 딱 맞도록 만들었습니다! 다른 사람은 아주 다루기 힘들죠! 이 사람 혼자만이 중량에 비해 가볍게 쓸 수 있어요! 어떻습니까…!"

하루히로는 솔직히 대단하다고 생각했고, 모구조는 크게 기뻐하고 있다. 시호루도 그렇구나… 하고 납득한 얼굴이었고, 유메는 "후헤에…" 하고, 잘 이해를 못 한 것 같았다. 란타는 료스케한테 자기 무기도 만들어달라고 맡기고 싶어했다.

"핫핫핫. 자, 자. 그전에 우선 요금을 받겠습니다. 저도 장사니까요."

장난스럽게 윙크를 하는 료스케에게 모구조가 "아, 그렇지!"라며 돈을 건네려고 했더니 메리가 말렸다.

"잠깐. 그것 말인데."

료스케는 "…네, 네"라며 단번에 시무룩해졌다. 상당히 메리를 무서워하는 모양이다.

"당당히 기한을 어겨놓고 설마 견적대로 40실버를 받을 생각은 아니겠지?"

"아… 안 될까요?"

"스스로 생각해봐."

"안… 되…겠네요. 역시. 그렇지요… 아니. 그렇지 않을까 하고, 저도 생각했습니다. 하하하… 그럼, 38…."

"뭐?"

"37…."

"잘 안 들리는데."

"30… 실버로."

"괜찮겠지? 당신이 정말로 그걸로 좋다고 한다면."

"…25실버, 부탁합니다."

이렇게 해서 모구조는 데드 스팟의 대검(가칭)을 손에 넣었고, 메리 덕분에 값을 깎는 데도 성공했다. 물론, 그 약간 협박 같은 대담한 흥정은 메리가 모구조를 위해서 연기해준 것이다. 그런 건 알고 있다. 알고 있어도 좀 무서웠지만. 그 정도로 세게 나가지 않으면 효과가 없다. 메리는 애써 리얼한 협박 연기를 한 거라고 생각한다.

모구조가 통 크게 저녁을 쏘기로 해서 다 같이 장인 거리 근처에 있는 노점촌으로 가기로 했다.

"이야! 그런데 역시 메리야! 놈이 쫄아버린 모습은 볼 만했어. 걸작이었다고!"

"란타, 너…."

하루히로가 주의를 주려고 했더니 메리는 약간 웃었다.

"당신보다는 스마트한 교섭이었지?"

"헷. 나는 밀고 밀고 또 밀어붙이는 타입이니까. 스마트함 따위는 애초부터 바라지 않는다고. 결과적으로 올 라이트라고."

보아하니 메리는 이제 그리 마음 쓰지 않는 것 같다. 극복했다는 걸까? 하루히로 일행에게 자기 심정을 털어놓음으로써 마음이 편해진 건지도 모른다. 그런 거라면, 동료로서 기쁘다.

"유메, 나, 생각하는데…."

시호루가 유메에게 속삭인다.

"숙소 건은 아직은 괜찮지 않을까 해. 지금은, 아직은…."

"응… 그러네. 하긴 서두를 필요 없으니까."

설마 메리가 무서워서 그러는 건… 아니겠지?

시호루와 유메는 꽤 작은 목소리로 말하고 있었지만, 란타는 들은 모양이다. 히죽 웃더니 뭔가 중얼거렸다. 아직 제대로 못 봤으니까… 라나, 뭐라나.

"…제대로 못 봤다고?"

"어?"

란타와 눈이 마주쳤다. 아직 못 봤다.

제대로. 뭘? 하루히로가 "아…"라고 목소리를 내자 란타는 급히 고개를 돌려 외면했다.

"너… 추억이라는 둥 서운하다는 둥 그런 게 아니라… 이유는 그거였냐…?"

란타는 갑자기 하루히로와 모구조의 어깨에 팔을 두르더니 "힛힛힛" 하고 천박하게 웃었다.

"즐거움은 계속 이어진다는 거잖아. 끝까지 말하게 하지 말라고. 창피하니까."

"…나는 네가 창피하다."

"그, 그러게…."

달빛 아래 포효하는 나는 늑대

Grimgar of
Fantasy and Ash

Level. Fourteen Plus Plus

지상의 어디에 있는지도 모르는 둔치에서 두 여자가 서로 노려보고 있었다.

높이 솟아오른 태양이 살의를 가득 담고서 만물을 다 태워버리려고 한다.

덥다.

아니, 덥다기보다 뜨겁다.

무자비할 정도로 강렬하고 격렬한 햇빛이 가차 없이 열을 발하는 백사장 위에서 여자들은 맨발이다. 아니, 발뿐만 아니라 두 사람 다 옷을 입지 않았는데, 소위 전라는 아니다.

반라라고 해야 할까? 두 사람은 가슴과 허리에는 거친 천을 두르고 있다. 아니, 정확하게 말하자면, 그것은 천은 아니다. 거친 천이란 실로 성글게 짠 것으로, 여자들의 가슴 천과 허리천은 나무껍질을 쪄서 두드려 얇게 편 부직포다. 짐승 털이나 식물 줄기나 잎을 짜서 만든 직포는 아니니 그것을 천이라고는 부르지는 않는다.

덧붙여 말하자면, 두 사람 다 상당히 머리가 긴데, 한 명은 땋은 머리였고 또 한 명은 머리 좌우로 양 갈래로 묶었다. 그 머리를 묶은 끈도 마찬가지로 나무껍질을 꼬아서 만든 것이다.

여자들은 깊은 곳에서 퍼져 나오는 빛을 담은 눈길로 허리를 굽히고, 무릎을 구부리고, 상체를 앞으로 기울이고 있다. 팔을 흔들기도 하고, 오른쪽이나 왼쪽 손을 불쑥 앞으로 내밀기도 하고, 곧바로 다시 거두기도 하고, 왼발이나 오른발로 중심을 옮기기도 하고, 보아하니 서로가 상대의 반응을 살피고 있는 모양이다.

두 사람 다 땀범벅이다. 햇볕에 탄 그녀들의 살갗에서는 유리구슬 같은 땀방울이 계속해서 맺혔다가는 흘러, 턱과 팔을 타고 떨어져 내리고, 그것은 잠시도 끊어지는 일이 없다.

전조는 없었다. 갑자기 땋은 머리 여자가 양 갈래로 묶은 여자한테 덤벼들었다.

낮은 자세로 덥석 달라붙어 양 갈래 여자를 단숨에 눌러 쓰러뜨리려는 것이 땋은 머리 여자의 노림수다. 모래밭에서는 발이 걸려 다소 움직임이 둔해지기 마련인데, 땋은 머리 여자의 태클은 전광석화 같았다. 귀신과도 같은 태클이었다. 아니, 이미 귀신 태클이었다. 양 갈래 여자는 경악하며 숨을 멈추고 눈을 크게 뜨더니 속수무책으로 귀신 태클을 당하는 수밖에 없었다.

그런가 싶더니, 양 갈래 여자가 잽싸게 몸을 뒤집어 위를 향했을 뿐 아니라 히죽, 거만한 웃음을 지었다. 그것만이 아니다. 일부러 소리 내서 "냐앗"이라고 말했다.

으음, 이거, 위험한 건지도… 라는 생각이, 맹렬하게 돌진하는 땋은 머리 여자의 뇌리를 스친다. 그 머리에 양 갈래 여자가 두 손을 짚었다. 양 갈래 여자는 땋은 머리 여자의 거동을 보고서 공격해올 타이밍을 정확하게 예측하고 있었던 것이다. 덕분에 땋은 머리 여자의 머리를 눌러 마치 뜀틀처럼 취급하는 것도 간단했다.

양 갈래가 폴짝 뛰어넘을 때의 충격 때문에 땋은 머리는 저절로 아득… 이를 악물게 되었고, 반동으로 앞으로 고꾸라졌다. 그것만으로도 땋은 머리 입장에서 보면 당했다는 느낌이 꽤 강하게 드는데, 양 갈래는 욕심쟁이였다. 그것도 쥐… 라는 듯이 양 갈래는 왼쪽 다리를 뒤쪽으로 높이 치켜든다.

양 갈래는 공중에 있고 땋은 머리는 지상에 고꾸라져서 두 사람은 서로 등을 마주하고 있었다.

땋은 머리의 등 쪽으로 양 갈래의 왼발이 달려든다. 그 다섯 개의 발가락은 마치 손가락처럼 쫙 펼치고 있었다. 가위바위보로 말하자면 보다. 아니, 차라리 이상적인 '보'를 구현한 것 같은, 더할 나위 없이 완벽한 보였다.

그중 엄지만이 땋은 머리의 등에 닿았다.

더욱 정확하게 말하자면, 땋은 머리의 오른쪽 어깨뼈와 왼쪽 어깨뼈 사이다. 거기에는 가슴 천의 매듭이 있다. 그 매듭에 양 갈래의 왼발 엄지가 걸리더니, 이어서 검지가 움직였다. 엄지만이 아니라 검지까지. 위험해, 이거. 위험한 패턴이잖여.

땋은 머리는 "머핫"이라는 듯한 해괴한 소리를 내며 반사적으로 몸을 틀었지만, 안타깝게도 이미 늦었다. 무정하면서도 잔혹하게, 가슴 천의 매듭은 양 갈래의 왼발 엄지와 검지에 제대로, 근사하게 붙잡혔다.

"으라차."

양 갈래의 기합 일섬. 선풍처럼 몸을 회전시킨다. 그것만으로도 가슴 천 매듭은 풀리고 말았다.

"꽉…." 작열하는 백사장에 얼굴부터 쑤셔 박은 땋은 머리는, 그 바로 직전에 "…웅, 냐앗" 하고 두 손을 버팀목 삼아 그 희비극적인 결말을 피했다.

하지만 말이야, 하지만, 분하지 않다고 한다면 거짓말이 되거든. 땋은 머리는 뜀틀 취급을 당한데다 가슴까지 노출되었다. 그런데 어째서인지 갑자기 팔굽혀펴기를 하려고 했다. 우오… 어째서냐고,

뭐야? 이거. 분개를 폭발적인 힘으로 바꾸어, 땋은 머리는 "끄으응" 하고 거의 두 팔의 힘으로만 몸을 벌떡 일으켰다.

양 갈래는 히죽… 갑자기 싱글벙글하더니 왼발을 살짝 올려 보여준다.

그 발가락에 매달린 가슴 천이 흔들흔들, 팔랑팔랑… 흔들렸다.

"가슴, 뾰로롱 나와버렸네…유메룡. 푸푸푸푸…."

"끄, 으, 으, 으, 응…."

유메룡, 즉 유메는 햇볕에 탄 얼굴을 검붉게 물들이며 이를 갈았다. 가슴 뾰로롱에 관해서는 이제 와서 창피하고 자시고 할 것도 없고, 별로 상관없다. 웃쌰, 지금이다… 하고 쏟아낸 건곤일척의 필살 태클이 전혀 통하지 않았다는 사실이 오로지 충격이었다. 하지만 말이지, 그래도 말이야, 유메는 고개를 끄덕이고, "…아직이야"라고 중얼거렸다.

후웃. 숨을 내쉰다. 직립해서 상대방을 향해 비스듬히 자세를 잡고 몸의 힘을 뺐다.

"아직 끝난 게 아니니까. 모모 씨. 아직 2대1이잖여?"

"그러네…."

모모 씨, 즉 모모히나는 발가락으로 잡고 있던 가슴 천을 옆으로 대충 내던지고 왼발을 가만히 모래밭에 내려놨다.

"유메룡, 그렇게 나와야지…."

그 서 있는 모습은 빈틈이 없다. 얼마든지 파고들 틈새가 있을 것 같은데도, 막상 공격해보면 나풀나풀, 쏙쏙 피해버린다. 유메의 감각으로는, 모모히나는 미끈미끈하다. 미끈미끈 매끌매끌 뭉글뭉글의 매끈매끈에, 뭉클뭉클이다. 그러면서도 여차하면 딱딱, 단단해진다. 딱, 퍽, 쿠쿵… 작렬하기도 한다.

종횡무진으로 움직이면서 완급을 자유자재로 조절하는 모모히나에게 조금이라도 접근하고 싶다. 그러기 위해서는 어떻게 해야 하나? 유메가 물어보면, 대개 "그건 말이지… 그냥 감으로…"라는 대답이 돌아온다. 말로는 표현할 수 없다, 생각하지 마, 느껴라, 이런 뜻이다. 무리해서 언어화함으로써 중요한 에센스가 빠져나가버리면 의미가 없으므로, 느낀다. 느끼려 한다. 표본은 눈앞에 있다.

유메는 모모히나의 이미지를 떠올린다. 모모히나가 된다. 유메는 모모히나다. 모모 씨.

유메=모모 씨.

발을 내민다. 유메는 백사장을 그저 걸어간다. 맞은편에 모모히나가 있다.

상대로부터 가슴 천과 허리 천 양쪽을 먼저 빼앗는 쪽이 이긴다. 그것이 이 시합의 규칙이다. 하지만 그런 것은 이제 문제가 아니다. 두 발이 모래의 부드러움과 열을 느끼고 있다. 파도 소리가 들린다. 남쪽에서 바람이 부는데, 꽤 길게 자란 머리카락이 나부낄 정도는 아니다.

모모히나는 미소를 띠며 빤히 유메를 응시하고 있다. 유메는 웃고 있지는 않았다. 딱히 웃지도, 울지도 않고 모모히나를 본다. 서로가 보고 있는 것은 분명히 다르지만, 결국은 같은 건지도 모른다.

유메는 모모히나와 이어져 있다. 물리적으로 연결되어 있는 것은 아니지만, 링크되어 있다. 지금이라면 분명 모모히나가 자기 오른뺨을 꼬집으면 유메도 오른뺨이 아프겠지.

두 사람의 거리가 좁혀진다.

슬슬 타이밍이다.

유메가, 그리고 모모히나도, 가볍게 벌린 오른팔을 쓱 내민다. 오른손 손등과 오른손 손등을 맞댔다. 악수 같은 것이다. 그것이 신호였다.

모모히나가 왼손을 내민다. 유메의 오른손이 모모히나의 왼팔을 바깥쪽으로 밀자, 모모히나의 오른손이 유메의 턱에 육박한다. 그것을 유메는 왼손으로 쳐낸다.

모모히나는 왼손 손날을 유메의 목 옆으로 때려 넣으려고 했다. 그 손날을 유메의 왼쪽 팔꿈치가 비스듬히 위로 밀쳐낸다. 모모히나는 오른발로 유메의 왼쪽 무릎을 베는 것처럼 걷어차려 했다. 유메는 곧바로 왼쪽 다리를 뒤로 빼서 모모히나의 오른발을 피했다.

두 사람의 거리는 가깝다. 거의 밀착 상태다. 두 팔과 다리가 얽히는 것처럼 부딪친다. 스친다. 쏠린다. 손가락은 타격의 순간 이외에는 꽉 쥐지 않아도 된다. 손가락 끝을 못처럼 쓸 수도 있다. 움켜쥘 수도 있다. 팔꿈치 가격도 당연히 가능하다. 무릎 차기, 손톱이나 발꿈치로 가격, 발바닥으로 짓밟는 것 등등 방법은 얼마든지 있다. 얼마든지, 무한히 있다. 이렇게 해서, 저렇게 해서, 이렇게 하는 식으로, 일일이 머리로 생각하다가는 대응할 수 없다. 몸은 저절로 움직인다. 그러기 위한 훈련은 쌓아왔다.

유메의 오른손이 모모히나의 왼쪽 어깨를 강하게 밀었다. 왼손으로 가슴 천을 빼앗으려고 했는데 모모히나의 오른손에 가로막혔다.

유메는 방향을 틀어 뒤쪽으로 돌아가려고 했다. 그렇게 두지는 않겠다는 듯이 모모히나가 몸을 반대 방향으로 돌린다.

유메는 오른쪽으로 돌려다가 멈추고 왼쪽으로 전환했다. 그러는 척하다가, 한순간 정지한다.

틈이 생겼다.

유메는 숨을 들이켰다. 실은 거의 호흡을 멈춘 채 계속 움직였다. 특히 숨을 들이쉬는 것은 전혀 할 수 없었다. 그것은 모모히나도 마찬가지다. 유메는 지금, 자발적으로 한숨을 돌렸는데, 모모히나는 그러지 않았다.

유메는 가속한다. 잠시 숨을 돌렸기 때문에 움직일 수 있다. 빠르다. 좀 더 힘차게. 유메는 오른발 돌려차기를 내질렀다. 모모히나는 왼팔과 왼쪽 다리로 쉽사리 막았다. 유메는 오른발을 도로 빼지 않고 그대로 상단 돌려차기, 또 중단, 연속으로 중단, 상단, 중단, 상단에서 하단 돌려차기로 변화시킨다. 유메의 평형감각, 흔들림 없는 단단한 축은 모모히나도 인정하는 것이다. 몸은 유메 쪽이 좀 크고, 손이 닿지 않는 이 거리라면 모모히나에게 부담이 된다.

그래도 모모히나의 방어망을 무너뜨릴 수는 없었다. 돌려차기에, 앞차기, 뒤차기, 옆차기를 섞어서 내질러도, 그 다양한 변화구도, 연속 기술도 전부 통하지 않는다. 날아차기는 빈틈이 너무 커진다. 무릎차기는 모모히나에게 유리한 사정거리 안으로 뛰어드니 좋지 않다.

오로지 공격할 수 있으면 한다. 점점 쓸 수 있는 방법이 없어진다. 마치 자기 선택지를 하나하나 버리기 위해 공격하는 것 같다.

공격하면 할수록, 공격하는 유메 쪽이 되레 몰린다. 강하다.

새삼 감탄하지 않을 수가 없다. 모모히나는 원래부터 강했지만, 이 섬에서 유메의 수행을 함께 해주는 동안에 한층 더 강해졌다. 모모히나는 유메보다 훨씬 앞서서 달리고 있다. 유메가 전력으로 쫓아가도 모모히나의 뒷모습은 멀어져가기만 했다.

"이얍!"

유메는 몸을 뒤로 젖히는 반동으로 오른발을 힘껏 차올렸다. 모모히나가 반사적으로 몸을 뒤로 틀지 않았다면, 유메의 발끝이 모모히나의 턱에 명중했을 것이다.

피할 거라고 생각했다. 그것은 고려했었고, 유메는 몸을 젖힌 것뿐이 아니라 후방 공중제비를 돌았다.

사냥꾼의 헌팅 나이프술에 이즈나 턴이라는 스킬이 있다. 유메는 그것을 썼다. 한 번이 아니다. 두 번 연속으로 이즈나 턴을 해서 모모히나에게서 떨어졌다.

이제야 숨을 쉴 수 있다. 그런데도 숨이 잘 빨아들여지지 않는다. 목이, 폐가 타는 것처럼 아프다. 심장이 쿵쾅쿵쾅 날뛰고 있다. 땀의 양이 엄청나다.

"제법 하게 되었네, 유메륭."

모모히나도 땀을 흘리고 있다. 하지만 유메처럼 자기 땀에 빠져 죽을 것 같은 꼴은 아니었다. 이렇게 더운데 서늘한 얼굴을 하고 있다.

"처음 섬에 왔을 때에는 존…혀 상대도 안 되었었는데… 아우. 존혀가 아니지. 전혀인가?"

모모히나는 허리에 손을 대고 우히히힛 웃는다. 여유만만이다.

애초에 모모히나는 아등바등하지 않는다. 언제나 대범하고, 자유롭다.

모모히나와 같이 있으면 여기가 완전히 외딴섬이라는 사실을 잊어버릴 것 같다. 모모히나가 있으니까 유메는 이 섬에서 제정신을 유지할 수 있다. 모모히나가 없었다면 강해질 수도 없었다. 모모히나는 유메를 이끌어주고 단련시켜준다. 약한 자신에게 만족하지 못한다면 강해지면 된다. 더 강해질 수 있다. 그렇게 믿게 해준다.

유메는 등줄기를 자연히 쭉 뻗고, 두 발을 어깨너비 정도로 벌리고, 두 팔을 축 늘어뜨렸다.

"동물권… 곰."

"그럼… 나는."

모모히나는 왼발을 앞에, 오른발을 뒤에 두었다. 두 발의 폭은 주먹 두 개가 들어갈 정도. 무릎을 굽히고 중심을 낮춘다. 상체를 기울이고, 등을 구부리고, 모래밭에 두 손을 밀어붙였다.

"동물권… 개."

모모히나의 머리가 쭈뼛쭈뼛 곤두선다. 목구멍 깊숙이에서, 크르르 하는 소리가 흘러나오기 시작했다.

유메는 포효한다. 고오오오오오오옷. 이제 완전히 곰이다.

개가 곰한테 덤벼든다. 곰은 개가 달라붙지 못하도록 맹렬하게 두 팔을 휘두른다. 개는 펄쩍펄쩍 뛰어 곰의 팔을 피하며 목덜미를 물어뜯으려고 노리고 있다.

곰과 개가 엎치락뒤치락한다. 개가 위에 올라타고, 다시 밑에 깔리고, 곰이 위에 올라가고, 밑에 깔린다.

둘이 떨어지더니, 개가 달려가고 곰이 쫓아간다. 개가 반격하려 들면 곰이 도망간다. 이윽고 곰이 역습으로 전환하자 개는 거리를 두려고 했다.

"동물권… 뱀!"

곰이 두 팔을 뱀처럼 꿈틀거린다. 팔만이 아니다. 곰이 아니라 유메의 온몸이 뱀으로 변한 것 같다. 뱀 머리 같은 두 팔이 개를 덮친다.

　"동물권… 다람쥐!"

　그러자마자 개가, 아니, 모모히나가 다람쥐로 변한다. 다람쥐는 몸이 가볍고 민첩해서 바람개비가 굴러가는 듯한 몸놀림으로 뱀의 습격을 번번이 피해버린다.

　"그렇다면, 동물권… 전갈!"

　"이쪽은…동물권… 개구리!"

　"동물권… 벌!"

　"동물권… 나비!"

　"나비?!"

　"잘못 말했다! 해파리!"

　"해파리?!"

　"그게 아니라, 문어!"

　"하마!"

　"코뿔소!"

　"잉꼬!"

　"잉?! 코끼리!"

　"아, 악어!"

　"달걀!"

　"달걀?!"

　"그럼, 동물권, 고양이!"

　"그럼, 파리!"

　"오엥?"

"에잇!"

"이얍!"

"아쵸오…!"

머릿속에서 생각이 하나하나 떨어져 나간다. 쓸데없는 생각을 할 여유가 없다. 물론 몸도 지쳤다. 극한의 피로라고 해도 될 것이다. 그래도 완전히 멈춰버리는 일은 없다. 가까스로 모모히나의 공격을 막아내고 필사적으로 피하는 동안에 문득 힘이 되돌아온다. 그러면 곧바로 반격한다. 밀어붙일 수 있을 때 밀어붙이지 않으면 일방적으로 당하기만 하게 된다.

싸움에는 흐름이 있다. 그 흐름을 읽는다. 흐름을 타는 것이다. 사실은 제대로 타고 싶다. 하지만, 유메에게는 아직 무리다. 모모히나를 상대로 유메가 흐름을 만들어낼 수는 없다.

아무튼, 이 흐름을 타고 조금이라도 자기 쪽으로 끌어당긴다. 간단한 일은 아니다. 모모히나는 어떤 때에도 유메를 냉정하게 관찰하고 있다. 눈으로 보고, 귀로 듣고, 냄새를 맡고, 공기의 움직임을 느낀다. 대치하는 자를 전체적으로, 그러면서도 자잘하게, 단편적으로가 아니라 연속적으로, 꼼꼼하게, 전부 감싸버리듯이 이해하고 있다.

모모히나와 수행에 집중하는 동안에 유메도 그 방법의 실마리 정도는 파악해가고 있었다. 덕분에 이렇게 흐름을 탈 수가 있게 되었다.

언제부터인가 날이 저물어가고 있었다.

셀 수 없는 공방전 끝에, 유메의 왼발 엄지발가락이 모모히나의 가슴 천 매듭에 걸렸다.

유메는 왼발의 엄지와 검지로 재주 좋게 가슴 천 매듭을 풀었다.
동시에 모모히나는 왼손으로 유메의 허리 천을 낚아챘다.

상대에게서 가슴 천, 허리 천 양쪽을 먼저 빼앗은 쪽이 승리한다.

"쿠힛. 내가 이겼네!"

"응냐! 져버렸다!"

낙조가 물가를 오렌지빛으로 불태우고 있다. 시시각각 판도를 넓히는 음영에 저항할 방법은 없다. 침략당한 세계는 순순히 밤의 옷을 걸치겠지.

두 사람은 백사장 위에 큰 대자로 누웠다.

유메는 알몸이다. 모모히나도 허리 천으로 하복부만 가리고 있다. 그게 무슨 상관이람. 이 섬에는 어차피 그들밖에 없다. 두 사람이 표류해올 때까지 여기는 완전한 무인도였다.

"오늘도 왕창 훈련했네… 유메륭, 참 잘했어요…."

"아직 멀었어. 아무리 해도 이길 수 있을 것 같지가 않은걸."

"글쎄…? 그건 모르는 거야… 의외로 탱글 따라잡을지도."

"음… 탱글?"

"유메륭, 궁디 탱글탱글이니까…."

"궁디란 건 엉덩이 말이야?"

"맞아… 궁디, 궁디, 궁딩딩이."

"엉덩이는 모모 씨도 탱글탱글이잖아."

"아니… 유메륭의 궁디에는 못 당합니다요…."

"혹시나 유메를 칭찬하는 거야?"

"칭찬하는 거야. 칭찬해. 궁디는 탱글탱글 탱탱이 제일이니까."

"그런가." 유메가 말한 직후, 꼬르르르르르르륵, 제법 큰 소리가 났다.

유메는 배를 문질렀다. 꼬르르르르르르르륵. 이번에는 더욱 큰 볼륨이었다.

"…우오. 배고픈가벼."

"영차!"

모모히나는 별로 반동도 이용하지 않고 벌떡 일어났다. 그토록 훈련하고 아직도 경쾌하게 움직인다.

대단해, 아니, 일종의 괴물이다.

유메는 꾸물꾸물 몸을 일으켰다. 사실은 재빨리 일어나고 싶었지만, 몸이 나른하고 아픈 곳도 있다. 아직 멀었잖아. 하지만, 처음 섬에 왔을 무렵의 유메였다면 그대로 뻗어서 꼼짝도 할 수 없었을 것이다.

"먹을 거, 찾으러 갈까!"

황혼 무렵까지 훈련한 뒤에 태연히 숲으로 들어가는 모모히나를 힘겹게나마 쫓아갈 수 있게 되었다.

유메는 착실하게 발전하고 있다.

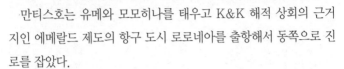

만티스호는 유메와 모모히나를 태우고 K&K 해적 상회의 근거지인 에메랄드 제도의 항구 도시 로로네아를 출항해서 동쪽으로 진로를 잡았다.

어림잡아 말하자면, 벽해(碧海), 혹은 청대양(靑大洋)이라 불리는 바다를 동쪽으로, 동쪽으로 항해해서 산호 열도를 경유해서 더욱 동쪽으로 쭉 가면, 붉은 대륙의 서쪽 기슭이 보인다.

붉은 대륙에는 유미인(有尾人), 장완인(長腕人), 고이인(高耳人), 삼안인(三眼人), 다목인(多目人), 철두인(鐵頭人), 전모인(全毛人), 극기인(棘肌人), 우골인(羽骨人), 무영인(無影人), 구형인(球形人) 등이 사는 많은 나라가 있고, 많은 왕이 있다. 에메랄드 제도에서 산호 열도까지가 일단 멀다. 거기서부터 붉은 대륙까지는 더욱 멀지만, 200년인가 전에 아라바키아 왕국의 선단이 산호 열도를 발견했을 때에는 이미 거기에는 사람이 살았으며 항구가 있었다. 붉은 대륙의 다목인들이 먼저 산호 열도에 도달했다.

사람들이 그림갈이라고 부르는 이 세계에 거대한 육지는 단 하나밖에 없다. 과거에는 당연한 것처럼 그렇게 생각했었다. 큰 착각이었다.

붉은 대륙의 존재를 아는 자들은 벽해 이쪽 편에 있는 대륙을 그림갈이라고 부르게 되었다. 그림갈과 붉은 대륙의 역사는 산호 열도를 중계점으로 해서 연결되기 시작했다. 멸망 전의 아라바키아 왕국과 이슈마르 왕국은 붉은 대륙의 여러 나라와 국교를 체결하고 무역을 했었다.

붉은 대륙은 전설도, 공상도, 꿈이나 환상도 아니다.

그렇기는 해도, 붉은 대륙은 역시 멀고 외해는 경이로움과 위험으로 가득하다. 피난할 장소가 없는 바다 위에서는 흔한 폭풍우조차 때로는 치명적이다. 재능과 경험이 풍부한 선장과 항해사, 그 외의 선원들이 없으면, 붉은 대륙은 고사하고 산호 열도에도 도달할 수 없다. 몇 번이나 붉은 대륙으로 건너갔던 적이 있는 배라도, 가라앉을 때에는 쉽사리 가라앉아버린다.

안전을 보장할 수 없다는 것은 유메도 들어서 알고 있었다. 하지만 정말로 어떻게 되어도 할 수 없다고 각오를 했던 것일까? 실제로 그렇게까지 깊이 생각하지는 않았었는지도 모른다. 모모히나 역시, 선장 긴지 이하 만티스호의 선원들도 지금까지 몇 번이나 그렇게 해왔던 것처럼, 여느 때처럼 항해를 나간다는 분위기였고, 특별한 각오를 하는 듯한 기색은 조금도 없었다. 유메는 오히려 설렜다. 아무래도 뭔가 좋지 않은 일이 일어날 것 같다… 그런 예감은 일절 없었다.

"그로부터 2년 반이네…."

유메는 장작불을 지피는 데 사용하던 나뭇가지로 모래 위에 소용돌이 모양 같은 것을 그렸다. 숫자를 쓸 생각이었는데, 어째서인지 소용돌이 모양이 되어버렸다.

한밤중까지 사냥해서 잡은 검은 날다람쥐, 큰눈 너구리, 보조(步鳥) 용을 백사장으로 가져와 유메가 손질하는 동안에 모모히나는 불을 지폈다. 검은 날다람쥐와 큰눈 너구리는 구워서 먹을 수 있는 부분은 이미 먹어버렸다. 보조 용은 밑준비만 해뒀는데, 두 사람 다 거의 배가 꽉 찼으니 남겨둬도 괜찮겠지.

모모히나는 모래 위에 드러누웠다. 한동안 말이 없는 걸로 보아 벌써 잠들었나 하고 쳐다보니 눈을 뜨고 있었다.

유메는 나뭇가지로 소용돌이 모양을 더욱 발전시켰다.

"2년 반인가? 유메, 혹시 잘못 센 거 아닐까? 처음 무렵에는 제대로 세지 않았으니까."

"대충 그 정도일걸." 모모히나가 멍하니 대답했다.

만티스호는 산호 열도를 향하는 도중에 큰 폭풍을 만났다. 바다에 관한 건 유메는 잘 모르지만, 그 시기에는 거의 발생하지 않는, 태풍인지 사이클론인지 허리케인인지와 운 나쁘게 맞닥뜨리고 만 모양이다. 되돌아간다 해도 도망칠 수 있을 만한 것이 아니므로, 그 폭풍이 지나갈 때까지 어떻게든 견디는 수밖에 없었다. 만티스호 안은 그때를 대비한 준비에 정신이 없었다. 짐을 이동하기도 하고 고정하기도 하는 등 유메도 거들 수 있는 일은 뭐든지 했다. 바쁘게 움직이지 않으면 불안해서 견딜 수가 없었다.

"그 폭풍 말이야. 왠지 어제 일 같거든."

"나는 벌써 잊어버렸어…."

후웃, 후웃, 후웃, 이상하게 웃는 모모히나와 달리 유메는 잊을 수 없을 것 같다. 바람이 점점 세졌고, 빗줄기는 망치로 때리는 것 같고, 만티스호는 마구 흔들렸다. 아니, 흔들린다기보다 뒤집혀서 회전하는 것 같았다.

그 당시에 갑판 위에는 최소한의 선원밖에 나와 있지 않았다. 유메는 물론 배 안에 있었다. 그런데도 바닥은 침수된 상태였다. 여기 저기에서 물이 솟아오르고 유메도 흠뻑 젖었다. 여기가 부서졌다거나, 저쪽도 마찬가지라거나, 큰일 났다거나, 위험하다는 등의 고함

소리가 여기저기서 터져 나왔고, 도저히 평정을 유지할 수 없었고, 가만히 있으면 울어버릴 것 같아서, 뭔가 하고 싶다, 부탁이니까 뭔가 시켜줘… 라고 주위의 누군가에게 호소했던 기억이 있다. 누구한테 말했는지까지는 기억나지 않는다. 유메는 지시에 따라 선창으로 달려가기도 하고, 넘어져 머리를 부딪치기도 하고, 널빤지를 들고 옮기기도 했다. 배의 벽에 널빤지를 못으로 박아 누르고 있기도 했다. 틀렸다, 틀렸어… 이런, 절규에 가까운 큰 소리를 들었다. 이대로 있으면 가라앉아버려. 누군가가 분명히 말했다. 선원 대부분은 침몰을 피하려고 오로지 열심히 일하고 있었지만, 때려치워, 포기야, 이미 늦었어… 라고 자포자기하는 선원의 모습도 눈에 띄었다. 술을 처마시다 동료한테서 얻어맞는 선원도 있었다. 그 선원은, 꺼져, 인생 최후다, 안 마시고 어떻게 버텨? 라고 소리치기도 했고, 술병을 도로 빼앗으려고 날뛰었다.

유메는 왜 갑판으로 나갔던 건가? 잘 모르겠다. 돛대가 부러질 것 같다거나, 뭔가를 어떻게 해야 한다거나, 아무튼 일손이 필요하다거나 해서, 몇몇 선원이 갑판으로 가고 있었다. 유메가 그들을 따라가야 할 이유는 없었을 것이다. 안 그래도 무서운 꼴을 당하고 있는데, 더욱 엄청나게 지독한 상황이었을 갑판으로 뛰쳐나가려고 했던 자기 심정을 스스로도 전혀 설명할 수 없다.

단지, 지금 와서 생각해보면, 순순히 물고기 밥이 되는 것을 기다릴 기분이 아니었다고나 할까, 가능하다면 자기 힘으로 어떻게든 해보고 싶었던 것이리라. 요컨대 유메는 죽고 싶지 않았다. 발악한 것이다.

도중에 모모히나가 말린 모양인데, 그때에는 깨닫지 못했다. 갑판으로 나가자마자 옆에서 후려치는 듯한 폭우가 두두두두둣 소리를 내며 덮쳐왔다. 어쩌면 만티스호가 마침 기울어서 그때 옆으로 파도가 밀어닥친 것인지도 모른다. 먼저 갑판으로 나갔던 선원들은 어떻게 되었을까? 짐작도 할 수 없다. 유메는 어찌할 도리 없이 그 빗물인지 파도인지에 휩쓸렸다. 정신이 들어보니 바다 속이었고, 모모히나에게 안겨 있었다. 모모히나는 가지 말라고 유메를 말렸지만, 유메에게는 들리지 않는 것 같아서 쫓아왔다고 한다. 그리고 같이 바다에 휩쓸렸다.

"모모 씨가 없었으면 말이지, 유메, 분명히 금방 빠져 죽었을 거야. 그렇지?"

대답이 없다. 대신에, 새근… 새근… 숨소리가 들린다. 모모히나는 눈을 감고 있다. 숙면에 들어간 것 같다.

유메는 후훗 웃고는 나뭇가지를 모래밭에 놓고 누웠다.

칠흑의 하늘에 깨알처럼 흩뿌려진 별들이 눈부실 정도로 뚜렷하게 보인다. 이 섬에서 올려다보는 별은 먹을 수 있을 것 같다고 유메는 종종 생각한다. 저 커다란 노르스름한 별은 단맛이라거나, 그 옆의 파르스름한 별은 약간 시다거나, 분명 각각 조금씩 다른 맛이 날 것이다.

별을 한 알 입에 넣는 것을 상상하고, 그게 어떤 맛인지 생각하다가 유메는 잠이 들었다. 언제 잠든 건지조차 기억나지 않는다.

눈을 떠보니 벌써 꽤 밝았다. 이른 아침이라고는 할 수 없겠지. 완전한 아침이다. 장작불은 꺼졌다.

유메는 몸을 일으켰다. 모모히나는 물가에서 두 팔을 돌리기도 하고 무릎을 굽혔다 폈다 하면서, 준비 운동 같은 것을 하고 있다.

"모모 씨, 좋은 아침."

"응… 좋은 아침…."

모모히나는 몸을 움직이면서 유메를 보고 웃었다.

유메도 웃었다.

언제 잠들고 언제 일어나고, 일어나면 무엇을 하고, 그런 규칙은 없다. 지금이 몇 시인지도 모르고 날씨도 변덕스러워서, 먹을 것을 구할 수 있을 때도 있고, 좀처럼 찾지 못할 때도 있다. 빈틈없이 예정을 세운다고 해도, 예정대로 일이 진행되는 쪽이 드물다. 수행이 시작되면 집중해서 제대로 해내지만, 그것 이외에는 기본적으로 느긋하다. 아니, 수행도 날씨가 너무 안 좋으면 중단하고, 놓치기 아까운 사냥감을 발견하면 사냥으로 전환한다.

이 섬 주위에는 물론 바다가 펼쳐져 있다. 짙푸른 바다가 아득히 멀리까지, 어디까지고, 수평선 저편까지 이어져 있어서 끝이 없는 것 같다.

섬의 해안선을 한 바퀴 돌면 60킬로미터 정도 걷는 게 된다. 섬은 하트 모양에 가까운 형태이며, 모모히나와 둘이서 필사적으로 면적을 계산해봤더니 70제곱킬로미터 정도일 거라는 결론에 도달했다.

섬의 동쪽에는 활동 중인 화산이 있는데, 산꼭대기 부근의 분화구에서는 때때로 가느다란 연기가 피어올랐다.

서부는 대부분 평지다.

작은 강을 제외하고는 섬에는 지류도 포함해서 여섯 개의 강이 흐른다. 대부분은 울창한 삼림으로 해변은 바위가 많은 바닷가나 절벽이 많다. 남쪽 중앙 내륙으로 움푹 들어간 부분의 서쪽 기슭은 백사장이라 두 사람은 이곳을 생활의 거점으로 삼았다.

그 무시무시한 폭풍에 휩쓸리면서도 운 좋게 발견한 나뭇조각을 붙잡고 간신히 살아남은 두 사람은, 사흘 밤낮을, 아니, 닷새인가? 엿새였는지도 몰라, 아무튼 오랫동안 표류한 끝에 이 절해의 고도로 밀려왔다. 분명 이것은 그런대로 기적이다. 그런대로… 가 아니라, 상당한 기적이라고 할 수 있지 않을까?

유메는 죽고 싶지 않아서 갑판으로 나갔고, 어리석게도 그 때문에 죽을 뻔했다가, 구사일생으로 살아나 지금도 섬 생활을 즐기고 있다.

즐거운 일만 있는 건 아니지만 힘든 일, 슬픈 일, 외로움, 그 전부를 받아들이고 그런대로 매일을 즐기고 있는 것 아닐까 생각한다.

세상에는 어떻게도 할 수 없는 일이 적지 않게 있다. 한탄해도, 울화통을 터뜨려도 어떻게도 안 될 때에는 안 된다. 그런 것이다.

알고 있어도, 특히 오늘 아침처럼 맑고 아주 멀리까지 보이는 날은 바다 저 너머를 바라보게 되고 만다. 이 또한 어쩔 수도 없는 일이다. 맛있는 것을 먹으면 저절로 얼굴이 환해지는 것처럼, 헤어진 친구들을 떠올리면 눈물이 치미는 것처럼, 막을 수가 없다. 막을 필요도 없는 것이다. 실망하고 싶지 않으면 아무런 기대도 하지 않는 편이 좋다. 바다 저편을 상상해버리게 되니까, 먼바다에 눈길을 주지 않는 편이 좋다. 그렇게 생각하면서도 역시 또 기대해버리고, 나도 모르게 먼바다를 보게 된다.

"앗…."

유메는 눈을 깜빡였다.

일어서서 기슭 쪽으로 걸어간다. 유메는 자기 발밑을 일절 보지 않았다. 바다만 보고 있었다.

"후오?" 모모히나의 목소리가 들렸다.

파도가 밀려온다. 유메는 아랑곳하지 않고 걸음을 옮겼다. 바다는 금방 무릎 정도 깊이가 되었다.

유메는 두 눈을 가늘게 떴다.

시력만은 모모히나보다 못하지 않다.

뭔가 보인다. 점 같은 것이다. 바다에 뭔가가 떠 있는 건가? 형태까지는 모르겠다. 그래서, 뭔가, 이렇게밖에 말할 수 없다. 처음에는 기분 탓이라고 생각했다. 바다 위에서, 그리고 이 섬에 표류해 오고 나서도 한동안 환각을 보았고 환청을 들었다. 하지만 최근에는 좀처럼 없었다. 그건 아니다. 환상은 아닌 것 같다.

"있잖아, 모모 씨."

"뭔데? 유메룽룽."

"유메 있지, 저 멀리 뭔가 있는 것처럼 보이는데, 저거, 뭘까?"

모모히나는 첨벙거리며 유메 옆까지 걸어와, 우…웅… 신음했다.

"쬐그마니까… 나는 잘 모르겠는데. 하지만, 뭔가 보이네…."

"보이지?"

"커다란 나무인가…?"

모모히나는 그렇게 말하고 나서 아하하 웃었다. 왠지 일부러 그러는 것 같다, 얼버무리려는 듯한. 모모히나에게는 어울리지 않는 웃음이었다. 모모히나 본인도 그것을 깨닫고 있어서 약간 부끄러워하는 것 같기도 했다.

"아마도…… 아마도 말인데. 유메는, 저건 나무가 아니라고 생각해."

"그럼 뭔데? 유메룡."

"ㅂ."

말하려다가 유메는 목을 눌렀다. 갑자기 목소리가 나오지 않았던 것이다. 웃, 웃, 숨을 내쉴 수는 있지만, 음성을 낼 수가 없다. 도대체 이것은 어떻게 된 일일까?

"왜 그래…?"

모모히나가 등을 문질러주었다. 유메는 대답할 수 없었다. 우… 우… 신음하면서 바다 위의 물체를 응시한다. 유메는 저것을 뭐라고 생각한 것일까? ㅂ, ㅂ…ㅂ? 그것을 가리키는 말이 도저히 머리에 떠오르지 않는다.

혹은, 그것이랄까, 저거, 바로 그거 아닌가 생각하는 것이다.

저건 아마도, 그거다.

모모히나는 손바닥으로 유메의 등뼈를 쓱쓱 문지르는 것처럼 쓰다듬어주면서 툭 던지듯 중얼거렸다.

"배인가…?"

"그거!"

"우오옷?!"

"그거, 그거야, 배! 배야! 저건 있지, 아마도 말인데, 배 아닐까, 유메는 생각하거든!"

둑이 터진 것처럼 말을 쏟아내는 동안에, 전에, 이것과 똑같은 꿈을 꾸었던 것 같다. 야호, 배다, 배가 왔다, 다행이다, 이제 돌아갈 수 있다고 크게 기뻐했는데, 눈이 번쩍 뜨여서, 아아, 아니네, 현실이 아니었어, 꿈을 꾼 거구나. 깨닫고는 낙담한다.

"잠깐, 잠깐, 유메룽, 침침해! 그게 아니라, 침착해!"

"응, 응, 그러네, 침착해야지, 흥분하면 정신을 못 차리게 되어버리니까. 침침, 침침…그게 아니었지, 침착…."

"전혀 침착하지 못하잖아… 일단 헤엄쳐볼까…?"

"왜애?"

"후힛. 헤엄 안 칠래?"

"헤엄 안 칠래. 지금은 별로 헤엄치고 싶지 않아."

"배일까…?"

"아직 안 보이니까, 정확히는…."

유메와 모모히나는 일단 기다리기로 했다. 초조한 시간이었다.

태양이 서서히 높아지고, 더워졌다. 두 사람은 누가 먼저랄 것도 없이 먼바다 방향으로 걸음을 옮겼다. 바다 위의 물체는 과연 다가오고 있는 걸까? 저것보다 작아지면 금방 보이지 않게 되겠지. 그렇다고 해서 커지지도 않는다. 혹시 멈춰 있는 건가?

슬슬 서 있을 수 없는 깊이가 되었다. 모모히나는 헤엄치기 시작했다.

"모모 씨, 저기까지 가려고?"

"안 가… 아무래도 그건 무리, 무리야… 좀 헤엄치는 것뿐… 심심하니까…."

유메도 헤엄칠까 하고 한순간 생각했으나, 그럴 기분이 들지 않았다.

설령 저 물체가 배라고 해도, 섬에 상륙하지 않고 가버릴지도 모른다. 그렇게 되면 이제 배는 두 번 다시 오지 않는 것 아닐까? 저 배는 최후의 희망이다. 유메는 무슨 근거가 있어서 그렇게 생각하는 것은 아니다. 애초에 저게 배인지 아닌지도 아직 확실치 않다.

아무래도 하얀 돛을 단 배처럼 보이지만, 그것에 가까운 형태를 한 뭔가 다른 것인지도 몰라.

만티스호는 결국 어떻게 되었을까? 그 일에 관해서도 유메는 한참 생각했다. 난파해서 침몰했다는 것이 최악의 상상이었고, 그럴 가능성은 작지는 않겠지. 정말로 엄청난 폭풍이었고 유메가 바다에 빠졌을 때에는 이미 만티스호는 손상을 입은 상태였다. 어떻게 생각하는지 모모히나에게 물어본 적도 있다. 몰라… 라는 것이 대답이었다. 나는 바다 여자가 아니니까…라고. 선장이지만, 선장 일은 아무것도 안 했으니까… 안 했던 거야…?

그런 모모히나는, 유메와 마찬가지로 정신이 들고 보니 그림갈에 있었다. 키사라기라는 남자와 이치카라는 여자가 함께였고, 역시 유메 일행과 마찬가지로 세 사람 다 자기 이름 말고는 아무것도 기억하지 못했다.

모모히나에게는 키사라기와 이치카가 있고, 유메에게도 동료가 있다. 왜 모두와 헤어진 거지? 그 일도 유메는 한참 생각했다. 만약 시간을 되돌려 다시 시작할 수 있다면, 유메는 어떻게 할까? 얌전히 하루히로네와 같은 배를 타고 자유 도시 베레로 가지 않을까?

배는 좀처럼 다가오지 않는다. 배처럼 보일 뿐이지 틀림없이 배라고 단언할 수는 없는데도 유메는 이미 믿기 시작했다. 분명 저것은 배다.

결국, 믿고 싶다는 뜻이다. 이 섬에서의 생활을 통해 유메는 터득했다. 아마 유메만이 아니겠지. 대부분의 사람은, 믿을 수 있는 것을 믿는 것이 아니라 믿고 싶은 것을 믿는다.

유메는 어떤 시기에는 반드시 누가 구하러 올 것이라고 믿었다.

또 어떤 시기에는, 구하러 올 리가 없어, 죽을 때까지 이 섬에 있는 수밖에 없다고 믿었다.

어느 쪽도 명확한 이유는 없다.

구하러 온다고 믿지 않으면 도저히 견딜 수 없을 때에는 구하러 올 거라고 믿었다. 차라리 도움은 오지 않는다고 생각하는 게 편할 때에는 그렇게 믿었다.

지금, 분명한 형태를 알 수 없는 거리인데도 바다 위의 물체가 배로 보이는 것은, 저것이 배라고 믿고 싶기 때문이다. 유메는 자기가 보고 싶은 것을 보는 것이다.

유메도 모모히나처럼 헤엄치기로 했다. 가능한 한 천천히 개구리 헤엄으로 헤엄치고 있노라니, 저것은 배다, 마침내 구하러 온 것이다… 라는 생각과, 배일 리가 없어, 구원은 오지 않아… 라는 생각이 머릿속에서 빙글빙글 돈다.

더 강해지고 싶다고 유메는 생각한다. 하지만 그것은, 근력이나 체력을 더 기르거나, 기술을 향상시키거나, 새로운 특기를 익히거나 해서 전투 능력을 끌어올리고 싶다는 뜻은 아니다. 그것도 중요하기는 하지만, 그것만으로는 참된 의미로 강해질 수 없다.

그때그때 이쪽으로 기울기도 하고 저쪽으로 기울기도 하는 게 아닌, 흔들리지 않는 내가 되고 싶다.

혹은 이리저리 흔들려도 금방 되돌아올 수 있는, 아무리 격렬하게 흔들어도 마냥 흔들리지는 않는 나… 라고나 할까.

"모모 씨."

"왜?"

"…모모 씨."

"그…러…니…까… 뭐냐고…?"

"배야."

"후오옹…?"

"저건 있지, 분명히, 배야."

유메는 개구리헤엄을 멈추고 선헤엄을 치기 시작했다.

하얀 돛도, 선체도, 돛대까지 똑똑히 확인할 수 있었다.

"배야. 돌아갈 수 있어. 돌아갈 수 있어…."

3. 바하와 로즈

배는 먼바다에서 닻을 내리고 작은 나룻배를 띄웠다. 그 나룻배
에는 다섯 명이 타고 있는데, 놀랍게도 모두 눈이 세 개씩 있었다.
붉은 대륙의 삼안인(三眼人)이다.

삼안인은 이마에 제3의 눈이 있다는 점을 제외하면, 외모는 유메
나 모모히나 같은 인간과 별로 다르지 않았다. 머리카락은 붉은 갈
색으로 꼬불꼬불했고, 피부는 햇볕에 그을려서 그런지 적동색이고,
보아하니 다섯 명 모두 남자인 모양이다.

유메와 모모히나는 백사장으로 올라와 삼안인들의 상륙을 기다
리고 있었는데, 그들은 나룻배에서 뛰어내리자마자, 아갸 아갸…
외치면서 번쩍이는 칼을 휘두르며 덤벼들었다. 유메는 약간 놀랐지
만, 모모히나는 오히려 재미있어했다.

"데름 헬 엔! 바르크! 젤 아르부! 블래스트(폭발) 쾅!"

모모히나가 갑자기 쏟아낸 블래스트 마법은 삼안인들을 다치게
하지 않았다. 바닷물과 그 밑의 모래를 휙 휘감아 올린 것이다.

물론, 일부러 그런 것이다. 모모히나는 여간해선 마법을 쓰지 않
는다. 초육체파 마법사 모모히나는, 때때로 폭력적인 수단을 취하
는 경우도 있긴 하지만, 기본적으로는 평화를 사랑하는 자유의 전
사다. 아니, 그보다는 현실적인 문제. 모모히나와 유메는 저 배를
타지 않으면 섬에서 나갈 수 없기 때문에, 상대방이 덤벼든다고 해
서 선원들을 해치워버릴 수는 없었다.

"유메룽! 바로 제압한닷…! 이얍…!"

"옛썰!"

두 사람은 완전히 우왕좌왕하는 삼안인들로부터 쓱싹 무기를 빼앗고 펀치와 킥을 다소 날려 저항할 의욕을 상실시킨 뒤에 대화하려고 했지만, 말이 통하지 않았다.

"우갸가구갸고즈갸즈갸."

"…있잖아, 모모 씨, 이거 말이야, 뭐라고 하는지 알아?"

"전…혀! 전전전혀혀혀 모르겠는데!"

말이 통하지 않으니 어떻게도 대처하기 힘들다. 어쩔 수 없다고 포기할 수는 없다. 손짓 발짓을 섞어서 의사소통을 꾀한 결과, 유메와 모모히나가 무인도에 표류해서 구조를 기다리고 있다는 것만은 간신히 전달된 것 같았다. 덧붙여, 배를 태워주길 바란다, 붉은 대륙이든 산호 열도든 어디든 좋으니 어딘가로 데려가 줬으면 한다…는 희망도 전달되지 않았을까? 그렇게 생각하고 싶다.

삼안인 다섯 명 중 두 명을 섬에 남겨두고, 그들 대신에 모모히나와 유메, 그리고 나머지 세 명이 나룻배를 타고 모선으로 갔다. 그 나룻배는 좁게 앉으면 일곱 명이 못 탈 것도 없었지만, 어찌 된 일인지 그렇게 되었다.

"모모 씨. 저 두 사람, 왜 섬에 남은 걸까?"

"음… 왜일까…? 오토모나리유키인가…?"

"그게 누군데?"

"나도 몰라. 우하하핫."

그들은 모모히나와 유메를 순순히 모선에 태워주었다. 배에는 삼안인 말고도 곤충의 복안 같은 눈이 얼굴 반 이상을 차지하는 다목인(多目人), 손이 바닥에 닿을 정도로 길고 두꺼운 팔을 가진 장완인(長腕人), 걸어 다니는 성게 같은 모습의 극기인(棘肌人) 등도 있었는데, 선장은 토끼 같은 귀를 가진 고이인(高耳人)인 모양이다.

그 선장은 토끼 귀 주제에 맹견을 연상시키는 얼굴이었다. 그러면서도 고압적인 인상도 아니다. 왠지 말이 통할 것 같은 분위기였으나, 역시 말은 전혀 알아들을 수 없었다. 말이 통하지 않으면 않는 대로 어떻게든 소통을 하려 노력하는 동안에 점점 험악한 분위기가 되었고, 마침내 선장이 화를 내기 시작했고, 싸우고 싶지 않아도 싸울 수밖에 없는 안타까운 흐름에 돌입해버렸다.

"이렇게 되면 어쩔 수 없지. 가자… 유메룽룽!"

"옛썰…!"

두 사람은 선원 열세 명을 배 위에서 바다로 던져버렸다. 고이인 선장을 포함한 열아홉 명은 흠씬 두드려 패서 기절시켰다. 네 명 정도에게는 골절 등 중상을 입히고 말았지만, 열여덟 명은 전의를 상실하고 항복했다. 참고로, 유메는 다소의 타박상과 약간의 긁힌 상처 정도로 끝났고, 모모히나는 전혀 다친 데가 없었다.

"그럼… 지금부터 이 배는! K&K 해적 상회의 K! M! O! 모모히나가 접수한닷! 어기여차…!"

"요! 모모히나 씨! 세계 제일! 뻑 뻑…!"

"으음, 그 정도까지는… 되나?! 될지도…!"

그들을 제압하고 보니 이번에는 이런 커다란 범선을 모모히나와 유메 둘만으로는 조종하기도 힘들어서 선원들이 움직여줘야만 했다. 바다에 내던졌던 선원들을 구조하고, 섬에 남기고 온 두 사람도 마중을 보내 데려와 전원에게 확인을 해봤더니 단 한 사람, 어눌한 레벨이라고도 할 수 없는, 단어를 몇 개 알고 있는 정도이긴 하지만, 유메와 그래도 어느 정도 대화가 가능한 다목인이 있었다. 냐고라는 이름의 그 다목인을 통역으로 세워 고이인 선장 이하 선원들에게 유메가 희망을 전달하자, 산호 열도까지라면 갈 수 있다고 한다.

"그럼… 고…! 가자, 가자, 나가자…!"

이렇게 해서 배는 움직이기 시작했다. 배 이름은 못차죠라고 한다. 무앗치아츠아죠우인지도 모른다. 통역인 다목인 냐고가 어떻게든 그 의미를 설명하려고 해줬지만, "바다, 떠, 우뚝, 마…"라는 식이라 전혀 알아들을 수가 없었다. 부르기 힘들어서, 모모히나가 개명을 결정했다.

"이봐, 유메룡. 시시껄렁호는 어때?"

"웅냐… 시시껄렁호."

"안 될까?"

"그러네…."

"시시껄렁호. 딱인 것 같거든…."

"모모 씨가 딱이라면, 시시껄렁호로 하면 되지 않을까?"

"그럼… 시시껄렁호로 결정이닷."

무앗치아츠아쵸우 개칭 시시껄렁호는 산호 열도를 향해서 순조롭게 항해를 계속했다.

그렇지도 않았다.

도중에 고이인 전 선장과 그 일당이 반란을 일으켰다.

더욱이 다른 선원들도 무력 봉기했다.

다행히 두 번 다 사망자가 발생하지 않고 진압했지만, 선원들끼리의 트러블은 일상다반사였고, 악천후로 인해 하마터면 조난할 뻔하기도 했다.

간신히 산호 열도에 도착했는데, 입항하자마자 수많은 삼안인이며 고이인이며 다목인이며 장완인들이 시시껄렁호에 올라탔다. 그때까지는 모모히나를 따르던 시시껄렁호 선원들도 그에 호응했다.

"열받네… 뭐든지 싸움으로 해결하려 들다니, 너무 야만적이야… 진짜, 열받아. 하지…만! 나에게 이기기에는 백억조 년 일러…!"

"억조?! 그럼 너무 빠르지 않아?!"

두 사람은 아무래도 해적 부류인 듯한 그들 무리를, 떼어놓고 내던지고 떼어놓고 내던지며 대난투극을 연출했다.

유메가 마음껏 자유자재로 움직여도 모모히나는 반드시 뒤를 지켜준다. 상대가 어디 사람이든, 질 것 같은 생각은 솔직히 들지 않는다. 전혀, 조금도 없다. 단, 인원수만은 유난히 많은 상대여서, 해치워도 해치워도 한이 없다.

시시껄렁호를 사수하는 것은 어려울 것 같다. 용케 해적들을 전멸시키고 시시껄렁호를 지켜낸다고 해도, 둘이서는 배를 조종할 수 없다. 그래서는 아무런 의미도 없는 것이다.

모모히나와 유메는 어쩔 수 없이 시시껄렁호를 버리고 섬에 상륙했다. 섬에는 항구만이 아니라 거리가 있었다. 그 거리는 두 사람을 쫓아오는 해적들의 아지트인 모양이다. 딱 봐도 외부인인 모모히나와 유메에게, 주민들도 바보… 젠장… 얼간아… 뒈져라… 비슷한 욕설을 하기도 하고, 돌멩이나 음식물 쓰레기를 던지기도 하고, 가는 곳마다 나무통이나 나무 상자를 놓아 방해하기도 했다. 이쯤 되면 먼저 해치우지 않으면 당할 것 같은 느낌이 매우 강하게 들었지만, 주민들이라고 해서 죄다 거친 사람들만 있는 것은 아니었고, 닥치는 대로 해치우는 것도 내키지 않았다. 두 사람은 일단 거리를 벗어나 밀림으로 들어가 몸을 숨기기로 했다.

이것은 나중에 알게 된 일인데, 그 섬은 산호 열도 중에서도 가장 끄트머리에 위치하고, 붉은 대륙의 어떤 언어로 '머리 상태가 상당히 맛이 간 악마의 토사물'을 의미하는, 티테치티케인지 뭔지라는 대해적단의 소굴이었다.

그들은 두 사람을 눈엣가시로 여기고 산 수색, 아니, 산이라고 부를 만한 산은 없는 섬이니 숲 수색이라고 해야 할까? 끈질기게 숲을 수색했다. 물론 두 사람의 입장에서는 순순히 잡혀줄 의리는 없다. 해적들이 다가오면 때려눕혀 물건을 빼앗고, 하나뿐인 목숨, 한 번뿐인 인생은 소중히 여겨야 해… 라는 듯이 돌려보냈다.

"죽이는 건 말이지… 먹을 때만 하면 돼."

그것이 모모히나의 의견이었으며 유메도 완전히 동감이었다. 숲의 짐승이라면 먹어도 되는 건가? 어째서 인간이나 인간과 닮은 생물은 먹을 마음이 들지 않는 건가? 그런 의문도 당연히 떠올랐다. 그러나, 먹고 싶지 않은 것을 억지로 잡아먹는 일은 없었다. 해적들을 식량으로 삼지 않아도, 그들이 먹을 만한 것들을 휴대하고 있었다. 그들은 숲을 수색하는 것 말고는 통상의 의미로 사냥은 하지 않는 듯, 이 섬은 사냥감도 풍부하다. 샘이 여기저기에 있어 그대로 벌컥벌컥 마실 수 있을 만큼 깨끗한 물도 얼마든지 구할 수 있다.

안 그래도 곤란할 것 없는데, 그러는 동안에 티테치티케 해적들이 먹을 것과 일용품 등 생활용품을 숲 속에 두고 가게 되었다.

"이건 도대체…?"

혹시 이런 건가? 그들은 모모히나와 유메를 재앙신 같은 존재라고 인식하기 시작한 건가? 하긴, 유메는 둘째치고, 모모히나에게는 섬의 신 같은 풍격이 있다. 머리가 길게 자라고, 햇볕에 탄 것은 둘다 마찬가지고, 원래 입고 있던 옷이 못 쓰게 되어서 부직포를 가슴과 허리에만 감은, 대담하고 네이티브한 차림도 한몫했지만, 유메는 야인에 가깝고 모모히나는 선인에 가깝다고나 할까. 차라리 티테치티케의 신으로서 이대로 섬에 눌러앉는 것도 나쁘지 않은 것아닐까?

그럴 리가 없다.

모처럼 무인도에서 탈출했다. 그들은 돌아가고 싶은 것이다. 더이상 해적들을 자극하는 것도 성가시다고나 할까, 왠지 좀 불쌍한느낌도 든다. 섬을 돌며 조사해보니 옆 섬은 꽤 가까웠다. 유메는모모히나의 도움을 받아 뚝딱 뗏목을 만들어봤다. 뭐든 시험해볼일이다. 그 뗏목으로 해협으로 나가봤더니 쉽사리 건널 수 있었다.

"유메룽, 천재! 너는 대단해! 요! 우주 제일! 대통령이네…!"

"유후후후후후. 뭘 그 정도까지야."

"이 상태로 고…! 라는 말이닷…!"

섬에서 섬으로 둥둥 떠서 건너가 크고 인구가 좀 많은 섬에 도착할 수 있다면, 붉은 대륙이 아니라 그림갈 출신자도 찾을 수 있지않을까? 찾았으면 좋겠다. 찾을 수 있을 거야. 아니, 분명히 찾을거야. 못 찾을 리가 없어.

산호 열도에서 가장 큰 섬은 아투나이라고 하는데, 거기에는 몇개의 항구 마을이 있었다. 그중 하나인 인데리카 항구에서 그들은드디어, 마침내 발견했다.

"유홋! 바바바밧, 바하로즈닷…!"

모모히나의 눈동자가 튀어나온 것인지 아닌지, 굳이 어느 쪽인가 하면, 튀어나왔다.

"웅? 핫파로쿠주하치…?"

"그게 아니야, 유메륭. 파파파, 파파론치, 가 아니라, 어… 그러니까, 음… 그렇지, 바하로즈야!"

"오웃, 바하로즈구나. 그거구나. 그렇군."

"유메륭도 알아?"

"아니, 모르는데!"

"모르는 건가!"

두 사람은 바하로즈호가 정박한 부두까지 거의 전력 질주했다.

바하로즈호는 크고 견고해 보였고, 더욱이 우아하고 아름다운 배였다. 진홍과 녹색으로 나누어 칠한 선체는 예술이나 음악 계통의 신을 모시는 신전 같고, 돛을 단 돛대는 하늘을 찌르려는 창처럼 높다. 등에 날개가 달린 여성의 모습을 한 선수상(주2)은 금빛으로 번쩍번쩍 빛나는데, 당장이라도 하늘하늘 춤을 출 것 같다.

바하로즈호 근처에 삼안인도, 고이인도 아닌, 인간 선원 비슷한 차림을 한 남자가 있다. 모모히나는 그 남자를 향해서 휘육…날아갔다.

"후엣, 모모 씨, 잠깐…."

유메는 말리려고 했다. 소용없었다. 모모히나는 빠르다. 말릴 수 있을 리가 없다. 모모히나는 그 남자에게 "쿵!"이라며 발차기를 날렸다.

"우헉!"

남자는 바다에 빠졌다.

유메는 잔교 가장자리에 쪼그리고 앉아 남자를 내려다보았다. 남

주2) 선수상: 船首像. 뱃머리에 부착되는 장식용 상.

자는 어푸어푸 버둥거리고 있다. 뱃사람일 테니 맥주병은 아니겠지만, 놀라서 제정신이 아니겠지.

"…모모 씨."

"우끽?!"

모모히나도 놀란 것 같았다. 자기가 남자를 바다에 빠뜨려놓고 왜 의표를 찔린 원숭이 같은 소리를 내는 건가? 알 수 없는 일이다.

"왜 찬 거야…?"

"아, 앗, 나 좀 봐! 너무 심했다…!"

"심했달까, 그냥 공격이었잖아?"

"아는 사람이었으니까… 나도 모르게… 너무 기쁜 나머지…."

"오호. 아는 사람이구나. 그렇구나. 그럼 뭐…. 그래도 갑자기 차진 않지만. 보통은."

모모히나는 입술 끝으로 혀를 날름 내밀고 데헷…이라며 쑥스러워했다.

남자가 사람 살리라는 둥 뭐라는 둥 외치고 있다. 내버려두면 빠져 죽을지도 모른다. 구조해주는 게 좋을지도 모른다고 생각했는데, "거기 너!"라는 목소리가 바하로즈호 위에서 날아왔다.

"…엥?"

돌아보니 수염 난 남자가 바하로즈호 뱃전에서 유메와 모모히나를 내려다보고 있었다. 근사한 수염을 길렀지만, 왠지 어딘가… 안 어울리네, 그것이 첫인상이었다.

남자는 오른쪽 눈에 검은 안대를 하고 있다. 제대로 입지 않고 걸치기만 한 검은 옷은 은으로 테두리를 박고 보석이 박힌, 보기에도 상당히 고급스러운 것이다. 그 남자는 비교적 몸집이 작아 사이즈가 좀 안 맞는 것 같다. 왠지 옷을 입었다기보다 옷에 먹혔다는 느낌을 씻을 수 없다.

"아…." 남자가 중얼거렸고 모모히나가 "앗!" 하고 외쳤다.

"…아?"

유메는 남자와 모모히나의 얼굴을 번갈아 보았다.

남자는 오른손으로 머리카락을 마구 헝클어뜨리더니 휴… 하고 숨을 내쉬고 나서, 아침에 일어나 날씨에 관해서 중얼거릴 때 같은 말투로, "모모히나잖아"라고 말했다.

"키사라기총…."

모모히나 쪽은, 시무룩해진 것일까? 아니, 그게 아니다. 그게 아니라 힘이 빠진 것 같다. 목소리도 모모히나치고 희한하게 작았다. 모모히나는 저 남자와 여기에서 만날 줄은 전혀 예상하지 못했겠지. 너무 놀라서 힘은 물론이고 영혼까지 빠져나가려는 것이다.

"키사라기총." 모모히나는 다시 한번 되풀이 말했다. 놀라움에서 벗어나기 시작한 건지, 그리고 "야호…"라고 외치고는 폴짝, 폴짝, 그 자리에서 몇 번 점프했다.

"야호. 키사라기총이다… 야호…."

"너 말이야."

키사라기총은 한숨을 내쉬더니, 난간으로 되어 있는 뱃전 바깥판을 왼손으로 잡았다. 저것은 장갑일까? 오른손은 맨손인데 왼손에만 장갑을 낀 건가? 하지만 보기에도 그것을 낀 왼손은 오른손보다 한 둘레 이상 컸고 아무래도 금속제 같다. 그렇다는 것은, 장갑이라고는 할 수 없겠지.

"여전히 기총기총거리네. 상관없지만."

"진짜, 키사라기총 실물이지…?"

"당연하지. 나처럼 지나칠 정도로 위대한 남자가 나 말고 또 있나?"

"그러네…."

모모히나는 타핫 하고 웃었나 싶더니 갑자기 달려갔다.

"우웽?!"

유메는 그만 이상한 소리를 내버렸는데, 몸은 멋대로 반응해서 모모히나를 쫓아갔다. 모모히나는 바하로즈호 트랩을 향하고 있다. 엄청난 속도다. 후다다다닥 가볍게 올라간다. 유메와는 눈 깜짝할 사이에 거리가 벌어져버렸다. 간신히 뱃전으로 올라가 보니 모모히나가 키사라기총에게 매달려 있었다.

"와… 키사라기총이다… 키사라기총이다… 와…와…와…."

"그러니까, 나라고 했잖아."

"하지만… 하지만 하지만 하지만…… 키사라기총이라고…우…와…우…."

"무례한 녀석이네. 할 수 없군."

참 내…라는 얼굴을 하면서도 키사라기총은 두 팔로 확실하게 모모히나를 껴안는다. 모모히나는 어쩌면 울고 있는 건지도 몰라.

유메는 "읏…." 신음하고, 반사적으로 손으로 입을 가렸다. 하마터면 오열할 뻔했다. 오열해도 될 것 같은 느낌도 들지만, 왠지 울고 싶지 않다. 모모 씨, 잘됐다… 라고 진심으로 생각하고, 울어도 상관없지만, 지금 눈물을 흘리면 개운해지는 게 아니라 서글퍼지는 것 아닐까? 그런 생각이 들었다.

바하로즈호는 K&K 해적 상회의 배였다.

게다가, 어중이떠중이 배가 아니라, 무엇을 숨기랴, 바로 그 대공 데레스 파인의 배였던 것이다.

물론 유메는, 바로 '그'라거나 '대공'이라는 말을 들어도, 그 데레스 파인이라는 사람을 모른다. 본 적도, 들은 적도 없다. 당연히 먹어본 적도 없다. 사람이라고 하니 먹을 것은 아닌 것 같다. 아니, 넓은 의미로는 사람인지도 모르지만, 데레스 파인은 소위 일반적인 사람은 아니라고 한다.

이골이라는 거리가 있다. 붉은 대륙도, 산호 열도도 아닌, 그림갈 북쪽 바닷가에 위치하는, 그야말로 큰 항구 도시라고 한다. 자유 도시 베레와 나란히 거론되며, 과거에는 이슈마르 왕국의 바다의 현관 역할로 번영했다.

그런데, 이슈마르 왕국은 이제 없다. 멸망했다. 실은 멸망당했다. 이슈마르 왕국이 점유했던 토지는 현재 주로 언데드(불사족)가 지배하고 있다.

항구 도시 이골은, 왼쪽을 봐도 오른쪽을 봐도 언데드투성이…는 아닌 모양이지만, 주민 대부분은 역시 인간족과 적대시하는 제왕연합 측의 종족인 오크나 언데드라고 한다. 데레스 파인이라는 인물은 이 이골의 영주로, 자칭 대공이라 했다.

대공.

그야말로 잘나 보인다. 잘나 보이는 것뿐만 아니라 정말로 잘난 듯, 이골의 영주라고 하면 이골 마을의 촌장 같은 이미지를 품기 쉬운데, 유메도 처음에는 그렇게 생각했지만, 실제로는 웬만한 나라의 왕 정도 되는 존재라고 한다. 불사의 몸인데도 죽어버린 노 라이프 킹이 서거한 뒤에 언데드에는 다섯 명인지 네 명인지 유력자가 있고, 데레스 파인은 그중 한 사람이라고 한다.

키사라기총, 즉 키사라기는, 그 대공 데레스 파인이 소유하던 배를 빼앗아서 자기 것으로 만들었다. 잘 이해할 수가 없다.

아무튼, 그것이 바하로즈호라고 하니 대단하지 않을 리가 없는 것이다.

그 정도의 배이기 때문에, 키사라기가 훗날 K&K 해적 상회를 개업하자 바하로즈호는 기함(旗艦)이 되었다. 기함이라는 것은 제일 높은 사람이 타서 모두를 지휘하는 배를 말하며, 말하자면 K&K에서는 바로 K&K의 상징이기도 하다.

더욱이 K&K를 세운 것은 키사라기지만, 그는 K&K의 사장도, 회장도 아무것도 아니다. 사장은 원래 이름난 해적이었던 안졸리나 크레이츠알이라는 여성으로, 그녀는 기함 바하로즈호의 선장이기도 하다.

키사라기는 그 바하로즈호를 비롯해 K&K에 소속된 배 수백 척을 총동원해서 모모히나와 덤으로 유메까지 수색해준 것이다.

그렇기는 해도, K&K에는 무역, 신규 항로 개척, 그리고 전투, 약탈 등의 통상 업무가 있어서 이것들을 소홀히 할 수는 없었다. 따라서 각배는 각각 통상 업무를 보는 겸사겸사 모모히나와 유메를 계속 찾았다.

이것은 말로 하는 것만큼 간단한 일이 아니다. 왜냐하면, 모모히나와 유메는 바다에서 소식이 끊긴 것이다. 배는 위험이 가득하다.

수색 와중에 난파하는 배가 생기거나 한다면 그 이상 없는 참사다. 애초에 두 사람은 폭풍을 만나 만티스호에서 거친 바다에 빠진 것이다. 평범하게 생각하면 생존 가능성은 희박하다. 희박하달까, 없다. 거의 제로다.

수색해봤자 의미가 없다. 따라서 찾지 않는다. 그 이외의 선택지는 없다. 모모히나의 동료들이 그렇게 판단했다고 해도 어쩔 수 없다. 솔직히, 그 절해의 고도에서 유메는 거의 포기했었다. 적어도 자기들을 찾을 거라는, 누군가가 찾아줄 거라는 가능성은 우선 없다. 그야, 그렇잖아. 안 그래?

그런데 키사라기쨩과 그 동료들은 수색을 계속해준 것이다.

한 가지 컸던 게, 만티스호는 침몰을 면해 선장 긴지 이하 생존자들이 간신히 에메랄드 제도로 돌아갔다는 것이다. K&K는 꼭 모모히나와 유메만을 찾고 있던 것은 아니었다. 그들 외에도 바다에 빠진 선원이 있어서 그 전원을 수색하고 있었다.

"다른 사람도 아닌 너니까, 뒈지지는 않았을 거라는 생각은 마음 한구석에 있었지만. 그건 나만이 아니라 너를 아는 녀석들 모두 다 그랬겠지."

키사라기는 지나치게 근사해서 위화감이 드는 수염을 비틀면서 그런 말을 했다. 너라는 것은 물론 모모히나를 말한다.

참고로, 바하로즈호는 그때부터 바로, 아싸, 돌아가자 하는 듯이 에메랄드 제도를 향해서 인데리카에서 출항했는데, 모모히나는 키사라기에게 묘하게 서먹서먹하게 군다. 키사라기가 말을 걸면, 흠냐… 라거나, 후오… 라거나 하면서 도망쳐버리거나 한다. 가끔씩 대답을 좀 해도 결코 눈을 마주치지 않는다. 유메가 보기에는, 그때에는 둘이 꼭 끌어안고 있었잖아, 울었잖아 하는 생각이 안 드는 것도 아니지만, 오히려 그 이유도 있어서 더욱 창피하달까, 쑥스러운 건지도 모른다. 그런 마음은 왠지 유메도 모르지 않는다.

모모히나가 키사라기에게서 도망쳐 다니는 숨바꼭질 같은 일에 정신이 없어서, 제대로 연습을 봐달라고 할 수도 없어 유메는 어느 쪽인가 하면 한가로운 선상 생활을 했다. 선원들 일을 거들기도 했지만, 유메에게는 어떤 일도 미지근했다. 미지근함을 넘어 차가워서 견딜 수 없는 것은 왜일까? 그런 생각을 하면서 어려움 없이 해낼 정도로 모든 것이 손쉽다. 유메가 너무나 잽싸게 척척 일을 처리하면, 선원들이 오히려 민폐라는 듯한 얼굴을 하기도 한다.

혼자서 몸을 움직이는 데 싫증이 나면, 지금이 바로 그런 때인데, 유메는 대개 뱃전에서 바다를 바라본다.

무슨 생각을 하는 것도 아니다. 그렇다고 해서 떠오르는 생각을 억지로 지워버리려고도 하지 않는다.

궂은 날씨가 아니어도 난바다의 파도는 높을 때가 많아 배가 크게 흔들린다. 무섭지는 않고 속이 울렁거리는 일도 없다. 이미 완전히 익숙해져버렸다.

선장인 안졸리나와는 아주 잠깐 이야기를 했다. 야무진 어른 여성이라는 느낌의 사람으로, 선원들에게 좋은 의미로 경외감을 주는 것 같았다. 유메는 몇 살이 되어도 그렇게는 되지 못하겠지. 키사라기가 아니라 안졸리나가 K&K의 사장이고 이 바하로즈호의 선장이라는 이유도 납득이 간다.

단지, 사장은 안졸리나여도 K&K의 지도자는 분명히 키사라기인 것이다.

리더인데 리더가 아니다. 애매하달까, 어중간하달까. 그러면서도 K&K 사람들은 모두 그 신기한 형태를 받아들이는 모양이다.

한마디로 리더라고 해도 다 똑같지는 않다. 사람은 천차만별이니까 여러 타입의 리더가 있다.

"…유메네 리더도 그렇지."

중얼거리고 유메는 고개를 숙였다.

동료들에 관한 생각은 섬에서 많이 했다. 눈물이 나서 통곡한 적도 있다. 반년 예정이었다. 반년 지나면 오르타나로 갈게. 그러니까 기다려줬으면 좋겠다고, 유메는 동료들에게 말했다. 그 약속을 어겨버렸다. 반년은 고사하고 그로부터 2년 반 넘게 지났다. 까딱하면 3년이다. 모두 기다리다 지쳤겠지. 아니, 이미 기다리지는 않을지도 몰라. 동료들을 믿지 않는 것이 아니라, 이렇게 늦으면 무슨 일이 있는 게 틀림없다고 생각한다. 오히려 기다려주지 않아도 좋다. 유메 같은 건 잊어버려도 좋다. 잊어줬으면 좋겠다. 그것은 무척 슬픈 일이다. 하지만, 슬픈 것은 유메다. 유메만 슬픈 거라면, 별로 상관없다. 유메는 참을 수 있다.

동료들을 생각하면 숨을 못 쉴 정도로 괴롭다.

뭐가, 어째서, 어떤 식으로, 왜 괴로운 것인지 생각하고 싶지 않다. 생각할 수 없다. 괴롭다. 괴로워서 견딜 수 없어.

누군가가 다가오고 있다는 것을 깨달았다. 바람과 파도 소리 때문에 발소리를 구별하는 것은 어렵지만, 그 인물은 뭔가 딱딱한 것으로 뱃전 난간을 톡톡 두드리면서 걸어왔다.

유메는 고개를 들었다.

키사라기였다. 딱딱한 물건의 정체는 왼손이다. 키사라기는 왼손을 잃고 의수를 달고 있다. 오른쪽 눈의 안대도 장식이 아니다. 그런 면은 묘하게 해적답고, 수염도 당당한 느낌이다. 사실 키사라기는 수염이 잘 나지 않을 것 같은 매끈한 얼굴이라서 전혀 어울리지 않는다. 뭔가 작위적인 느낌이다.

"여어."

키사라기는 의수를 들어 보였다. 특수한 의수인지도 모른다. 겉보기와는 달리, 마치 진짜 손처럼 매끄럽게 움직인다.

"여어."

유메가 웃는 얼굴로 따라 해보자, 키사라기는 후…하고 눈을 약간 가늘게 뜨더니, 아주 살짝 콧수염이 비뚤어졌다.

"엇…."

"응?"

"저기 있잖아, 혹시… 그 수염."

"어. 이거?"

키사라기는 오른손으로 수염을 잡더니 잡아당겼다.

찍 뜯어졌다.

"가짜 수염이다."

"…글쿠나. 뭔가 있지, 그리고 보니 모모 씨도 붙였었는데 하고 생각했어."

"그 녀석이?"

"응. 처음 만났을 때. 분명 키사라기흉을 따라 한 거야."

"너까지 기흉거리냐? 뭐… 상관없지만."

"상관없지만…이 많네. 키사라기흉."

"그렇지 않아. 상관없는 일과 그렇지 않은 일은 구분할 뿐이다."

"흐음, 기총은 왜 가짜 수염을 다는 거야?"

"줄여서 말하기 시작했나. 상관없지만. 붉은 대륙에 갈 때 애송이로 보일까 봐. 수염이 있으면 왠지 어른으로 보인다고 하니까, 의외로 성가신 일이 줄거든."

"여자라면 가슴이 큰 거랑 같은 건가?"

"그런 건 어른도 납작한 녀석도 있잖아."

"그런가? 그렇지. 유메도 크지 않은걸. 모모 씨도 그렇고. 하지만 있지, 안졸리나 선장님은 빵빵해."

"가슴 토크, 계속 할 건가?"

"계속 하고 싶지 않아. 큰 가슴은, 만지면 기분 좋지만. 가슴이라고 하면 시호루도."

유메는 두 손으로 자기 가슴을 눌렀다. 말이 나오지 않는다.

물론 유메의 그 부분은 시호루와는 큰 차이로, 그리 볼록하지도 않고 감촉도 말랑말랑, 폭신폭신과는 동떨어져 있다. 너무나 그립다. 유메는 시호루의 가슴이 좋다. 허벅지와 배도 좋지만 시호루의 가슴은 각별하다. 만지고 싶다. 마음껏 얼굴을 파묻고 싶다.

과연 그럴 수 있을까?

"시호루란 건, 네 동료 말이지?"

키사라기가 묻자 유메는 끄덕 고개를 숙였다. 고개를 끄덕이는 것이 지금은 고작이었다.

무리해서 목소리를 내면 이상해질 것 같다.

"너희에 관해서는 대충 들었다. 내가 없을 때 에메랄드 제도의 드래곤을 조용히 시켜줬지. 로로네아의 영웅, 드래곤 라이더. 하루히로라고 하던가?"

응.

하루 군은 있지, 너무 리더인 척하지 않는다고나 할까, 하지만 제대로 리더라서 유메도, 다른 모두에 관해서도 생각해주거든. 자기 일보다도. 멋진, 유메한테, 유메네한테 있어서는, 세상에서 제일가는 리더야.

유메는 볼을 부풀려봤다. 아마도 얼굴이 새빨개졌겠지. 제대로 말하고 싶지만 도저히 말할 수가 없다. 역시 고개를 끄덕이는 것밖에 할 수 없다.

"걱정하지 마."

키사라기는 갑자기 의수가 아닌 오른손을 유메의 머리 위에 올렸다. 키사라기의 손은 크지 않다. 그런데도 유메의 머리는 그 손에 쏙 들어가는 것 같았다.

"너, 모모히나의 제자지? 그렇다면 내 가족 같은 거다. 일단 내가 너를 그림갈까지 바래다주마. 그 밖에도 무슨 일 있으면 나한테 말해. 내가 할 수 없는 일도 있지만, 그리 많지는 않아. 나한테 기대."

응.

…응.

경솔하게 고개를 끄덕여도 되는 걸까? 왜냐하면, 키사라기는 자기한테 기대라고 하는 것이다. 고개를 끄덕인다는 건, 키사라기에게 기대겠다는, 의지하겠다는 뜻이다. 망설이면서도 끌려가는 것처럼 고개를 끄덕여버린다.

"…기총."

"응."

"유메 있지."

울어버릴 것 같았거든. 그래서 있지, 말하지 못했지만.

지금도 울고 싶지만, 정말로 가슴이 꽉 메지만, 눈물이 나올 것 같은데도 나오지 않아. 울 필요 없지 않을까 하는 마음이 들기 시작했어.

분명 키사라기 덕분이다.

"…기총. 뭔가, 멋있네."

"뭐, 그런 말 종종 들어."

키사라기는 태연하게 대답하고 유메의 머리 위에 올려놓았던 손을 내렸다.

"그야 나는 유일무이한 대영웅님이니까."

바하로즈호는 무사히 에메랄드 제도의 로로네아에 입항했다. 그
무렵에는 모모히나도 키사라기와 숨바꼭질을 하지 않게 되었고, 오
히려 졸졸 쫓아다녀 "너, 더우니까 너무 달라붙지 마"라는 불평을
듣게 되었다. 키사라기는 달라붙지 말라고 말하면서도 굳이 밀어내
려고는 하지 않아서, 모모히나는 스스로 만족할 때까지 떨어지려고
하지 않았다. 심지어 밤에도 키사라기에게 찰싹 달라붙어서 잠들
정도였다. 모모 씨는 기총을 엄청 좋아하는구나.

유메도 키사라기가 좋아졌다. 만약 하루히로네와 만나기 전에 키
사라기를 만났더라면 그와 함께 행동하게 되었겠지. 하지만 키사라
기에게 호의를 품으면 품을수록 하루히로네가 더욱 소중하게 느껴
졌다.

유메는 차분하게 생각해보았다. 일이 이렇게 되어버린 이상, 하
루히로네와 재회할 수 있다는 보장은 없다. 재회할지도 모르고 못
할지도 모르지만, 유메는 이제 무섭지는 않았다.

동료들과 두 번 다시 만나지 못할지도 모른다고 생각하면, 가슴
이 찢어지고, 머리가 뒤틀리고, 몸이 조각나는 것 같다. 엄청나게
괴롭지만, 그렇다고 해서 그 사실을 외면하고, 모두를 만나고 싶다,
만나면 좋겠다는 막연한 생각으로 멍하니 매일을 보낼 생각은 없
다. 최악의 결과를 각오하면서도 희망은 버리지 말고, 목적을 정하
고, 그것을 위해 무엇을 할지 결정하는 것이다. 무서워하고 있을 수
는 없다.

K&K 해적 상회의 중심 멤버들은 언데드인 과장 지미를 제외하

고는 다 나가고 없었다. 모모히나를 찾는 임무도 포함해서, 배로 여기저기 바쁘게 돌아다니는 모양이다. K&K에는 전무인 잔카를로, HPO(힐링 파트너 여자를 의미하는 직함이라고 한다)인 이치카, EDO(엘프 덜 된 가슴 여자는 직함인 걸까?)인 밀리류, DYO(드워프 야한 여자도 직함으로서는 적합하다고 생각되지 않는다)인 하이네 마리라는 간부가 있고, 사하긴인 긴지도 여전히 질리지도 않고 네오 만티스호의 선장을 하고 있다고 했다. 그들은 당연히 아직 모모히나가 무사하다는 것을 모른다. 알면 분명 기뻐하겠지.

해적들과 로로네아 주민들의 큰 환성을 들으면서 보급 물자를 싣고 바하로즈호는 급히 출항했다. 키사라기는, 느긋하게 굴 기분은 아니겠지 하고 유메에게 말하지는 않았다. 하지만 분명 그런 배려라고 생각한다.

꽤나 늦어져버렸다. 이제 와서 안달해봤자 소용없을지도 모르지만, 하루라도 빨리 그림갈에 상륙하고 싶다. 가능하다면 새가 되어 오르타나까지 날아가고 싶을 정도다.

바하로즈호는 자유 도시 베레가 아니라, 물론 이골도 아닌, 다른 항구를 향하고 있다.

그 항구는 누귀두라던가 하는 어려운 이름으로, 베레보다 훨씬 남쪽에 있다. 누귀두 일대에는 아주 옛날부터 쥐바라고 하는 특이한 사람들이 살며 작은 나라를 형성하고 있다고 한다. 쥐바는 독자적인 언어, 습관, 문화를 지니고 있으며 다른 종족과는 일절 교류하지 않는다. 쥐바는 쥐바가 아닌 이방인을 발견하면, 우르르 몰려가 붙잡아서, 놀랍게도 잡아먹어버린다.

그 근방에 상당히 위험한 놈들이 있다는 정보는 오래전부터 알려져서 가까이 가지 말아야 할 곳이 되어 있는 모양이다.

그럼, 어째서 키사라기가 그 쥐바나 누귀두를 알고 있는 건가 하면, 실제로 거기에 갔다가 그들에게 붙잡혀 잡아먹힐 뻔했다고 한다.

"나는 한 손이 이러니까, 이 녀석 뭔가 이상하다, 먹어도 되는 걸까? …그런 느낌은 있었던 것 같다. 그래서 쥐바들이 망설이는 동안에 좀, 여러 가지 일이 있어서, 친해져버렸다."

도대체 어떤 일이 있으면 자기를 잡아먹으려던 사람들과 친해질 수 있는 걸까? 유메는 짐작도 할 수 없다. 아무튼, 바하로즈호는 그 누귀두 항구로 향하고 있다.

쥐바는 매우 배타적인데도 대형 선박이나 항구를 만드는 고도의 기술을 보유한 모양이다. 키사라기 말로는, 누귀두를 나간 쥐바의 배는 어선 말고는 돌아오지 않는다고. 어쩌면 쥐바는 바다를 건너온 종족으로 돌아갈 고향을 계속 찾고 있는 건지도 모른다. 그리고, 키사라기가 말하기를, 베레보다는 누귀두에서 오르타나로 가는 편이 가깝다고 한다. 누귀두를 나가서 서쪽으로 가면 풍조 황야이고, 남쪽에 높이 솟은 천룡 산맥을 따라 그냥 쭉 가면 되니까 길을 잃을 걱정도 없다고 한다.

유메로서는 키사라기가 보장하니까 의심할 이유는 없다. 불안도 없다. 그 쥐바라는 사람들과 만나는 것도 기대될 뿐이다.

바하로즈호에는 모모히나도 계속 승선하고 있다. 누귀두에 도착할 때까지 유메를 확실하게 훈련시켜 수행의 마무리를 해주겠다는 것이다.

흔들리는 배 위에서 둘이서 달리고, 점프하고, 훈련했다.

충실한 항해 첫날을 마치고 이틀째 아침. 유메는 선실의 해먹에서 눈을 떴다.

섬에서는 거의 나체에 가까운 차림으로 지냈던 탓인지 옷을 입는 것이 아무래도 번거롭다. 뭔가 입어도 자는 동안에 벗어버린다. 오늘도 일어나보니 알몸이었다. 이대로는 약간 문제이므로 가슴을 가릴 만한 길이의 짧은 상의와 아주아주 짧은 바지만 입고, 얼굴을 파바박 씻고 입안을 가볍게 헹궜다.

갑판으로 나가보니 해가 이제 막 뜬 것 같은데, 바다 위를 가로막는 것은 아무것도 없어서 벌써 환했다. 유메는 이때보다 약간 이른 시각, 해가 뜰락 말락 할 때의 바다가 좋다. 석양이 가라앉는 바다도 나쁘지 않지만, 그건 가끔씩 쓸쓸해진다.

좀 더 일찍 일어나면 좋았을걸. 다소 아쉽게 생각하면서 갑판 위를 걷고 있노라니, 뱃머리 부근에서 상반신 나체의 남자가 체조 같은 것을 하고 있었다.

누구지? 뒷모습이라 얼굴은 보이지 않는다. 바하로즈호의 선원은 모두 기억한다. 아니다. 저 남자는 선원이 아니다.

엄청나게 훌륭한 몸이다. 등 근육이 무시무시한 괴물의 면상처럼 보인다. 단, 키가 크긴 하지만 지나치게 크지는 않다. 쓸모없는 근육이 일절 없고, 극한까지 단련된, 잘 벼린 칼날 같다.

어느 틈엔가 유메는 사로잡힌 듯 바라보고 있었다.

남자는 팔을 천천히 돌리기도 하고, 여기저기의 관절을 꺾기도 하고, 몸을 구부리거나 한쪽 발로 서 있기도 할 뿐이다. 특별한 일은 아무것도 하지 않는데도 한순간도 눈을 뗄 수가 없었다.

저 남자는, 강하다.

무척, 터무니없을 정도로, 강하다.

가슴이 뛰고 온몸이 술렁거린다. 오줌이 마려운 건가? 그것과는 다르다. 몸 안쪽을 꽉 조이는 것 같은, 이 감각은 뭘까?

남자가 돌아보았다.

그때, 남자의 짧은 머리가 은색이라는 것을 깨달았다.

"너구나."

"후옷."

유메는 그의 이름을 부르려고 했지만, 어째서인지 나오지 않았다. 그를 알고 있다. 같은 날에 그림갈에 왔다. 친구는 아니지만, 넓은 의미로는 동료라고 못 할 것도 없을 것이다.

오랫동안 못 봤었다. 오래 못 본 것은 그뿐만이 아니다. 오랫동안 모모히나와 둘만 있었다. 누구를 봐도 오랜만이다.

"…탔었, 어? 이 배에… 어어? 어떻게?"

"한동안 붉은 대륙에 있었다. K&K와는 교류가 있었어. 에메랄드 제도에서 그림갈로 가는 배를 기다렸다."

"아아… 그렇구나. 그래서, 이 배에 태워준 거구나. 그렇구나… 유메, 몰랐었어. 지금까지 전혀."

"나는 알았는데. 조난당해 행방불명이었던 여자 두 명을 키사라기가 발견했다는 이야기는 아무래도 귀에 들어오기 마련이지."

"그런가? 로로네아에 있었다면, 그도 그러네… 알았으면 말해주면 좋았을 텐데."

"어제 봤는데, 너는 그 모모히나라는 여자와 날고 뛰고 있었다."

"아아, 훈련, 했었으니까… 그런가… 저기, 그러니까, 있잖아……."

왜 그의 이름을 말하려고 했더니 이렇게 긴장되는 걸까?

유메는 이상했다. 뭐가 어떻게 이상한 건가? 생각해봐도 전혀 모르겠다. 아무튼, 눈앞에 있는 지인의 이름을 발음할 수 없다는 것은 불편하다. 지금은 억지로라도 목소리를 내는 수밖에 없다.

"렌지!"

힘껏 외치자 렌지는 눈을 휘둥그레 떴다.

"…뭐야?"

"응… 있잖아, 저기… 하루 군네에 관해서, 뭔가 모르나 해서. 유메는 수행 때문에 따로 행동했었는데, 폭풍 때문에 배가… 계속, 계…속 만나지 못해서."

"그럭저럭 1년 이상 붉은 대륙에 있었다. 그전에도 1년 가까이 오르타나에는 돌아가지 않았었으니까."

"…그런가. 그럼 알 리가 없겠네."

"하루히로가 에메랄드 제도에서 용을 타게 되었다는 소문은 들었다. 네가 무리에서 떨어져 나온 건, 그 뒤인가?"

"응. 아주… 아주… 오래전이야…."

"아무튼, 드래곤 라이더잖아."

렌지가 문득 웃자 굳었던 유메의 마음이 풀어졌다.

이렇게 웃는 일은 없는, 좀 더 까다로운 사람이라고 생각했었다. 혹은 흘러간 시간이 렌지를 변하게 만든 것일까?

"그리 쉽사리 뻗지는 않겠지. 너도 살아남았으니까."

"…아니. 응. 렌지가 말하면, 뭔가 설득력이 있네."

"설득력 말인가?"

"그거야. 응. 설득력."

문득 유메는 생각했다. 렌지는 변했다. 유메 본인도 섬에 표류하기 전과는 달라진 것 같다. 변하지 않는 것은 아마 없다. 그러니까 사람도 변하는 것이다.

하루히로네도 예전과 똑같지는 않겠지.

"사람을 보는 눈은 있다고 생각했다."

렌지는 어딘가 아득히 먼 곳으로 시선을 향하고 있었다.

"잘못된 생각이었어. 나는 너희를 쓰레기라고 생각했다. 써먹을 만한지 아닌지를 가릴 정도도 아니고, 금방 뒈져버리겠지. 마나토라는 녀석이 있었지. 그 녀석은 운이 없었다. 그래서 일찍 죽었다. 모구조. 그 녀석은 살아남았으면 더 강해졌을 거다. 너희 따위와 엮이면 누구나 죽는다. 한 명도 남김없이. 모두 죽어버린다. 직감이었다. 의심하지 않았었다. 조금도."

뚝, 뚝 하고, 굵은 빗방울이 떨어지는 것처럼 렌지의 입에서 흘러나오는 말 하나하나는, 투명한, 텅 빈 그릇 같았다.

그것들은 바닥에 부딪치면 부서져버린다. 하지만, 역시 그릇이 아닌 목소리일 뿐. 말일 뿐이니까, 거기에는 아무것도 남지 않는다.

"너희는 한 명도 남지 않고 죽는다. 일부러 너희를 얕본 것이 아니야. 단지 그런 거라고 생각했을 뿐이다. 불에 물을 뿌리면 꺼지는 것처럼. 나는 망설인 적이 없다. 망설이는 건 한심하다. 멈춰 서서 생각할 시간이 있다면 발을 앞으로 내밀면 돼. 그러면 그만큼 전진하는 거다. 뭘 망설일 필요가 있어? 쓸데없이."

"렌지."

"응."

"무슨 일… 있었어?"

"아무 일도."

렌지는 눈을 내리깔고 짧은 은발을 쥐어뜯는 것처럼 머리를 손으로 눌렀다. 입가가 미소 짓고 있다. 웃는 수밖에 없다는 듯이.

"아무것도 없어. 나는 나다. 그 이상도, 그 이하도, 그 이외의 것도 아니야. 하루히로네와 만날 수 있기를 바란다."

"…응. 고마워."

렌지는 가면서 가볍게 손을 들어 보였다. 그날은 그것뿐이었고 다시 얼굴을 마주하는 일은 없었지만, 내내 마음에 걸렸다.

다음 날 유메는 배 안을 돌아다니며 렌지를 찾았다. 바하로즈호는 무척 큰 배다. 그렇기는 해도, 성이나 그런 것처럼 넓은 것도 아니고, 미로처럼 복잡한 것도 아니다. 선내 계단에서, 렌지는 아니지만 낯익은 빡빡머리 남자와 마주쳤다.

"호오옷! 그러니까, 음… 이름, 뭐였더라…?"

"론, 이다."

빡빡머리 론은 빤히 유메의 얼굴을 쳐다보나 싶더니, 턱을 당겨 시선을 내렸다. 그리고, 하아… 한숨을 내쉬었다.

"너, 여자에 굶주린 놈들이 차고 넘치는 배 안에서 잘도 그런… 파렴치한 차림을 하고 어슬렁댈 수 있구나."

"웅? 파치롱? 한 차림…?"

"파, 파치롱이 아니야. 파렴치다, 파렴치. 즉, 뭐냐, 말하자면… 야하다고나 할까…."

"야해? 흠… 섹시?"

"…그, 그런 느낌이다. 오히려 그거다."

"우오오… 유메, 섹시해? 처음 들었어."

"아니, 취향 차이라는 것도 있으니까. 나는 너 같은 거한테 에로스를 느낀다는 것뿐이고."

"론론은 유메한테 에로스를 느끼는 남자구나."

"그건 맞는데, 분명히 말하지 마. 창피하잖아. 아니, 먼저 분명히 말한 건 나인가? 젠장. 이래서는 내가 네놈한테 고백하는 것 같잖앗!"

"론론은 유메한테 고발하는 거야?"

"고발이 아니라, 뭐야? 고발이라니. 고백이다. 그보다, 그런 게 아니야. 그럴 리가 있나. 무엇보다도 너에게서 론론이라 불릴 이유는 없닷. 그런 건 말이다, 친한… 사, 사귀는 남녀간, 의, 농밀? 치, 친밀한? 코미니케이션이랄까…."

"저기 말이야, 론론. 유메도 몇 번인가 주의 받은 적이 있는데, 코미니케이션이 아니라, 그러니까, 뭐였더라? 코브라퀘스트…?"

"엉? 쿠비레퀘스트…?"

"클러브이스트? 였던가?"

"절대로 그건 아니지, 그건."

"유메도 그런 것 같은 느낌이 들어."

"…너랑 이야기하면 피곤하다. 도대체 어떤 마공간이 펼쳐지는 거야? 네 주위에는. 왠지 그 사차원이 그리 싫지는 않은 내가 있다거나…."

"그런가. 유메도 론론이랑 이야기하면 즐겁고, 싫지 않아."

"어이, 어이, 어잇. 설마 역고백인가? 진짜야? 그야 나, 지금 솔로이고. 아니, 기본적으로는 계속 모태 솔로였지만. 물론 내가 인기가 없는 게 아니라, 이곳저곳으로 이동하니까. 그때뿐인 거시기라거나 그런 것 말고는 좀처럼….”

“앗!”

“뭐, 뭐야?! 벌써 사귀는 건가?!”

“응… 있지, 유메, 볼일이 있어서. 생각났어. 어제 아침에 렌지를 만났거든.”

“결국 렌지냐아아앗! 다들 그래! 여자건 사내놈이건! 렌지 렌지 렌지 렌지 렌짓! 젠자아아앙!”

론은 갑자기 벽에 머리를 박기 시작했다. 너무 쾅쾅 박치기를 해대서 유메는 어안이 벙벙했다. 잠시 후에, 말려야겠지 하고 생각했을 때에는 이미 론은 연속 헤드 배팅을 멈춘 후였다.

“…하긴 뭐, 이해하지만. 나 역시 렌지한테 반했다고 하면 반한 게 맞으니까. 남자가 봐도 반할 만하달까. 그러니까, 그 마음은, 뭐. 아플 정도로 알지만 말이야….”

론은 벽에 이마를 밀어붙이고 주먹을 꽉 쥐고, 뭐가 그렇게 분한 건지, 으드득 소리가 날 정도로 이를 악물고 있었다.

유메는 론의 어깨 부근과 턱을 움켜잡고 “영차” 하고 끌어당겨 유메 쪽을 향하게 했다. 보기에 론의 이마는 빨개졌지만, 피가 나지는 않았다.

“응. 괜찮을 것 같네.’

“하… 하지 맛!”

론은 유메의 손길을 뿌리치고 고개를 홱 돌렸다.

“바, 반해버리잖아….”

“옹? 어딜 파내버려?”

“내 하트.”

"흠… 파낼 수 있는 건가? 사람 하트를? 푹푹?"

"…비교적 팔 수 있는 거다. 제대로 파진다고. 너를, 잊을 수 없게 되면 어떻게 해줄 거야?"

"유메를 잊지 않고 기억해주는 건 기뻐."

"바로 그런 면이 문제라고, 넌…."

론이 하는 말은 잘 이해할 수가 없다. 유메가 고개를 갸웃거리고 있노라니 론은 수습하려고 헛기침을 했다.

"저기… 렌지 말인데."

"응. 어디 있을까나?"

"지금은 혼자 내버려둬주지 않겠어?"

론의 음성이 돌변해서 습기 찬 목소리였다.

유메는 론의 얼굴을 물끄러미 쳐다보았다. 울고 있는 건 아닌가 해서였다. 론은 울고 있는 건 아니었다. 하지만 표정이 묘했다. 눈은 허망한데 마치 웃으려는 도중처럼 얼굴 여기저기가 당겨져 있다. 미간에 주름이 잡히고 화난 것 같기도 하다.

"못 들었겠지. 자기 입으로는 말 안 해. 렌지는 그런 놈이니까."

"듣다니… 뭘?"

"삿사라고 기억나?"

"여자 말이지? 렌지 파티에 들어간."

"내 이름은 금방 안 나왔으면서 삿사는 기억하는 건가? …뭐, 됐고. 삿사가 말이지."

"어떻게… 되었어?"

론의 입을 통해 분명히 들을 필요도 없이 유메는 알아차렸다.

그 짐작이 맞았다.

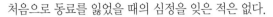

처음으로 동료를 잃었을 때의 심정을 잊은 적은 없다.

이미 오래전 일이라 항상 가슴이 욱신욱신 쑤시는 것은 아니지만, 가끔씩 문득 마나토를 떠올리고는 달밤의 늑대처럼 우오옹, 우오오옹… 짖고 싶어진다.

유메는 늑대가 좋았다. 하지만 안타깝게도 그녀는 늑대가 아니기 때문에 실제로는 짖거나 하지는 않는다. 늑대가 왜 그렇게 안타까운 목소리로 짖는 건지 사실은 모르지만, 그들은 짝을 중심으로 무리 지어 생활한다. 무리의 동료와 어긋나거나 죽거나 하면, 늑대는 몇 번이나 먼 곳을 보며 짖는다고 한다. 사냥꾼 길드의 스승님한테서 들은 이야기이므로 이건 헛소문이 아니다. 늑대는 아마도 없어진 동료가 돌아오기를 바라고 짖는 것이다. 유메도 동료를 만나고 싶어서 짖고 싶어진다. 하지만, 죽어버린 이는 어떻게 해도 돌아오지 않는다.

두 번째도 괴로웠다. 어쩌면 모구조 때가 더 힘들었는지도 모른다. 함께한 시간이 길었다. 아니, 그것만이 아니야. 소중한 사람을 한 명 잃는 것보다 두 명 잃는 것이 더 괴로운 건 당연하다. 채 낫지 않은 상처를 마구 파헤치는 것과 같다.

유메는 그 후 몇 번이나 배 위에서 렌지와 마주쳤지만, 늘 인사만 나눌 뿐이었다. 좀 상태를 살펴본 바에 따르면, 렌지는 론, 안경 낀 마법사 아다치, 신관인 꼬마 등 자기 동료들과도 거의 말을 하지 않았다.

렌지도, 론도, 까칠하고 친해지기 힘든 아다치도, 말수가 적달까,

목소리가 너무 작아서 알아듣기 힘든 꼬마도, 그리고 목숨을 잃은 삿사도, 유메네와 같은 날에 그림갈에서 눈을 떴다. 이런 관계를 뭐라고 표현하면 좋을까? 동기… 일까? 그들에게 도대체 무슨 일이 있었던 건가? 알고 싶지 않다고 하면 거짓말이 되겠지만, 자세히 알려달라고 해봤자 유메가 뭔가 할 수 있는 것도 아니다. 만약 그들이 말하고 싶어하면 기꺼이 귀를 기울이겠지만, 억지로 말하게 하는 건 아니라는 생각이 들었다.

유메는 오로지 모모히나와의 수행에 전념했다.

예전의 유메였다면, 하루히로네와 렌지네를 생각하고 싶지 않아서, 생각하지 않아도 되게끔, 멍하니 있거나 다른 일에 매달리거나 했겠지. 지금은 그 무렵과 비슷한 것 같으면서도 조금 달랐다.

아무리 심각하게 생각해봤자 어떻게도 할 수 없는 일은 있기 마련이다. 어떻게도 안 되는 일은 접어두고 다른 일을 열심히 한다. 그것밖에 없다.

내일이면 바하로즈호가 누귀두 항구에 도착한다는 날 밤, 모모히나와 시간 무제한 시합을 했다.

승부의 조건은 딱히 걸지 않았다. 모모히나와는 셀 수 없을 정도로 대련을 했다. 승패는 피차 안다. 그게 중요한 것도 아니다. 진검승부라면 유메는 아직 모모히나에게 십중팔구 이길 수 없다. 주안점은, 유메가 모모히나에게서 인정을 받을 수 있는지, 거기에 있다. 말하자면 졸업 시험이다.

갑판에서 마주 보고, 손등끼리 가볍게 마주 댔다. 자, 공격할까 했더니, 모모히나는 갑자기 유메의 손목을 잡았다. 앗 하고 목소리를 낼 틈도 없이 내던져졌다. 안 그래도 불리한데 선수를 빼앗기면 더욱 형세가 나빠진다. 유메는 초조했다. 본인도 그것을 알고 있었기 때문에 가급적 침착하려고 했다.

거리를 벌리려고 하자 휙 접근하더니 몸 어딘가를 붙잡는다. 모모히나는 너무나 간단히 유메의 관절을 졸랐다. 유메를 내던진다.

모모히나는 평소와 달랐다. 시종일관 무표정이었다. 몸을 움직이는 방식도 다른 사람 같았다.

유메가 모르는 모모히나가 거기 있었다.

유메는 냉정해지기는커녕 짜증이 났다. 아니, 분했다.

이럴 리가 없다. 유메는 모모히나와 원 없이 싸울 생각이었다. 모모히나는 전투가로서의 유메를 처음부터 다시 만들어내는 것처럼, 하나하나 뭐든지 다 가르쳐주었다.

모모히나의 인상과는 어울리지 않는 표현이지만, 유메에게 있어서는 엄마 같은 존재였다. 이럴 리가 없다.

모모히나는 어디까지나 조용하고, 그 몸놀림은 재빠르고 미끈했다. 유메는 점점 감정적으로 되어갔다.

분명히 좋지 않은 경향인데도, 도저히 억제할 수가 없었다. 흥분하면 몸 여기저기에 힘이 들어간다. 자연히 동작이 직선적이 되어 쉽게 간파당한다.

참패였다. 완패라는 말도 부족할 정도로 처절한 패배였다.

타박상은 셀 수도 없었고 어깨와 팔, 손목, 손가락 힘줄을 다치고, 뼈도 몇 군데 부러졌다. 꼬마가 광마법으로 치료해줘서 육체적인 손상은 남지 않았으나, 과연 낙담했다. 이렇게까지 속수무책이었던 것은 섬에서 수행을 시작한 초기 이래로 처음인지도 모른다.

사실 모모히나가 전해주고자 했던 것은 이해할 수 있었다.

"…힘이나 기술만이 아니라, 싸움은 상대방에 따라 달라진다는 거지?"

"바로 그거야…! 과연 유메룽! 감이 좋단 말이야… 이제 완벽해… 참 잘했어웃."

모모히나는 유메의 머리를 쓰다듬어주었다. 이젠 평소의 모모히나였다.

유메는 줄곧 모모히나의 가르침을 받았다. 모모히나는 유메의 모든 것을 숙지하고 있다고 해도 과언이 아니다. 그런 상대에게는 전력을 다해 부딪쳐도 간단히 박살이 나버린다. 유메가 작정하고 모모히나에게 수행의 성과를 보이고 싶었다면, 모모히나의 의표를 찌르는 공격을 적어도 시도해야만 했다.

배운 것을 그냥 곧이곧대로 꺼내려고 한 유메에 비해 모모히나는 어땠는가? 거의 본 적이 없는 던지기 기술이나 관절꺾기 기술 등을 다양하게 썼다. 유메는 당황하고, 동요했다. 제대로 대처도 못 하고 차마 못 봐줄 추태를 보였다.

다른 사람보다 두 배로 노력해서 나날이 수련하고, 근력을 향상시키고, 민첩성을 키우고, 기술을 갈고닦아도 그것만으로는 충분하지 않은 것이다.

상대에 따라, 방식에 따라 싸움의 양상은 크게 달라진다. 즉, 약자라도 하기에 따라서는 강자를 이길 수 있는 것이다. 적어도 그럴 가능성은 있다.

반대로 말하자면, 강자라도 자만하면 약자가 빈틈을 파고들 수 있고, 딱히 방심하지 않아도 때마침 약자가 예상치도 못한 공격을 함으로써 강자를 쓰러뜨릴지도 모른다.

어떤 사태도 항상 일어날 수 있다. 절대적인 것은 없다.

마지막으로 모모히나가 유메에게 가르쳐준 것은 요컨대 그런 것이다.

유메는 선실의 해먹 위에서 흔들리며 푹 잤다. 일어나 갑판으로 올라가서 보니 아득한 저편에 육지 그림자가 보였다. 아주 잠깐 울었다. 마침내 유메는 돌아온 것이다.

바하로즈호는 점심 무렵에 누귀두 항구에 닻을 내렸다.

쥐바들은 분명히 바하로즈호를 기꺼이 맞아주는 것 같다. 접안한 부두에는 수많은 쥐바들이 모여 있었다. 단, 그들은 환성을 지르지도, 손을 흔들지도 않는다. 그 조용함도 그렇고 그들의 외모도 기이하다면 기이했다. 인간과 비슷하지만, 피부는 회색의 암석 같은 색이었고, 머리카락은 한 올도 없다. 눈은 새까맣고 흰자위가 없고, 얼굴이며 팔이며 다리며 몸 전체에 선명한 파랑과 노랑, 빨강 등의 줄무늬가 떠 있다. 의류는 갈색, 보라색 등 어두운 색이 많다. 단 한 명의 예외도 없이 모두 가늘고 긴 막대기를 들고 있다. 나무가 아니라 금속제 같다. 광택이 나고 끝에 여러 가지 형태를 한 촉 같은 것이 달려 있다.

키사라기가 뱃전에서 오른손 엄지를 척 세워 보이자 쥐바들은 일제히 그 막대기 끝으로 통, 통, 잔교를 두드리며 응답했다.

"수줍음을 타거든, 저 녀석들."

그런 문제일까? 유메는 내심 배에서 내려가기가 약간 겁이 났다. 하지만, 키사라기와 모모히나가 태연히 트랩을 따라 잔교에 내려서서 쥐바들에게 아까처럼 엄지를 들어 보이거나 그들의 어깨를 두드리거나 하는 것을 보니 괜찮은 모양이다.

하선해서 다가가보니 모든 쥐바들에게서는 달콤한 쿠키 같은 좋은 냄새가 났다. 피부는 색조만이 아니라 질감까지 바위 같다. 그들의 검은 눈동자는 안쪽에 금빛 선이 있었고, 그것이 어른어른 흔들리며 움직이는 모양은 신비로워, 호… 하고 한숨이 나올 정도로 예뻤다. 그들은 맨발이고 신발을 신지 않았다. 손도 발도 손가락 발가락이 일곱 개 있는 모양이다.

유메에게는 어떤 쥐바도 거의 똑같아 보여서 구별이 안 된다. 단, 키가 작고, 머리과 얼굴 모두에 하얀 무늬가 잔뜩 있는 쥐바가 있었다. 그 쥐바가 들고 있는 막대기가 무색투명한 것도 특징적이었다. 키사라기가 손짓발짓을 섞어가며 그 쥐바와 이야기하고 있을 때 처음으로 유메는 그들이 말하는 것을 들었다.

"우…토…응…토…토. 무…오…응…토…토. 응…토…우…토…."

물론, 유메는 그게 무슨 말인지 전혀 모른다. 지금까지 여러 가지 언어를 들어봤지만, 쥐바의 언어는 그중 1~2위를 다툴 정도로 특이했다. 이런 식으로 말하는 자들도 있는 거구나. 세상은 넓다.

그날은 쥐바들이 키사라기와 모모하나, 유메와 렌지 팀을 커다란 건물로 초대해서 대접해주었다.

대접이라고는 해도 휑한 넓은 돌바닥 방에 음식을 차려놓은 것뿐으로, 누군가가 노래 부르거나 춤을 추는 것도 아니었다.

음식은 생선과 잎채소, 뿌리채소, 나무 열매가 주였고, 양은 충분했고, 하나같이 소재의 맛을 잘 살린 것이었다. 실은, 소재의 맛을 잘 살렸다기보다는 간이 세지 않은 것이고, 소금기는 일절 없었다. 음료는 여러 종류의 과즙을 물에 탄 것 같은데, 이 또한 이 맛도 저 맛도 없었다.

론이 "술도 없는 건가…"라고 중얼거렸는데, 쥐바에게 음주 습관
은 없는 모양이다. 노래도 하지 않고, 춤도 추지 않고, 대화도 사람
들 앞에서는 가급적 피한다. 그들은 바닥에 누워 가만히 있는 것을
무엇보다도 좋아하지만, 계속 그러고 있으면 졸리기 때문에, 사실
은 자기 전까지는 눕지 않는다. 키사라기가 말하기로는 그런 사람
들이라고 한다.

밤에는 그 방에서 여럿이 뒤섞여 잤다. 쥐바는 이불 같은 것은 사
용하지 않는 것 같기에 유메도 돌바닥 위에 그냥 누워봤다. 눈을 떠
보니 담요를 돌돌 말고 있었다. 누가 덮어준 것이다. 캄캄한 방을
둘러보니 쥐바 두 명이 막대기를 든 채로 담요를 품에 안고 천천히
실내를 걸어 다니고 있었다. 그 뒤에는 푹 잤다.

쥐바는 오르타나로 가는 유메와 렌지 팀을 위해 인원수만큼 마룡
을 준비해줬다. 마룡은 두 개의 뒷다리로 걷는 소형 용이다. 통상
사육되는 마룡은 날개가 잘려 있다. 그러나 쥐바의 마룡은 날개가
달려 있어 약간의 거리라면 활공하기도 하고, 물 위를 달리는 것도
가능하다고 한다. 날개를 자르지 않으면 말을 듣지 않게 되고, 등에
아무것도 안 태우려 한다고 유메는 들은 적이 있었다. 그런데 쥐바
의 마룡은 그야말로 사람을 잘 따르고 온순했다.

유메와 렌지 팀은 키사라기와 모모히나, 안졸리나 선장 이하 바
하로즈호의 선원들, 그리고 백 명도 넘는 쥐바들의 배웅을 받으며
아침 일찍 누귀두를 출발했다.

모모히나와 헤어지는 것은 서운하니 분위기가 질척해질지도 모
른다고 유메는 걱정했었다. 하지만 모모히나는, 그리고 키사라기도
무덤덤했기 때문에 웃는 얼굴로 작별할 수가 있었다.

"유메룽, 또 봐…!"

"응. 또 봐."

"동료들한테 안부 전해줘."

"모모 씨랑 기총 동료들한테도 안부 전해줘. 긴지랑 쟝카룰룽이
랑, 그리고 지미 씨네한테도."

오르타나까지 가는 길은, 안경 낀 마법사 아다치가 자신만만하게
망설일 여지가 없다고 단언했기 때문에 일단 그에게 맡기기로 했다.
천룡 산맥을 따라 서쪽으로 가기만 하면 되는 거니까 어떻게든 될
것이다.

쥐바의 마룽은 울퉁불퉁한 장소가 있으면 날개를 파닥거리며 떠
올라서 날아간다. 꽤 자주 파닥파닥해서, 독특한 부유감에 처음에
는 좀 속이 울렁거렸지만, 유메는 금방 익숙해졌다. 렌지는 물론이
고 론과 꼬마도 아무렇지 않은 것 같았고, 아다치만 한동안 얼굴이
창백해져서 "이건 멀미 나네, 멀미 나…"라고 중얼거렸다. 그래도
뒤처지지 않고 따라왔다.

마룽은 속도가 빨랐지만, 배가 고프면 요지부동이 된다. 단, 그들
은 잡식성이라 식물의 이파리나 줄기, 뿌리, 벌레, 작은 동물, 죽은
동물의 고기 등 정말로 뭐든지 먹기 때문에, 그럴 때에는 풀어주면
된다. 굳이 먹이를 준비하지 않아도, 근처에서 먹을 수 있는 것을
찾아서 우적우적 먹고 배가 부르면 돌아온다.

한 번은 론이 기다리다 지쳐 식사 중인 마룽을 끌고 오려고 했다
가 마룽이 토라져서 태워주지 않게 된 일이 있었다. 유메의 마룽과
교환해줘서 다행히 넘어갔지만, 그런 고집스러운 면도 있기 때문에
조심해서 다뤄야 한다.

유메네는 마룡이 발을 멈출 때까지는 이동했다. 마룡이 움직이지 않게 되면, 내려서 휴식을 취하기도 하고 식사를 하거나 잠을 자기도 했다. "생활 리듬이 망가진다"는 등 투덜거리는 것은 아다치뿐이었다. 렌지 팀은 상당히 여행에 익숙했다.

이렇게 해서 함께 여행하고 있노라면, 파티의 형태나 멤버 각각의 개성이 뚜렷하게 보여서 재미있다.

론은 가끔씩 시끄럽지만, 쉴 때 이외는 거의 말을 하지 않고 힘쓰는 일은 솔선해서 해낸다. 보기에도 머리가 좋은 것 같은 아다치는 실제로 렌지의 좋은 의논 상대이고, 꼬마는 앞으로 나서지 않고 뒤에서 묵묵히, 자잘한 일까지 해낸다.

렌지는 굉장히 무서운 사람으로, 무조건 동료에게 자기 말을 듣게 한다. 동료들은 거역하지 않는다… 렌지 팀은 그런 파티일 것이라고 왠지 유메는 생각했었다. 예전에는 어땠는지 모르지만, 적어도 현재는 그렇지 않은 모양이다.

확실히 렌지에게는 그냥 거기 있는 것만으로도 주위를 위압하는 강렬한 존재감이 있다. 붙임성은 결코 좋지 않다. 동료들에게도 퉁명스러운 편이다. 서로 농담을 하며 웃는 일은 없고, 잡담조차 안한다. 동료들에게 둘러싸여 있는데도 렌지는 마치 혼자 있는 것 같다. 그래도, 원래 그런 것이라고 멤버들은 받아들이고 있는 것이겠지. 렌지는 남한테 관여하기를 좋아하지 않는다고 이해하기 때문에 일부러 내버려둔다. 하지만, 필요할 때에는 말을 걸고, 렌지도 무시하거나 하지는 않는다.

삿사 건도 영향을 끼친 것이겠지. 렌지는 상처 입은 것이다. 사정을 모르는 사람이 보면 그렇게는 보이지 않을지도 모르지만, 렌지는 렌지 나름대로 충격을 받은 것이다. 론도, 아다치도, 꼬마도 분명 마찬가지다. 그들은 괴로운 내색을 하거나, 고민하는 것 같다거나, 생각에 깊이 잠기거나 하는 일은 없다. 담담하게 오르타나를 향해 간다. 그들은 그렇게 해서 지금까지 여행을 해온 것이겠지.

삿사와 함께.

소중한 동료가 한 명 빠졌다. 그들은 그것을 탄식하는 것이 아니라 조용히 받아들이려고 하는 것이리라.

누귀두를 나와 3일째에 풍조 황야에 들어섰다. 아다치 말에 따르면, 별일 없으면 4일이나 5일이면 오르타나에 도착한다고 한다. 금방이다.

해가 지기 전에 전망 좋은 들판에서 마룡들이 더 이상 움직이지 않게 되어, 그대로 야영하기로 했다.

렌지 팀의 조리 담당은 아다치다. 제일 맛에 까다롭고, 누가 요리를 해도 꼭 잔소리를 한다. 그래서 아다치가 요리를 하게 되었다고 한다. 그날 밤은 말린 고기와 들풀, 버섯 등을 넣은 죽이었는데, 둘이 먹다 하나가 죽어도 모를 만큼 맛있었다. 아다치는 조미료나 향신료를 왕창 갖고 있어서 어떤 재료라도 맛있게 완성시킨다. 정말 대단하다.

론은 항상 눕자마자 드르렁거리기 시작한다. 언제 어디서든 얼마든지 잘 수 있다고 한다.

꼬마는 작은 몸을 더욱 작게 웅크리고 가만히 있는구나 싶으면 어느 틈엔가 앉아 있기도 하고, 사라지기도 하고, 또 나타나기도 했다. 꼬마의 행동은 수수께끼지만, 그녀의 동료들은 신기하게 느끼지 않는 것 같다. 유메는 친해지려고 틈틈이 말을 걸고는 있지만,

꼬마의 대답은 90%가 "어"나 "아뇨" 중 하나로, 대화다운 대화로 발전하지 않는다.

꼬마에 대해서는 잘 모르지만, 일거수일투족에서 한결같음, 성실함이 전해진다. 꼬마는 자기 동료들을 위해서 모든 것을 바치는 사람이겠지.

삿사가 있었던 무렵, 팀 렌지는 남자 세 명에 여자 두 명의 파티였다. 꼬마와 삿사 사이에는 역시 특별한 유대감이 있지 않았을까? 그런 생각이 들어 더욱, 유메는 꼬마와 차분히 이야기를 나눌 수 있으면 좋겠다고 생각했다. 하지만 쓸데없는 오지랖인지도 모른다.

렌지는 자기 짐을 질서정연하게 내려놓고 그중 하나를 베개 삼아 뒤척이지 않고 같은 자세로 잔다. 식기 등 일용품은 자기 것만 쓴다. 수염은 꼼꼼하게 면도하고, 머리도 짧은데도 꼭 빗질을 한다.

매일매일 같은 일을 같은 순서로 똑같이 한다. 딱히 그런 인상은 없었는데, 실은 엄청나게 꼼꼼한 사람인가 보다.

유메는 무슨 일이건 대충대충 한다. 물은 마실 수 있을 때 마실 수 있을 만큼 마셔두고, 먹을 것도 마찬가지이며, 딱히 집착하는 건 없다. 어두워지면 자고, 낮에 움직이면 컨디션이 좋지만, 반대일 경우에도 어떻게든 된다. 자려고 하면 대개 잘 수 있고, 잠이 오지 않아도 그땐 그거대로 어쩔 수 없다. 졸릴 때까지 깨어 있으면 되는 것이다. 섬 생활을 하다 보니 전보다 훨씬 더 대충대충이 된 것 같은 느낌이다.

오늘 밤은 아무래도 졸리지 않은 날인 것 같다.

렌지도 누워 있는 것뿐이고 눈을 감지도 않았겠지. 캄캄한 들판 한복판에서 불을 꺼버렸으니 아무것도 보이지 않는다. 그래도 기척으로 알 수 있다.

"있잖아, 렌지."

"응."

렌지는 즉답했다. 역시 깨어 있었다.

"왜 붉은 대륙에 갔던 거야?"

물어보고 나서 후회했다. 삿사에 관해서 언급할 의도는 없었다. 그래서 다른 화제를 고를 생각이었다. 하지만 렌지네는 붉은 대륙에서 돌아온 것이다. 삿사는 분명 그 땅에서 목숨을 잃은 것이겠지. 떠올리게 해버렸는지도 몰라.

"좁고 답답했으니까."

유메의 지나친 걱정이었을까? 렌지는 태연하게 대답했다.

"오르타나의 가란 베도이인지 하는 놈이 만나고 싶다고 졸라대서. 아라바키아 왕국의 변경백이라던가 뭐라던가, 천망루인지 뭔지 모르지만, 쓸데없이 높은 건물에 살며 우쭐대고 자빠졌어. 거절했더니 의용병단 사무소의 브리트니가 난리였다. 너무 시끄러워서, 나를 만나고 싶으면 관저에서 내려오라고 전했다."

"후오… 그랬더니, 그, 페토리 씨는…?"

"베도이다."

"그 베로링 씨는 내려왔어?"

"…오지 않았다. 브리트니가 말하기에는, 상당히 화가 났다고 하더군. 나에게 있어서는 어디서 굴러먹던 말 뼈다귀인지 모르는 놈이지만, 그놈은 자기가 짐짓 잘났다고 생각할 테니까. 나는 그런 부류의 놈이 구역질나게 싫다."

"렌지는… 유메도 그렇지만, 그림갈 사람?이 아니니까. 그림갈

일에 말려드는 게 귀찮은 거구나."

"그런 거다. 베도이만이 아니야. 의용병 패거리들도 이러니저러니 성가셨고."

"그래서, 붉은 대륙에?"

"내 멋대로의 행동에 말려들게 해버렸다."

렌지는 그 뒤에 뭔가 말을 이으려고 한 것 같았지만, 도로 삼켰다.

쓸데없이 끼어들 일이 아닌데도, 도저히 참을 수가 없어졌다.

"…동료들은 그렇게 생각하지 않는 것 아닐까? 렌지가 말했으니까 할 수 없이 그렇게 한다거나, 그런 게 아니라. 다들 렌지랑 동료이고 싶으니까 동료로 있는 거라고, 유메한테는 그렇게 보이는데."

"그건 네 주관적인 생각이다."

"응. 그러네. 유메는, 유메 생각밖에 모르니까."

"다른 사람의 마음 같은 건, 알 수 있을 리가 없지."

"그렇다면, 렌지도 모두의 마음을 멋대로 판단하는 건 이상하잖아."

"…그러네."

"다들 어떻게 생각해? …라고, 꽤 물어보기 힘드니까. 옆에 있으면 언제든지 물어볼 수 있는 건데도."

렌지는 아주 약간 웃고, 또 "그러네"라고 말했다.

"미안했다. 너는 동료와 엇갈려서 혼자인데."

"혼자 아니야."

"…응?"

"렌지네가 있잖아. 전에는 모모 씨가 있었고. 그래서 기총이 구하러 와줬고. 유메는 혼자 아니야."

"…그런가."

렌지는 그 말을 끝으로 입을 다물었다. 기척을 보아하니 잠든 것
은 아닌 것 같다. 하지만 유메한테 먼저 졸음이 엄습해왔다. 순식간
에 의식이 어딘가 깊은 장소로 떨어졌고, 완전히 잠겨버리기 직전
에 렌지의 목소리를 들은 것 같았다.

"정말로 혼자인 것은, 죽어버린 놈뿐이지…."

멀리 벽으로 둘러싸인 거리가 보이기 시작했다. 반갑다기보다는 뭔가 작고 귀엽네, 이것이 유메의 감상이었다.

오르타나는, 어디서부터인지 사람들이 모여들어, 집을 짓고, 밭을 일구고, 가축을 키우고, 주민들이 늘어나는 식으로 자연스럽게 생겨난 거리는 아니다. 제왕 연합에 패해서 아라바키아 왕국 국민들은 천룡 산맥 남쪽으로 도망쳤고, 그중 일부가 몰래 되돌아와서, 적으로부터 공격을 당해도 버틸 수 있도록 우선 튼튼한 보루를 구축했다. 그것이 오르타나의 시작이었다.

지금 오르타나 주위에는 밭과 방목지, 촌락이 여기저기 흩어져 있고, 도심과 외곽이라는 양상을 띠고 있다. 하지만 처음에는 보루만 덩그러니 서 있었을 것이다. 그림갈 중심은 예로부터 좀 더 북쪽이며, 이 근방에는 다무로라는 거리가 있는 것뿐이었다. 그래서 제왕연합은 다무로와 사이린 광산을 공략한 후에 이 그림갈 변경에는 관심을 두지 않고 오크나 언데드들 주요한 종족들이 북으로 돌아갔고, 고블린과 코볼트 일파만이 남았다. 고블린은 다무로, 코볼트는 사이린 광산을 각각 근거지로 삼았다.

실은 아라바키아 왕국 측이 다무로의 고블린과 거래를 해서 그들이 오르타나 건설을 눈감아준 모양이다. 아직도 아라바키아 왕국이 군대를 보내 다무로를 공격하거나 하지 않는 것은 그런 사정 때문이라고.

유메에게는 잘 와 닿지 않는 이야기라고 새삼 생각한다.

막 의용병이 되었을 무렵, 다무로에서 많은 고블린을 해치웠다.

처음에는 거부감이 들었지만, 하다 보니 아무렇지 않아졌다.

지금도 고블린에게 습격당하면 주저 없이 고블린을 죽이겠지. 단, 그 당시와는 달리, 과연 이걸로 괜찮은 걸까? 유메는 생각하게 되었다.

정신이 들고 보니 그림갈에 있었고, 의용병으로서 살아가게 되었다. 별로 고블린이 미운 것은 아니지만, 인간형이기는 해도 인간과는 별로 닮지 않았고, 말도 통하지 않고, 오크처럼 세지도 않다. 고블린은 오르타나에 가까운 다무로에 모여 있었고, 만만한 사냥감이었다. 아니, 처음에는 강적이었다. 유메네 파티에게서 소중한 동료를, 마나토를 앗아간 것은 고블린과 홉고블린 집단이다. 그래도 원수는 갚았다. 유메는 여러 마리의 고블린을 죽였다. 그 고블린들에게도 동료나 가족이 있었는지도 모른다. 오크인 잠보가 이끄는 포르간에는 온사라는 짐승술자 고블린이 있었다. 유메도 동물을 좋아한다. 온사와는 분명 마음이 맞을 것이다. 하지만 친구가 될 수는 없겠지.

고블린은 적이기 때문이다.

정말로 그런 건가? 유메는 제왕 연합한테 무참하게 당했던 아라바키아 왕국의 인간이 아니다. 본래는 오크도, 언데드도, 고블린도, 코볼트도, 적도 아무것도 아니었다. 오르타나는 유메의 고향이 아니다.

그래도, 막상 가까이 와보니, 돌아왔구나 하는 감회가 솟구쳤다.

보기에 오르타나는 여전히 오르타나였다. 옆에 있는 언덕도 묘비 투성이였고, 그 위에 우뚝 솟은 열리지 않는 탑도 또한 기억에 남아 있는 그대로 변함없다.

슬슬 저녁 무렵이니까, 내일이 되어버릴지도 모르지만, 나중에 마나토와 모구조에게 가봐야지, 생각했다. 한동안, 꽤 오래, 안 갔구나. 갈 수 없었으니까.

만나러 가도 거기에 두 사람은 없다. 쌓인 이야기가 있어도 두 사람이 들어주는 것은 아니다. 하지만, 두 사람을 기억하고 때때로 만나러 가는 것은 유메에게 의미가 있다.

렌지네는 삿사를 어떻게 보내줬을까? 렌지는 분명 말하고 싶지 않을 것이다. 나중에 론이나 아다치한테 물어봐야지.

멀리서 보기에는 변함없는 오르타나였으나, 북문을 통해 안으로 들어가려고 했더니 그쪽에 변경군 병사들이 잔뜩 모여서 떠들어대기 시작했다.

"렌지잖아?!"

"렌지다."

"렌지가 돌아왔다."

"실버 울프!"

"렌지다! 실버 울프가 오르타나에 귀환했다!"

문 주변이나 벽 위에 있는 병사들은 창이나 검을 치켜들기도 하고 만세를 부르기도 하면서 들떠 있다. 유메는 어안이 벙벙했다.

"…엄청 인기인이구나, 렌지. 칠버 풀푸? 가 뭐야?"

"실버 울프다."

안경을 낀 아다치가 경멸하는 시선으로 유메를 보았다. 그런 식으로 걸핏하면 사람을 깔보는 것은 문제라고 생각한다.

"은의 늑대. 렌지 머리가 은색이잖아. 그래서 언제부터인지 그렇게 불리게 되었다."

"우왕~. 멋지다. 하루 군의 드래곤 라이더도 대단하지만."

"…그야, 드래곤 라이더는 확실히 나쁘지 않지."

론은 의아하다는 듯이 눈썹을 모으고 있다.

"하지만 말이다, 아무래도 이상하잖아, 이건. 무엇보다도, 경비가 지나치게 엄중하잖아."

꼬마는 고개를 숙이고 힐끔힐끔 주위를 살핀다.

언뜻 보기에는 그런 느낌은 들지 않지만, 누구보다도 조심성이 많은 아이인 것이다.

병사들에게는 눈길도 주지 않고 거침없이 마룡을 몰아 이미 정문을 지나치려고 하는 렌지는 어떻게 생각하고 있는 걸까? 론과 멤버들은 렌지를 따라간다. 유메는 잠시 망설였지만, 좀 더 그들과 동행하기로 했다. 오르타나에 도착하면 제일 먼저 들러야 할 장소가 있다. 렌지네도 우선 그곳으로 간다고 했었다.

오르타나는 아담했다.

북문으로 들어가도 남구까지는 금방이었다.

목적지인 건물에는 하얀 바탕에 빨간 초승달 깃발이 펄럭이고, 간판이 걸려 있다. 그 간판을 본 순간, "우왓?!" 하고 이상한 목소리가 튀어나왔다.

"간판, 새로 바뀌었구나! 그렇지?"

론은 "…엉?" 잘 모르겠다는 듯한 태도였으나, 꼬마는 눈을 크게 뜨고 "웃…" 하고 숨을 멈췄고, 아다치는 "정말이다"라고 중얼거렸다. 렌지는 관심 없다는 듯이 개의치 않는 태도였다.

그 간판은 예전에는 '오 타 벼겨구 의요병다 레 문'이라고 적혀 있었다. 그런데 지금은, 오르타나 변경군 의용병단 레드문이라고 읽을 수 있다. 이쪽이 맞는 건데, 전에는 글자 일부가 희미해져서 보이지 않았다.

마룽을 축사에 묶어놓고 의용병단 사무소로 들어가자, 술집 같은 홀에는 의용병으로 보이는 남녀가 몇 명 있었다. 모두 렌지를 보고 술렁이기 시작했는데, 보기에도 뒷걸음질을 치기만 할 뿐 아무도 말을 걸어오지 않는다.

"렌지…?"

카운터 너머에서 팔짱을 끼고 서 있던 남자가 하늘색 눈동자를 빛냈다. 머리카락은 여전히 녹색이고, 입술에는 검정색 립스틱을 바르고, 볼연지를 발랐다. 화려한 복장과 배배 꼬는 듯한 몸놀림도 처음 만났을 때와 같았지만, 뭔가가 달라진 것 같았다.

"브리트니."

렌지도 브리트니는 무시하지 않았다. 오히려 브리트니에게 귀환을 알리기 위해 이 사무소에 얼굴을 내민 것이다.

렌지는 카운터를 가볍게 한 손으로 짚었다.

"오랜만이군. 못 본 새에 늙었잖아."

"말하지 마."

브리트니는 두 손으로 자기 얼굴을 감싸더니 허리를 틀며 고개를 확 돌린다.

"나도 신경 쓰이니까. 내 입장도 있고, 자기 좋을 대로 살아가는 자기 같은 남자와 달리 고생이 많다고… 요즘에는 특히 더."

"아얏!"

유메가 자기도 모르게 손뼉을 치자 브리트니는 놀라 눈을 까뒤집는다.

"뭐, 뭐, 뭐야? 갑자기."

"그렇구나. 브리 씨, 유메네보다 훨씬 나이가 많잖아. 그러니까
…"

"그러니까… 라며 납득하는 얼굴 하지 마! 무례한 애새끼들이네,
정말… 어라? 당신… 아니, 어떻게 된 일이야?"

브리트니는 렌지, 아다치, 론, 꼬마, 그리고 유메를 손가락으로
가리키면서 숫자를 센다.

"인원수는 맞는데 멤버가 바뀌었잖아. 유메, 원래 자기는 하루히
로 파티에 있었지? 하루히로네는 행방불명이라고 풍문으로 들었는
데."

"행방…."

유메는 고개를 갸웃거리더니 몇 번 눈을 깜빡였다.

지면이 흔들흔들 흔들린다.

그게 아니라 유메가 흔들리고 있는 모양이다.

꼬마가 부축해주었다. 유메는 쓰러질 뻔한 모양이다.

"삿사는 죽었다."

렌지는 담담하게 말하고, "이 녀석은"이라며 턱짓으로 유메를 가
리켰다.

"에메랄드 제도에서 우연히 합류했다. 하루히로 일행과는 따로
행동하고 있던 모양이야."

브리트니는 어깻짓을 했다.

"뭔가 복잡하네. 그러지 좀 마. 이 비상시에…."

"비상시라니?" 아다치가 묻는다.

"데드 헤드가 함락되었단 말이야."

"뭐?"

렌지는 눈썹을 모으고 되물었다.

"…적야 전초기지와 리버사이드는?"

"그쪽은 무사해. 우리 의용병단은 리버사이드에 전력을 집중시키고 있어. 적야는 응전할 만한 설비가 없고, 지금은 거의 아무도 없을 거야."

"왜 당신은 오르타나에 남아 있지?"

"당신들처럼 아직 상황을 파악하지 못한 의용병도 있으니까. 리버사이드에는 카지코와 시노하라가 있으니 어떻게든 되겠지."

"와일드 엔젤스(황야 천사대)의 카지코와 오리온의 시노하라인가…."

아다치가 복잡한 표정으로 중얼거렸다. 양쪽 다 유메는 면식이 있다. 커다란 클랜을 이끄는 선배 의용병들이다.

"뭐, 나는 이 사무소 소장으로 변경군에 고용된 것뿐이니까."

브리트니는 어디에서 꺼냈는지 나이프를 꺼내 빙글빙글 돌리면서 비웃는 것처럼 웃었다.

"원래 의용병단에는 단장조차 없어. 이미 알고 있겠지만, 어차피 아라바키아에 있어서 의용병은 버리는 패거나, 기껏해야 한 번 쓰고 버릴 일회용에 불과해."

"잔챙이들밖에 없는 변경군이 주전력이라니…."

론은 그렇게 말하고 혀를 찼다.

사무소 안이 희한하게 조용하다. 다른 의용병들은 고개를 숙이고 풀이 죽어 있다.

브리트니의 이야기에 제대로 귀를 기울여야겠지. 중대한 일이라고는 생각하지만, 아무래도 머릿속에 들어오지 않는다.

"유메는 갈게."

자기야, 잠깐… 브리트니가 말렸다. 유메는 아랑곳하지 않고 사무소를 나왔다.

그리고 여기저기 돌아다닌 것 같은데, 잘 기억나지 않는다.

이미 완전히 날이 저물었다. 유메는 의용병 숙사 앞에 우두커니 서 있었다. 그러고 보니 사무소에 마롱을 묶어둔 채로 왔다. 데리러 돌아가는 게 좋을까? 내키지 않는다.

"…행방불명…이라니."

어떻게 된 걸까? 브리트니에게 좀 더 자세하게 물어보면 좋았을 걸.

그렇다. 지금도 늦지 않았어. 일단 다시 사무소로 가자.

다리가 그냥 막대기가 되어버린 것처럼 움직이지 않는다. 혹은 발바닥에 뿌리라도 내린 것 같다. 알고 있다.

사무소를 나왔을 때부터, 사실은 알고 있었다.

유메는 알고 싶지 않은 것이다. 하루히로네한테 무슨 일이 있었는지를. 알게 되는 게 무섭다.

하지만 유메는 알아야만 한다. 그것도 안다.

어찌 되었든 모른 채 있을 수는 없고, 언젠가는 알게 되겠지. 진실이라는 것이 있다고 해도, 그것을 마주할 용기가 유메에게는 없다. 그래서 나중으로 미루고 있다.

"한심하네, 유메…."

낡은 숙사에서 동료들과 지냈던 나날이 머릿속에 떠오른다.

마나토가 말해줬었다. 우리 중에서 유메가 제일 용기가 있는 것 아닐까?

과대평가다. 유메는 용감한 것이 아니다. 깊게 생각하지 않고 나서는 경우가 많은 것뿐이다. 요컨대 경솔한 것이겠지. 두려워하지 않고 앞으로 나아갈 수 있는 강함 같은 것은 유메에게는 구비되어 있지 않았다. 응석을 부리고 있었다. 약했고, 부서지기 쉬웠다.

그 나약함은 지금도 유메의 마음속에 자리 잡고 있다.

빠릿빠릿 야무지게 말하고 싶다. 그런데도 주절주절 말을 늘어놓게 되고 마는 것은, 항상 마음을 결정하는 데에 시간이 더 필요하기 때문이다.

야무진 사람이 되고 싶지만, 그런 바람을 갖는 사람치고는 재빨리 정리하려고 하지 않는다. 결국, 이대로가 좋다고 생각하는 걸까? 그렇지는 않아.

완전히 어두워지기 전에 유메는 의용병 숙사를 벗어났다. 유메는 강해져야만 하고, 그럴 생각이다. 하지만, 되고 싶다, 되고 싶다고 … 바라는 것만으로는 강해지지 않는다. 사람은 변한다. 그렇기는 해도, 하루 만에 금방 변할 수는 없다.

"강해질 때까지, 나약한 유메인 채로 애쓰는 수밖에 없으니까."

사냥꾼 길드는 북구에 있다. 북문 근처. 나무 울타리로 둘러싸였고, 정원에는 늑대개의 우리가 줄지어 놓여 있다. 사냥꾼들은 떠들썩한 거리에서 생활하는 걸 그다지 좋아하지 않아, 길드에는 경비원밖에 없는 경우도 있다. 유메는 누구에게도 검문을 당하지 않고 쪼르르 부지 안으로 들어가, 우리 안의 늑대개들과 인사를 나누었다. 한 마리를 제외하고는 모르는 늑대개들이었다.

"오랜만이야, 포치. 다른 아이들은 딴 곳으로 분양된 건가?"

포치는 격자 너머로 유메의 손가락을 날름날름 핥고는, 꾸웅 하고 사랑스럽게 울었다. 이렇게 사람을 따르는 늑대개였던가?

"혹시나, 그건가? 포치, 나이를 먹은 건가? 그래서 순해진 건지도?"

"어이."

그때 위쪽에서 목소리가 들렸다. 뭔가, 있잖아.

전에도 이런 일이 있지 않았던가?

올려다보니, 건물 창문으로 얼굴 아래쪽 반이 수염으로 뒤덮인 남자가 고개를 내밀고 있었다.

"…엇. 너…."

"후오오옷!"

유메는 펄쩍 뛰었다.

"스승님이잖아! 길드에 있어서 다행이다! 때마침 없어도 전혀 이상할 것 없으니까!"

"아니, 그보다 너, 어디… 아니, 언제… 아니, 지금까지, 뭘 하고…."

"담긴 이야기는 잔뜩, 잔…뜩 있지만."

"쌓인 이야기 아닌가…?"

"우옷, 그거야. 쌈긴 이야기."

"그게 아니라, 쌓인. 뭐, 쌓였건 담겼건 그리 문제 될 건 없지만. 그보다, 너…."

갑자기 코 막힌 목소리가 되었다. 어떻게 된 거지? 감기라도 걸린 걸까? 유메의 스승, 숙련된 사냥꾼 이츠쿠시마는 코를 훌쩍이기도 하고 눈 주위를 손으로 비비기도 했다.

"너라는 녀석은, 정말로…."

"오엥?"

유메도 두 손으로 눈을 비볐다. 수분이 느껴진다. 이것은 눈물이다. 보아하니 나는 울고 있는 모양이라고 유메는 알았다. 그런가.

이츠쿠시마도 울고 있는 것이다. 그렇구나. 나약한 유메니까. 어쩔 수 없나. 그렇다는 건, 스승님도 나약한 건가? 그건 아닌 것 같은데.

"스승님, 미안해. 유메, 걱정 끼쳐버렸네."

"바바밧, 바보 녀석. 누, 누가 걱정을 했다고… 뭐, 궁금하긴 했지만. 너, 너희 파티가, 뭐더라, 그러니까, 행방불명 비슷한 느낌이 되어버렸다는 건, 들었으니까. 말해두는데, 적극적으로 물어보고 다닌 건 아니다. 나는 그런 캐릭터가 아니야. 어디까지나, 저절로 귀에 들어온 것뿐이야."

"유메는 스승님과 만나고 싶었어. 한참 못 만났으니까."

"…그, 그러게. 앗, 바, 방금 그 말은 그게 아니야. 나도 너를 만나고 싶어서, 네가 불쑥 나타나지 않을까 해서, 가능한 한 길드에 있으면서 너를 기다렸다거나 그런 건 아니고, 단지, 꽤 오래 못 만났다는 말에 대해서 긍정한 것뿐이고…."

"스승님은, 유메의 집이니까."

"오, 어엇, 내가 네, 지, 집…?"

"말해줬잖아. 기본 실습이 끝날 때. 언제든지 돌아와도 된다고."

"…말했나? 그런 말을. 뭐… 했네. 기억은 나. 왠지 너랑 한 대화는. 나는 네 파더(스승)이고… 아버지 같은 거니까."

"응. 그래서 있지, 유메, 돌아왔어."

"그런가."

이츠쿠시마는 몇 번이고 고개를 끄덕이더니 휴 하고 숨을 내쉬었다.

"…그렇구나. 잘 돌아왔어, 유메."

"다녀왔어요, 스승님."

"…무슨 일이 있었어? 말하고 싶지 않다면… 말할 수 없다면, 억지로 말하지 않아도 되지만."

"여러 가지 일이 있었어. 스승님한테는 몽땅 다 말하고 싶지만, 어디부터 말해야 할지. 유메, 잘 모르겠어서."

"괜찮아. 조바심 낼 필요 없어. 천천히 하면 돼."

이츠쿠시마는 웃었다.

"유메. 너는, 무사히 돌아왔으니까."

후에에엥… 울고 싶은 것 같은, 목욕탕에라도 들어가고 싶은 것 같은, 배불리 밥을 먹고 싶은 것 같은, 잘 수 있는 만큼 푹 자고 싶은 것 같은, 그런 기분이었다. 정말 진짜로 나약한 유메구나.

하지만 이츠쿠시마와 재회한 덕분에 아주 조금 강해진다거나 하지 않을까? 그의 얼굴을 보고 목소리를 들은 만큼 분명 더 버틸 수 있는 힘이 된다. 나약한 유메는 이렇게 조금씩 파워를 쌓아가는 수밖에 없다.

"우선, 그렇지…."

이츠쿠시마는 유난히 자주 얼굴을 손으로 만지면서 엉뚱한 방향으로 고개를 돌렸다.

"저녁 아직 안 먹었으면, 뭐라도 먹을까?"

"유메, 엄청 배고파."

"좋아, 내가 만들…."

과연 이츠쿠시마와 유메 중 어느 쪽이 먼저 깨달았을까? 분명 거의 동시였다.

이츠쿠시마가 "아…?"라는 목소리를 냈다. 유메는 북쪽으로 시선을 향했다. 사냥꾼 길드는 북문 근처에 있기 때문에 오르타나를 둘러싼 방벽도 바로 옆에 있다. 과거에는 그런 일은 없었지만, 지금은 방벽 위에 변경군 병사들이 배치되어 적의 공격에 대비하고 있다. 유메는 그 병사들의 고함 같은 큰 목소리를 듣기 전에, 밤의 어둠을 가르고 날아오르는 수십 개의 짧은 빛줄기 같은 것을 보았다. 그 직후에 병사들의 투박한 목소리가 울려 퍼지고, 짧은 빛줄기는 방벽 안쪽으로 떨어졌다.

그중 하나는 사냥꾼 길드 건물 지붕에 꽂혔다. 타오른다.

"불화살인가?!" "불이야!"

다음 순간, 우리 안의 늑대개들이 짖어대며 날뛰기 시작했다. 땡, 땡, 땡, 종이 울린다.

방벽 위의 병사들이 적습, 적습! 이라고 외쳤다.

"기다리고 있어!"

이츠쿠시마가 유메한테 그렇게 말하고 창문에서 사라졌다. 내려올 생각이겠지. 유메는 날뛰는 늑대개를 다독였다. 우리에 태클하는 늑대개는 너무 흥분한 상태라서, 야, 안 돼 하고 꾸짖어야 했다. 병사가 "아앗…!" 비명을 지르며 방벽에서 떨어지는 장면을 목격했다. 유메는 그리 심하게 당황하지는 않았고, 오르타나가 공격당하고 있다는 사실은 분명히 인식할 수 있었다. 이것은 물론 심상치 않은 사태다. 그렇다고 이럴 때 우왕좌왕해봤자 별수 없다.

"유메!"

이츠쿠시마가 건물에서 나왔다. 활과 화살통을 등에 멨다. 손에는 다른 활과 화살통을 들고 있다.

"너, 활이 없네. 이걸 써."

"옛썰."

유메는 이츠쿠시마에게서 활과 화살통을 건네받았다. 그것 말고는 커다란 나이프밖에 휴대하고 있지 않지만, 뭐, 문제는 없겠지.

불화살은 아직 방벽 너머에서 계속 날아오고 있다. 사냥꾼 길드 정원에도 한 개, 두 개 날아들었다. 늑대개의 우리에도 한 개가 맞고 튕겨 나가 근처 바닥에 떨어졌다. 유메는 그것을 발로 밟아 불을 껐다.

"스승님, 이대로 두면 늑대개가 위험한 거 아닐까?"

"지금 우리한테는 여덟 마리가 있다. 거리에 풀어놓는 건…."

"꺼내줘. 응… 그럼, 유메가 꺼내줄래!"

열쇠가 잠긴 것은 아니기 때문에 유메는 차례로 우리를 열었다. 늑대개들이 잇달아 밖으로 뛰어나온다. 중간부터는 이츠쿠시마도 거들어주었다. 유메 말은 좀처럼 듣지 않던 늑대개들이지만, 이츠쿠시마가 휘파람을 불거나 머리나 목을 쓰다듬어주자 금방 차분해졌다. 유메는 감탄했다. 과연 유메의 스승님이네.

유메는 이츠쿠시마와 늑대개들을 정원에 남기고 길가의 상황을 살폈다. 전투에 가담하려는 것인지 변경군 병사들이 북문으로 가려고 했다. 의용병으로 보이는 자의 모습도 언뜻언뜻 보였다.

"스승님!"

유메는 스승을 부르고 나서 길가로 나갔다. 이츠쿠시마는 늑대개들을 이끌고 "응!"이라며 따라왔다. 병사들에게 힘을 보태려는 생각은 떠오르지 않았다. 북문 방향은 안 된다. 남쪽으로 가려고 했는데, 뭔지 엄청난 소리가 나서 유메는 자기도 모르게 뒤를 돌아보았다. 북문이 반 정도 열려 있다. 사방에 병사들이 엎어져 있기도 했고 나뒹굴고 있다.

"벌써 뚫린 건가?!"

이츠쿠시마가 외쳤다. 변경군이 북문을 연 것이 아니다. 당연하다. 그런 짓을 할 리가 없다. 적이 어떤 방법으로 바깥쪽에서 억지로 문을 연 것이었다. 그렇다는 건, 얼마 안 있어 적이 쏟아져 들어온다는 뜻. 아니, 얼마 안 있어가 아니다. 북문 일대에는 화톳불이 타고 있기도 하고 램프가 벽에 걸려 있기도 한데, 그중 일부는 쓰러지거나 빠져서 바닥에 뒹굴고 있지만, 비교적 밝다. 문으로 들어오는 대검을 든 저 거한은 아무리 봐도 인간족이 아니다. 근사한 체격에 녹색 피부였다. 오크다. 엎어져 있는 병사의 등에 오크 전사가 대검을 쑤셔 박았다. 그리고, 다음으로 나타난 것은 오크가 아니라 언데드인가? 언데드의 창이 다른 병사를 꼬치처럼 찔렀다. 아라바키아 왕국 변경군 병사들은 지금 완전히 갈팡질팡하고 있다. 저래서는 응전할 수 있는 상황이 아니다.

"유메, 남문이다!"

"응!"

이츠쿠시마가 여덟 마리의 늑대개를 데리고 달렸고 유메는 그 뒤를 따라갔다. 변경백이 사는 천망루라는 높은 건물이 오르타나의 거의 중앙에 있다. 천망루 앞의 광장과 시장 끝이 남구다. 이츠쿠시마는 똑바로 천망루로 향하고 있다. 최단경로로 남문에 도달할 생각이겠지.

유메는 북문 부근이 마음에 걸려 돌아보았다. 북문에서 뭔가 검은 것이 이쪽으로 흘러오는 것이 보였다.

네발 달린 짐승인 모양이다. 짐승 무리다. 게다가, 그중 한 마리, 아니, 한 마리뿐이 아니라, 몇 마리가 유메에게도 다가오고 있다. 늑대인가? 어둠 같은 검은 늑대.

흑랑이다.

도망칠 수 없다. 따라잡힌다. 맨 앞의 흑랑이 덤벼들어 유메를 쓰러뜨리면 다른 흑랑들도 몰려든다. 눈 깜짝할 사이에 유메는 엉망진창이 되어버린다. 어떻게 해야 하나? 생각할 필요도 없다.

유메는 일단 발을 멈췄다. 숨을 들이켜고, 내쉰다. 다시금 들이켜자 저절로 반격 태세가 되었다.

선두의 흑랑은 이제 지근거리에 있다. 흑랑은 유메의 목덜미, 혹은 손목, 발목 등을 물어뜯겠지. 유메는 비스듬히 내디디며 흑랑의 목을 손날로 내리쳤다. 흑랑이 끼용… 울면서 날려간다. 곧바로 다른 흑랑이 덤벼든다. 유메는 왼손으로 그 흑랑의 머리를 위에서 찍어 눌렀다. 흑랑의 몸은 바닥에서 떨어져 있으므로 과하게 힘을 줄 필요는 없다. 흑랑은 땅바닥에 턱을 부딪쳐, 끼양… 짖을 수밖에 없었다.

"유메…!!"

이츠쿠시마가 부른다. 근처가 아니다. 좀 거리가 있다.

솔직한 생각을 말하자면, 이츠쿠시마와 늑대개들의 모습이나 그들이 처한 상황을 자기 눈으로 확인하고 싶다. 하지만 유메는 흑랑에게 대처하는 것을 우선시했다. 세 마리, 네 마리, 흑랑을 물리치는 사이에 오크나 언데드가 다가왔기 때문에 활을 들고 화살을 겨누었다. 흑랑을 발로 차버리고 화살을 쏜다. 화살은 오크의 왼쪽 뺨에 박혔다. 미간을 노렸지만 약간 빗나가버렸다. 흑랑의 등을 발로차며 점프해서 두 번째의 화살을 발사한다. 화살은 언데드의 오른쪽 눈을 꿰뚫었다. 그 언데드는 곧바로 화살을 뽑아내더니 다가온다. 무기는 창이다. 찌른다. 지나치게 정직한 찌르기다. 유메는 쓱 피해 언데드의 사정거리 안으로 뛰어들어, 한숨에 무릎을 밟아 으깨고 발로 차 쓰러뜨렸다. 활에 화살을 겨눈다. 뒤로 몸을 돌리면서, 발사한다. 화살은 50센티미터도 떨어지지 않은 곳에 있던 오크의 목덜미에 맞았다. 오크는 그래도 포효하며 전투 도끼 같은 무기를 내리치려고 했다. 유메는 오크의 명치에 앞차기를 꽂아 넣어 몸을 젖히게 한 후, 그 틈에 또 화살을 쏴서 다른 오크의 왼쪽 눈을 맞혔다. 옆으로 펄쩍 뛰어 구르고, 무릎을 세우고 화살을 비스듬히 눕힌 상태에서 쏜다. 이 화살도 검을 두 자루 든 언데드의 왼쪽 가슴에 박혔다. 엄청 잘 맞네. 그냥 막 맞네.

잘 보인다는 뜻이다. 마치 눈이 세 개나 네 개 있는 것 같은 느낌조차 든다. 그렇기 때문에, 안다.

이츠쿠시마는 유메를 엄호하려던 것이라고 생각한다. 하지만 적이 다가와서 유메에게 가까이 올 수가 없었겠지. 이츠쿠시마도, 늑대개도 가까이에는 없다. 꽤 멀어졌다. 엇갈려버린 것이다. 적어도 엇갈리고 있다.

이츠쿠시마를 쫓아가고 싶지만, 유메는 오크나 언데드의 표적이되어 있다. 적에게 등을 보이고 이츠쿠시마를 찾는 것은 위험하다. 이런 때에는 감정을 억제해야만 한다. 옛날의 유메였다면 절대로 참을 수 없었겠지. 지금의 유메는 그게 가능하다.

살아남는 것을 최우선으로 하는 거다. 먼저 빠져나가지 않으면 이츠쿠시마와 합류할 수도 없다.

유메는 무리하지 않고, 아무튼 다가오는 적, 덤벼드는 적을 해치우는 일에만 전념했다. 오크도, 언데드도 결코 손쉬운 상대는 아니지만, 그들은 흥분하고 있다. 도를 넘어서 지나친 흥분 상태라고 해도 좋을 것이다. 반면에 유메는 비교적 냉정하다. 그 점에서 우위에 서 있다면, 어지간한 역량 차이가 없는 한, 어떻게든 된다.

"…하지만 말이야!"

유메는 언데드의 공격을 피해 건물 외벽을 박차고 도약해서 화살을 쐈다. 화살은 투구를 쓰지 않은 언데드의 정수리에 쑥 박혔다. 유메는 공중에서 활과 화살통을 버리고, 착지하자마자 앞으로 굴렀다. 유메를 내리치려던 오크의 곡도는 돌바닥을 깎아내며 불꽃을 흩뿌렸다. 화살이 동나고 말았다.

유메는 일어서서 나이프를 뽑았다.

하아, 한 번 숨을 내쉰다.

생각했던 것보다 땀이 많이 났다. 유메는 싸우면서 조금이라도 북문에서 떨어지려고 했다. 그럴 의도였으나, 현재 위치는 싸우기 시작한 지점과 그리 달라지지 않은 것 아닐까?

하긴, 자칫하면 이런 것이다. 자기는 냉정하다고 느끼지만, 실은 그렇지 않다거나 한다.

유메에게는 제왕 연합도, 아라바키아 왕국도 상관없고, 더욱이 오크나 언데드와 적대하고 싶은 것도 아니다. 그렇기는 해도, 이렇게 되어버리면 그런 말을 하고 있을 수도 없겠지. 방벽 위에서는 아직 의용병 병사들이 버티고 있는 것 같지만, 북문 일대는 적들투성이다. 유메 주위에는 아군은 없다. 적밖에 없다.

쓱 둘러본 것만으로도 열 명쯤 되는 오크와 언데드가 유메를 먼 발치에서 에워싸고 있다.

처음에 그들은 아마도 변변찮은 활과 화살 정도밖에 없는 인간 여자 혼자라고, 유메를 만만히 보고 있었다. 만만히 보이는 것이 제일 싸우기 수월하다.

이제 그들은 유메를 얕보지 않는다. 보기와는 달리 만만치 않은 녀석이라고 생각하고 있다. 그러니까 신중하게, 서서히 포위망을 좁혀와, 다 같이 합세해서 유메를 공격하려는 것이다. 이 포위망을 돌파하는 것은 간단하지 않다. 유메는 끄덕였다.

"…오케이."

간단하지는 않지만, 불가능한 것은 아니다. 가능성은 있다. 작을지도 모르지만, 제로는 아니다. 그렇게 믿고 최선을 다하는 거다.

유메는 나이프를 왼손으로 바꿔 들었다. 거꾸로 쥐자, 웃음이 나왔다. 이 쥐는 방식, 하루 군 같네. 오른손을 앞으로 내밀어 손바닥을 위로 향하고 까딱까딱 움직여본다. 말이 통하지 않아도 이 동작이 의미하는 것은 누구든 이해하겠지.

바로 정면이 아니라, 맞은편 오른쪽에 있던 오크가 앞으로 나서려고 했다. 거의 동시에 왼쪽에 있는 언데드도 움직였다. 열 명이나 있으면, 전원이 한 명을 해치우려고 해도 10대1이 되지는 않는다. 서로 호흡이 맞지 않고, 열 명이 한 명에게 덤벼들면 자기들끼리 부딪쳐서 정체되어버린다. 한꺼번에 한 명을 공격할 수 있는 것은 고작해야 세 명이나 네 명이다.

유메는 오른쪽의 오크도, 왼쪽의 언데드도 아닌, 정면의 오크에게 덤벼들려고 했다. 그 오크는 커다란 도끼를 두 손으로 들고 있는데, 움찔거리고 있었다.

상대가 한 명이든 여러 명이든, 제일 약한 곳을 찔러 거기서부터 무너뜨린다. 유메는 활로를 찾아낼 생각이었다.

"물러서"라는 목소리를 들은 순간, 어째서인지 마음이 위축되는 것을 느꼈다.

그것은 인간의 언어였다. 목소리도 인간의 것이었다. 그러면서도 유메는 아군이라고는 생각하지 않았다.

오크와 언데드들이 일제히 북문 방면으로 시선을 향했다. 유메도 그쪽을 보았다.

포위망에서 약간 떨어진 장소에 남자가 서 있었다.

남자는 왼손으로 칼을 들고, 그 칼등을 등에 대고 짊어지는 것처럼 하고 있다. 오른팔은 보이지 않는다. 남자는 애꾸눈이었다. 왼쪽 눈도 없다. 젊지는 않은 남자였다.

오크와 언데드들이 물러나며 포위망이 느슨해졌다. 지금이라면 뛰어서 도망칠 수 있을지도 몰라. 아니, 무리다. 불가능해.

남자가 다가온다.

"보아하니 이름 있는 의용병으로 판단된다… 해본 소리고."

남자는 헷 하고 웃고 칼끝을 유메에게 향했다.

"이래 봬도 나는 강한 놈과 싸우는 걸 꽤 좋아하거든. 이래 봬도라니, 어떻게 보이는지는 모르지만. 여자 주제에… 라는 촌스러운 말은 안 할 테니까 아저씨랑 좀 놀아줘, 아가씨."

모모히나와 혹독하게 수행한 성과 중 하나인지도 모른다. 유메는 이 남자가, 그야말로 보기와는 달리 엄청나게 강하다는 걸 알 수 있었다. 느껴지는 거다. 저런 식으로 왼손에 아무렇게나 칼을 들고, 매가리 없이 서 있어도, 전혀 빈틈이 없다. 완전히 긴장을 풀고 있으면서도 팽팽하다. 남자와 유메 사이에는 아직 2미터 이상의 거리가 있는데도, 목구멍에 바로 칼을 들이댄 것 같다. 남자는 언제든지 유메를 베어버릴 수 있다. 도망칠 수 없다. 어느 틈엔가 유메의 몸이 위축되었다.

타카사기.

인간이면서 포르간의 일원으로 오크인 잠보를 따른다. 그렇다는 것은, 적들은 포르간인가? 아니, 그런 건 상관없어. 집중하는 거다. 유메가 사력을 다해도 이 남자에게는 십중팔구 이길 수 없다. 그야 유메는 나이프밖에 없는 것이다. 어떻게 하면 좋은가? 아무 생각도 나지 않는다. 싸우기 전에 이미 방법이 없다.

"…오?"

타카사기가 고개를 갸웃거렸다.

"아가씨, 전에 어디서 만났던가? 나이 탓인지 요즘 기억력이 나빠져서. 자신은 없지만, 그 얼굴, 본 것 같은데."

"그렇겠지."

유메는 히죽 웃었다. 타카사기는, 역시 그런가 하듯이 오른쪽 눈을 약간 크게 떴다.

타카사기에게 언제, 어디에서 만났는지 설명하려고 하면서 유메는 몸을 앞으로 내밀었다. 천하의 타카사기도 좀 놀란 것 같다. 이 정도로 의표를 찌를 수 있는 건 아니겠지만, 적어도 예상을 뒤엎어주고 싶다.

타카사기는 칼끝을 유메에게 향하고 있다.

유메는 자세를 낮춰 그 칼 밑으로 돌진해 타카사기의 사정거리 안으로 뛰어들려고 했다.

타카사기는 칼을 끌어당기지 않았다.

후퇴하지도 않았다. 칼자루다.

칼자루 끝으로 유메의 머리를 강타하려고 했다.

그런 방법으로 나올 줄은, 유메는 예상할 수 없었다. 덕분에 오른쪽 방향으로 몸을 던져 굴러서 칼자루 끝을 피하는 게 고작이었다.

"좋네. 나쁘지 않아."

타카사기는 오른발로 유메를 올려차려고 했다. 차여도 좋아. 유메는 나이프를 들고 있다. 이 나이프로 타카사기의 오른발에 상처를 입힐 수 있다면 유리해진다.

그런데, 타카사기는 유메를 걷어차려던 것이 아니었다. 탕, 힘차게 발을 내디딘다. 온다. 엄청난, 무시무시한, 칼날이.

유메는 자기도 모르게 비명을 지르며 옆으로 뛰었다.

아직 베이지는, 않았다.

쳐다보니, 타카사기는 칼을 둘러메는 것처럼 하고 고개를 옆으로 기울였다.

"좋아, 반응했네. 합격이다. 다음엔 진짜로 벤다."

뭔가 되받아치고 싶지만, 말이 나오지 않는다. 나는 어떤 태세인 건가? 숨은 제대로 쉬고 있는 건지조차 정확하지 않다. 온몸이 차갑다. 얼어붙어버린 건가 하고 착각할 정도다. 무섭다. 유메는 공포에 사로잡혀 움츠러들었다. 이래서는 안 돼. 안 된다.

이길 수 없어. 이 상대에게는. 만에 하나도 승산은 없다. 보통 방식으로는, 안 된다.

각오가 필요하다. 팔이나 다리 한두 개는 주겠다고 할 정도의 각오가. 아니, 그래도 분명 부족하다. 잘되어봤자 무승부다. 그냥 죽거나, 상대를 죽이고 나도 죽거나.

각오는 한순간에 되었다. 이제 모두와 만날 수 없는 것은 여한으로 남지만, 그 일은 생각하지 말자. 생각하면 결심이 흔들린다. 이 판국에 와서도 유메는 희망을 버리지는 않았다. 무승부가 최상이라고는 해도, 백만분의 일, 천만분의 일, 몇 천억분의 일의 확률로 그 위를 쟁취할 가능성이 있다. 무슨 일이 일어날지는 끝까지 모르는 거다.

"간다, 타카사기 아저씨."

"…역시, 그때 그 아가씨인가?"

"아가씨가 아니야. 유메라는 이름이 있으니까."

"그렇군, 유메. 덤벼봐."

타카사기는 칼을 가슴 쪽으로 끌어당겨 세웠다. 숨이 막힌다. 단칼에 베이는 미래밖에 떠오르지 않는다.

먼저 주위의 오크나 언데드로부터 무기를 빼앗는 것은 어떨까? 타카사기는 봐주지 않을까? 유메가 그런 식으로 만만하게 생각했다가는, 타카사기는 실망한다. 분노하고, 어이없어하고, 유메에게 진저리를 칠 것이다. 타카사기는 가차 없이 유메를 베어버리겠지.

이렇게 대치하고 있으면 말하지 않아도 알게 되는 것이 있다. 저래 봬도 타카사기는 지금 기분이 언짢다. 뭔가에 화가 난 것이겠지.

아마도 이 싸움이다. 타카사기는 싸우고 싶어서 싸우는 것이 아니다. 어쩔 수 없이 싸우고 있다. 내키지 않는 전쟁을 하고 있는 것이다.

유메가 일부러 나이프를 버리자 타카사기는 슬며시 웃었다.

하는 수밖에 없다. 한순간 뒤에는 베여 죽임을 당할지, 간신히 살아 있을지. 이제 무섭지는 않다. 타카사기의 첫 공격을 피하거나 몸으로 받아 목숨만 건진다. 그리고 덤벼들면, 아주 작은 승기가 없지는 않다. 없지는 않다는 건, 틀림없이 있다는 것이다. 유메가 한 치의 중압감도 없이 나서자, 타카사기는 검을 움직였다.

"봐라, 내 비검을."

사뿐히, 혹은 하늘하늘, 춤추는 것처럼.

뭐지? 저것은. 신비하다.

"…가을 잠자리."

검이, 보이는 것 같으면서도 보이지 않는다. 모르겠다. 빠른 건지, 느린 건지. 그것조차도. 유메는 타카사기를 향해 달린다. 멈추지 않는다. 멈추면, 그러자마자 찔리거나 베이겠지. 뛰어드는 것은 너무나 위험하지만, 되돌릴 수도 없다. 분명 저 움직임 때문이다. 타카사기의 검술에 유메는 현혹되고 있는 건가? 매료되어, 유혹에 빠진 건가? 이대로 가면 속수무책으로 베이겠지. 이제 금방이다. 유메는 공포에 부추김을 당해, 그리고 동시에, 이런 검도 있는 건가 … 하고 깊이 감탄하면서 죽어간다.

"자기류!"

느닷없는 음성이, 뭘 감탄하면서 죽어간다는 거냐? 바보 녀석…이라고 꾸짖는 것처럼 느껴졌다. 목소리만 들린 것이 아니다. 그것은 유성처럼 하늘에서 내려왔다.

"오에도 대폭포…!"

유성이 타카사기의 비검에 부딪친다. 아니, 유성은 검을 들고 있다. 그 검을 타카사기의 검에 때려 넣은 것이다.

"웃…!"

타가사기는 튕겨 나가 손에서 벗어날 뻔했던 검을 잡더니, 반사적으로 옆으로 크게 휘둘렀다.

"…네 이놈…!"

"흐트러졌네, 아저씨!"

유성은, 아니, 물론 유성 같은 것이 아닌, 사람이다. 인간… 이라고 생각한다, 하지만, 누더기를 모은 것 같은, 너무나 너덜너덜한 외투를 걸치고, 이상한, 정말로 이상한 가면을 쓴, 기묘한 차림을 했고, 목소리가, 그 인간의, 남자 목소리가, 유메는 귀에 익은 느낌이, 있는 것 같다고나 할까, 꽤 쉬기는 했어도, 아마도 뭐, 거의 확실하게, 아는 목소리다. 하지만, 만약 그렇다면, 이건 도대체 어떻게 된 일일까?

타카사기는 포르간의 일원이다. 포르간이 오르타나를 침공했다. 그러니까, 이 가면 사나이가 유메가 아는 인물이라면, 여기에 있어도 이상할 것 없다는 말이 된다. 그 인물은 포르간에 가담했다. 유메네를 떠나버린 것이다. 배신했다… 고는 유메는 솔직히 사실은 생각하지 않았다. 신뢰할 수 있을 만한 인물은 아니지만, 역시 믿고 있었다. 믿고 싶었던 것이다. 엉망진창인 부분도 있다. 그렇기는 해도, 동료였다. 긴 시간을 함께 보냈다. 아주 힘든 일도 겪었다. 여러 가지 일이 있었다. 소중한 친구였다. 그런데도, 그는 사라져버렸다.

그저 어쩌다 보니 그렇게 된 건지도 모른다. 그러는 수밖에 없었는지도 모른다. 혹은 유메 일행한테는 없는 뭔가를 포르간에서 발견한 건지도 모르나. 그에게는 그것이 꼭 필요했는지도 모른다. 그는 언제나 어딘가 불만스러웠고, 불평만 했었다. 분위기 파악을 못하는 건지, 안 하는 건지. 모처럼 좋은 분위기일 때에도, 저기 말이야, 너희들 정말로 그걸로 만족이야? 진짜로 이대로도 좋다고 생각하는 거야? 나는 싫어, 그런 식의 말을 해서 휘저어놓는다. 사이좋게 둥가둥가하는 건 질색이야, 농담이 아니라고. 그렇게 반항만하던 주제에 꽤 외로움을 타고, 그 나름대로 동료를 소중하게 여기는 것 아닐까 하고 유메는 생각했었다. 착각이었을까? 유메는 그를 잘못 본 것일까? 물어보고 싶었다. 다그치고 확인하고 싶었다. 유메네가 싫어져버린 거야? 이제 유메네는 어떻게 되든 상관없는 거야?

그런 게 아니야… 라고, 그라면 말할 것 같다. 좋다거나 싫다거나. 나는 그런 감정으로는 움직이지 않는다고. 나는 높은 곳을 목표로 하는 남자라고. 너희들 평범한 인간과 한데 묶지 말라고. 별로 싫다거나 그런 건 아니지만…이라고.

왜 그가 여기에 있는 걸까? 과연 진짜 그가 맞나?

"으랴 으랴 으랴 으랴앗…!"

가면 사나이는 타카사기와 접전을 벌이고 있다. 화려하고 오버하는 것처럼 보이지만, 실은 그렇지 않은, 갈고닦은 검 놀림이다. 종횡무진, 기상천외에 장대한, 엄청난 대작 명화를 그리는 것처럼, 마치 붓을 휘두르는 것처럼, 가면 사나이는 자유자재로 칼을 다룬다.

"큭, 우웃…!"

천하의 타카사기가 밀리고 있다. 일부러 그런 척하는 건지도 모르지만, 수세에 몰렸다. 유메는 깨달았다. 타카사기는 명인, 달인이라고 해도 될 만한 검사지만, 그에게도 약점이 있다. 맞은편 왼쪽에서 오는, 게다가 허리보다 낮은 공격에 대한 대응이 아주 약간, 기분상이긴 하지만, 거북한 것 같다. 가면 사나이는 거기를 계속 공격하는 것이 아니라, 견제하며, 다른 곳에 강한 공격을 섞어가면서, 때때로 이때다 싶은 순간에 정확하게 타카사기의 약점을 노린다.

가면 사나이는 그저 칼솜씨가 뛰어난 것만이 아니었다. 그것만으로는 타카사기를 저렇게까지 몰아붙일 수는 없겠지. 가면 사나이는 타카사기를 숙지하고 있다.

"으랴앗!"

가면 사나이가 왼쪽 하단을 노렸고, 타카사기는 그것을 간신히 "…칫!"하고 튕겨냈다. 그때부터 가면 사나이는 마치 스위치가 켜진 것처럼 가속했다.

"자기류! 비뢰신(飛雷神)…!"

스킬 이름은 의미를 모르겠지만, 찌르기라는 건 알았다. 가면 사나이는 검을 두 손으로 들고 있다. 양손 찌르기다. 우다다다, 엄청난 소리가 났다. 한 번이 아니다. 연속 찌르기다. 그러면서도 유메에게는 마치 한 번의 찌르기처럼 보였다.

"오옷?! 우오옷…?!"

타카사기는 저것을 어떻게 피했는가? 유메는 모른다.

아무튼, 물러서면서 검으로 쳐서 옆으로 빗나가게 하거나 몸을 틀거나 해서 전부 막아낸 모양이다. 하지만 그 결과, 타카사기는 볼품없이 엉덩방아를 찧었다.

지금이라면 결정타를 날릴 수 있다.

가면 사나이가 유메가 아는 인물이라면 그렇게 하지는 않겠지.

예상대로였다.

가면 사나이는 검을 끌어당기더니, 둘러메는 것처럼 그 칼등을 어깨에 댔다.

"일어서, 아저씨."

타카사기는 순순히 일어나서, 그야말로 유쾌하다는 듯이 목을 울리며 웃었다.

"가는 곳마다 알짱알짱 나타나는군. 제법 지껄이게 되었잖아, 란타."

"바보…! 말하지 마. 일부러 얼굴, 숨기고 있으니까…!"

"딱 봐도 알 텐데."

"그, 그렇지 않앗!"

가면 사나이는 힐끔 유메를 돌아보았다. 유메는 그의 이름을 부르고 싶었다. 몇 번이고, 몇 번이고 불러서 확인하고 싶었다. 하지만 지금은 목소리가 나오지 않을 것 같았다. 둘만 있었다면, 이름을 부르는 대신에 부둥켜안았을지도 모르지만, 공교롭게도 적들에게 둘러싸여 있다. 하지만 유메는 이제 혼자가 아니었다. 그가 있다.

동료가. 친구가. 란타와 함께라면 반드시 이 곤경을 극복할 수 있을 것이다. 란타는 보통 사람과는 비교가 안 될 정도로 끈질기다. 그 점만큼은 억지로 믿으려고 하지 않아도 믿을 수 있었다.

— 다음 권에 계속 —

작가 후기

　유메를 잘 모르겠다고 생각하면서 계속 써왔던 것 같습니다. 그 보다는, 왠지 잘 알 수 없는 사람을 비교적 좋아해서, 그런 아이로 그린 것이겠지요. 하지만 유메는 유메 나름대로 여러 가지가 있을 테고, 그야, 그런 아이니까, 붕붕 떠도는 느낌에 자신도 이해하지 못하는 부분이 적지 않을지도 모릅니다만, 그렇기는 해도 뭐랄까, 확고한 심지랄까, 축 같은 것이 없는 것 같으면서도 있는 게 틀림없 습니다. 그런 것이 전혀 존재하지 않는 사람은 분명 없겠지요. 제가 관측한 바로는 단 한 명도 없었던 것 같습니다. 그래서 유메에게도 반드시 뭔가가 있을 테고, 그 편린은 지금까지도 언뜻언뜻 내비쳤 습니다만, 유메 본인이 아무래도 그런 것을 외면하고 싶어하는 건 지도 모른다고 저는 느끼기 시작했습니다. 참고로 저는 그다지 고 민하는 일 없이, 도대체 나란 어떤 인간일까? 잘 모르겠는데… 이 런 식의 생각은 하지 않습니다. 지금까지 나는 이랬고, 이런 식으로 살아왔으니까, 이런 인간이겠지. 그렇게 받아들이고, 그 점에 의문 을 갖는 일은 없습니다. 여러 가지 사태에 직면해서, 그때마다 저 자신의 반응이 의외였던 경우는 좀처럼 없었고, 제가 뭔가 이상한 일을 했다고 해도, 나는 그런 사람이구나… 하고 수용해버립니다.
　유메도 비교적 자기 자신에게, 그리고 타인에게도 너그러운 아이

이긴 합니다만, 애매한 자기에 대해서는 마음 한구석에서 답답함을 느끼고 있는 것 같았습니다. 그리 망설이지 않고 똑바로 걸어가는 추진력은 갖추고 있지만, 방향 감각이 뛰어나지 않아서 어느 쪽으로 가야 할지 잘 모르기 때문에, 언제나 멍하니, 이래도 괜찮을까? 하고 찜찜해하지요. 부정적인 건 아니지만 긍정적인 것도 아닙니다. 앞을 향하고 있는 건지 뒤를 보고 있는 건지 모르고, 알고 싶지 않은 건지도 모릅니다. 분명하게 하고 싶은 마음과 동시에, 분명하게 단정 짓지 말고 이대로 두고 싶다, 이대로가 좋아, 그렇다고 앞으로도 계속 이걸로 좋다고 생각하는 것도 아니야, 이제부터 유메는 어떻게 되는 걸까? 그런 생각을 하면서 이번 중편을 썼습니다. 즐겁게 읽어주시면 기쁘겠습니다.

그런데, 이 작품은 저에게 100권째의 단독 작품이 됩니다. 처음 나온 책이 2004년이었으니까 그런대로 긴 여정이었는데도, 그런 느낌은 전혀 들지 않습니다. 아마도 앞으로도 계속 이 상태로 가다가, 정신이 들고 보면 이 세상에서 사라져버리는 거겠지요.

그럼, 담당 편집자이신 하라다 씨, 일러스트를 담당해주신 시라이 에이리 씨, KOMEWORKS의 디자이너님, 그 외에 이 작품의 제작과 판매에 관여해주신 분들, 그리고 지금 이 작품을 집어주신 여러분께 진심으로 감사와 가슴 한가득 사랑을 담고 오늘은 이만 펜을 놓겠습니다. 또 만나 뵐 수 있다면 기쁘겠습니다.

주몬지 아오

역자 후기

「재와 환상의 그림갈」독자님들, 안녕하세요?

지난번에 이어 이번에도 번외편입니다. 그래서 제목도「재와 환상의 그림갈 14++」.

이번 권에서는 의외의 인물에게 핑크빛 기류가…? 하고 깜짝 놀란 순간이 있었습니다. 좀 애매하긴 합니다. 이것이 과연 지나친 생각인지 아니면 떡밥인지는 스토리가 진행되면서 알게 되겠지요.

본문에 나오는 배 이름 '바하로즈호'는 록 밴드 스키드 로(Skid Row)의 예전 보컬이었던 세바스찬 바하(Sebastian Bach)와 건즈 앤 로지스(Guns N' Roses)의 액슬 로즈(Axl Rose)의 이름에서 따온 것이 아닐까 생각합니다.

부록 #2의 챕터 3 제목을 보니 그 추측이 맞는 것 같기도 하네요.

그런데, 음악의 아버지라 불리는 요한 제바스티안 바흐(Johann Sebastian Bach)는 '바흐'라고 쓰고, 스키드 로의 세바스찬 바하는 '바하'로 쓰는 경우가 많더군요. 같은 철자—Sebastian Bach—인데 말이죠. 캐나다 사람과 독일 사람이라는 차이가 있는 건지도 모르겠습니다. 독일어로는 바흐가 실제 발음에 가깝지요. 사실 스키드 로의 세바스찬 바하도 '바흐'라고 표기하는 경우도 적지는 않습니다. 어쩌면 이쪽이 맞는 표기인지도 모르겠습니다.

그래서 배 이름을 '바흐로즈호'로 해야 할지 '바아브르즈호'고 해야 할지 망설였습니다만, 아무래도 세바스찬 '바하' 쪽이 더 익숙하실 듯싶어 바하로즈로 했습니다.

　　이 작품에 나오는 단어들은 사실 외래어라기보다는 다른 세계의 언어이기 때문에 표기법에 구애받을 필요가 별로 없지 않나? 하는 생각도 듭니다만,

　　그래도 고유명사 표기는 늘 고민되는 부분입니다.

　　다음 권은 본 줄거리로 돌아가서, 본격적으로 클라이맥스에 돌입한다고 합니다.

　　앞으로도 함께해주시면 기쁘겠습니다.

2020년

이형진

재와 환상의 그림갈 level. 14++
만약 너와 또 만날 수 있다면

2020년 4월 8일 초판 인쇄
2020년 4월 15일 초판 발행

저자 · AO JYUMONJI
일러스트 · EIRI SHIRAI
역자 · 이형진
발행인 · 정욱
편집인 · 황민호
콘텐츠4사업본부장 · 박정훈
마케팅 · 조안나 이유진 이수정
국제업무 · 이주은 김준혜 장희정 박경진 위지명 김부희
제작 · 심상운 최택순 성시원
한국판 디자인 · 디자인 우리
발행처 · 대원씨아이(주)

서울 특별시 용산구 한강대로 15길 9-12
편집부: 02-2071-2093 FAX : 02-794-2105
영업부: 02-2071-2061 FAX : 02-794-7771
1992년 5월 11일 등록 3-563호

http://www.dwci.co.kr/

원제 灰と幻想のグリムガル 14++
© 2019 by AO JYUMONJI
First published in Japan in 2019 by OVERLAP, Inc.
Korean translation rights reserved by DAEWON C. I. INC.
Under the license from OVERLAP, Inc., Tokyo JAPAN

ISBN 979-11-362-3197-0 04830
ISBN 979-11-5625-426-3 (세트)